U0032860

目錄

序——時光之墓

「也許，我一直知道這不是夢，只是不願意承認而已。」

院子裡有口水井，一跨進門，便可見到四座小窯爐一字排開，火膛裡雖然已經沒了木柴，但煙囪口卻依然飄著一縷輕煙，顯然工人還沒離開太久，或者是臨時被趕走，好清理出這個空間供人利用？

他可能也是這麼想的，所以走到第一座窯爐旁便停下腳步，環顧四周，面容帶上些許不解，卻並未出現任何警惕神色。

今夜無星無月，整間作坊只有角落處點了一盞油燈，寬廣的室內被照得影影綽綽看不分明。他正要舉步往內走，腳步聲忽地自門外響起，一名穿著飄逸長裙，酥胸半露的中年女子，小跑步跨進門，急急朝他奔去。女子手臂上挽著長長的輕紗，一路隨風擺動，襯著腕上指間的金絲首飾，異發顯得華麗。

她氣喘吁吁地停在男子面前，仰起頭娓娓訴說，一舉一動都流露出恍若少女般的嬌羞。

而他在微微一怔之後，便立在原地沉默傾聽，眼神單純溫柔。

隔著一堵牆，人銜枚馬裹蹄，一隊士兵在黑暗中靜悄悄爬上屋頂，張開弓，箭頭對準了街上唯一亮著的房間。

「因爲，你的過去，我已無能爲力。」

1. 夢境

一大清早，如初睜開眼睛，就見到窗外那棵木蘭樹的枝椏上，在一夜之間冒出無數個小小如筆頭般毛茸茸的花苞。她縮在羊毛被裡，眼睛盯著樹梢，腦海裡卻閃過無數個模糊不清的影像——

花還沒開，她還來得及……來得及做什麼呢？

影像突然扭曲變形，散成千萬個光點在眼前跳躍。如初頓時頭痛欲裂，眼眶發紅，不由自主地落淚。就在她痛到蜷起身子時，叩叩叩三聲輕響之後，木頭的格子窗迅速被推開，蕭練縱身跳了進來，腳下劍影一閃而逝。

他直接飛到床前，將如初抱進懷裡，伸出食指輕輕按在她的眉心之間。

一股冰涼感透進腦內，疼痛頓時減緩。如初長長地舒了口氣，蕭練低聲問：「又做惡夢了？」

她恍惚地點了點頭，喃喃說：「有光，在遠方……」

沒有用，不管再怎麼努力，腦海中的畫面依舊迅速淡去。如初睜開雙眼，目光渙散地望著蕭練說：「還是一樣，什麼都記不住。」

雖然記不起夢中經歷，但那種眼睜睜看著摯愛墜入深淵，自己卻無能為力的憤怒悲傷，卻久久無法忘卻。

去年年底，她搬進這棟老公寓，跟蕭練成為樓上樓下的鄰居。

公司就在幾百公尺外，每天走路十分鐘上下班，日子過得平靜安穩，不時還會出現一些小驚喜。比方說巷口新開了一家好吃的麵店，又比方說他們在森林公園內發現一條淹沒在荒煙蔓草中的古道，只要在進入公園後避開人群踩上長劍，就能輕鬆飛越古道入口處的陡坡，直接進入林木蓊鬱、景色優美的路段，帶著零食跳下劍走兩三個小時，是週末踏青的最佳選擇。

快樂的高峰出現在春節假期，蕭練主動提議，要陪她一起回家過年。如初原本對這件事非常緊張，跟媽媽溝通再溝通，搞得全家都跟她一樣神經緬得死緊。然而到了她家之後，蕭練所展現的適應力，卻完全出乎如初的意料之外！

他跟著他們一起吃飯、看電視，陪爸爸評論時事，陪媽媽採購年貨，大年初一還陪他們到處拜年。無論走到哪裡，他的禮數周到，受到老一輩親戚們的交口稱讚，風度翩翩，更不時引起同輩與路人的注目。

離家前一天，如初索性拉著蕭練參加她的高中同學會，狠狠滿足了一次虛榮心——誰也不能阻止她炫耀男朋友太帥。

孰料年假過後，惡夢突然來襲，在短短不到幾天之內，就令如初從雲端跌落至谷底。

惡夢發生的原因不明，頻率也毫無規律可循，有時候一週才一次，也有時候好幾個夜晚接連不斷。而她每一次墜入夢境，都是不到筋疲力盡絕對無法醒來，但只要一醒過來，便立即將夢境內容忘得一乾二淨。

最近幾天又是惡夢的高峰期，如初靠在蕭練身上休息片刻，抬眼問蕭練：「你有沒有聽到什麼？」

他就住在樓上，兩人間只隔著一層天花板，以他的耳力，就算不留心，也能將她的動靜聽得一清二楚。這個能力在平常不時會讓如初有點尷尬，但是從她開始做惡夢起，反而變成安全感的來源。

蕭練垂下眼，回答：「跟前晚差不多。妳又喊了我的名字，有時候還壓低聲音驚叫，像是害怕被誰聽到似的。」

他的聲音有些沉鬱，但如初並未留意。她自言自語地說：「跟前晚差不多？也就是說，一直以來，我都在做同一個夢？」

「有可能。」蕭練頓了頓，忽地問：「妳會不會反覆夢到在劍爐跟犬神、封狼……還有我……對峙的那一幕？」

他的語氣帶著強烈的自責，如初一愣，馬上用力搖頭，說：「不可能。」

蕭練握住她的手，說：「初初，妳根本不記得自己做了什麼夢。」

「可是我記得夢裡的情緒。」如初反握住蕭練的手，急切地說：「我了解自己，如果夢到劍爐，我絕對不是這種反應。」

蕭練沒出聲反駁，但神色間卻流露出顯而易見的不同意，如初看在眼裡，不禁沮喪地問：「你不相信我？」

蕭練將她摟進懷裡，輕聲說：「我當然信妳，不過，別低估人類潛意識的複雜性。」

他的說法很有道理，卻完全無法說服如初。如初將頭埋在他的肩窩裡好一會兒才開口說：「蕭練，我要講一件事，你聽就好，不准發表意見。」

這話言詞上十分霸道，但如初用的口吻卻純屬撒嬌，蕭練忍不住嘴角微翹，答說：「好，妳說，我聽。」

「我總感覺，是這個夢主動找上我，而不是我在做夢。」

如初抬起頭，跟蕭練拉開了一點距離，鄭重地又說：「我剛剛想起來了，夢裡有一種鹹鹹腥腥的味道，像海……這眞的很奇怪，我以前做夢從來沒有嗅覺。」

蕭練欲言又止地望著她，如初嘆一口氣，抱起羊毛被認命地說：「我講完了，你想批評什麼就直接說吧。」

「嗯，初初，其實我想說的是，妳非常敏銳。」

蕭練對上如初狐疑的視線，溫柔地摸摸她的頭髮，又說：「我大嫂是心理學專家。她有一次告訴我們，做夢是人類大腦重組訊息的副產物，但因爲嗅覺和味覺幾乎與大腦的皮層無關，所以也鮮少進入夢境。」他頓了頓，若有所思地說：「也許妳對，這個夢有問題……」

「你有大嫂？」如初一臉震驚地傾身向前，問：「意思是說殷組長結過婚，爲什麼我從來沒聽你們提起過？」

「過去三十年他們分居，我們大家都不方便提。」蕭練對如初眨眨眼，做出一個會心的表情。

如初自以爲了解地點點頭，但還是忍不住好奇，湊近了悄聲問：「他們眞的結婚了？」

蕭練點頭：「有證書，民國政府發的，證書上還寫了什麼『三生石上注姻緣，恩愛夫妻一線牽』之類的詩詞。」

這太浪漫了，如初喃喃：「好想看殷組長的婚紗照，民國新娘耶……」

「吵架的時候撕光了。」

「你很殺風景欸。」

「實話實說而已。」

今天是週末，不用上班，兩人靠在一起聊了片刻，如初伸手掩住嘴打了個呵欠，呻吟著說：「好累。」

她的眼睛還有點浮腫，嘴唇乾裂，顯然被惡夢折騰得不淺。蕭練憐惜地看著她，建議：「等下我們去國野驛吃頓豐盛的早午餐，好不好？」

「國野驛有早午餐？」如初問。

蕭練肯定點頭：「今年開始提供的，我有特別向邊哥打聽過。」

如初更加不解：「你爲什麼會去打聽這個啊？」

他不需要進食維生，對吃也沒有任何興趣。

蕭練用指頭點點她的鼻尖，說：「妳搬進來那天我就說過，我的學習能力不強，但始終不間斷，看來妳沒聽懂，我說的『學習』兩字，是特別指當妳男朋友這點。」

如初開心地笑了，索性翻個身，整個人窩進蕭練的懷裡。晨風微涼，他扯起羊毛被裹住她，啪地一聲，一本線裝書從被子裡掉落到枕頭上。

那是記載了傳承的古書，蕭練凝視書封片刻，忽地問如初：「妳的惡夢會不會跟傳承有關？」

「我有想過這個可能性，可是開啓傳承之後，我就算在夢裡進入傳承，醒來後也能記得內容，跟最近的情況完全不一樣。」如初在他懷裡翻個身，仰起頭又說：「話說回來，如果傳承的目的是爲了傳遞經驗跟知識，那讓人記不住的夢，豈不是一點用都沒有嗎？」

蕭練沉思片刻，並未回答她的問題，卻再問：「妳最近花很多時間在研究解除禁制？」

這是他們一直以來的矛盾，爭辯過幾次之後如初就決定再也不跟蕭練討論禁制的事了。

今天也不例外，她抓起羊毛被裹住自己，試圖用嬌嗔的語氣轉移焦點：「隨便看看書而已。你先出去，我要換衣服了。」

「什麼書，妳開啓新的傳承了？」蕭練不爲所動地追問。

「當然沒有，你以爲傳承是貓罐頭，想開就開呀？」如初指著房門說：「快點，我快餓死了。」

蕭練這才放下心，站起身用嘴唇輕觸她的額頭。他的動作優雅，需要仔細看才能發現與她刻意保持了一點距離。如初瞥了蕭練胸前一眼，纏繞在心臟部位的鎖鏈一如往常般游移閃爍，散發著淡淡金光。

在這條鏈子所代表的禁制尚未解除之前，他需要控制情緒，不能過度使用異能，與她的肢體接觸更是需要小心。誰也不知道觸發劍魂取代意識主宰蕭練身體的界限在哪裡，然而只要一旦越界，代價便有可能是死亡……

她的死亡。

由他親手執行。

即便如此，他們還是決定在一起。

共同的決定。

晨風很輕，有一下沒一下地掀動著薄紗窗簾，氣溫逐漸回暖，一隻燕子啾啾叫著飛過窗前。也許是因爲天氣變好，又或者是因爲從惡夢裡醒來，就能看到親愛的他，如初打從心底感覺全身都暖洋洋的。她目送蕭練踩著劍，腳不沾地低飛出房門，躺回枕頭閉上眼睛，數一、二、三，然後迅速掀開被子跳起來，衝到衣櫥前拉開抽屜找毛衣。

十五分鐘後，如初梳洗完畢，換上精心挑選的外出服，噔噔噔地樓梯走到一半，便見蕭練站在牆壁上掛著的一幅卷軸前面，抱胸沉思。

這幅畫是鼎姐送的。有一次鼎姐來拜訪，看到她的住處一點擺設都沒有，回去之後便硬是從老家的收藏品中挑了一幅類似《清明上河圖》的古代風景畫給她，還特別聲明了這幅畫無人落款，就筆觸判斷也非出自名家，要如初放心收下，別因爲是古物就不敢拿出來掛。

畫中主體是一個熱鬧的市鎮，亭臺樓閣林立，中間點綴著小小的人物，有小販沿街叫賣，婦女坐在轎子裡掀起窗簾看熱鬧，也有士兵騎在馬上過拱橋等等。遠方海水粼粼，靠海處種了一整排的防風林，佛塔巍然聳立在防風林的後面，一派繁華景象。

爲了照顧這幅畫，如初還特別去請教在博物館工作的同學，選了不會被陽光晒到的牆面懸掛，又買了一部除濕機擺附近，控制濕度外加定時除塵，確保畫作不會受到損傷。

如初見蕭練神色嚴肅，心一驚，三步併作兩步跑到他身旁，急問：「畫怎麼了嗎？」

「沒什麼。」他伸手扶了扶畫，又說：「有點歪，跟我昨天看到的位置不一樣。」

一隻圓滾滾的黃貓從沙發底下鑽出來，走向他們。牠先到如初腳邊蹭了蹭，接著轉向蕭練，耳朵貼著腦袋，弓起身，露出牙齒狠狠嘶了一聲，這才迅速跳到靠牆放的一張椅子上，張著一雙金黃色的眼睛看如初，眼神無辜至極。

隨著貓咪這麼一跳，椅子晃了晃，碰到卷軸的底部，畫又歪了。

「喬巴！」如初走過去抱起貓，氣惱地輕彈了牠的耳朵一下，說：「又這樣，壞貓咪。」

喬巴比三個多月前長大不少，身上的虎斑紋路益發鮮明，已經具備成貓的架式。然而隨著體型變大，牠卻像是忘記蕭練曾經救牠一命似地，每次只要如初在場，就對蕭練張牙舞爪，一臉囂張，但倘若如初不在，喬巴看到蕭練總是一溜煙就躲起來，連聲喵都不敢吭。

喬巴不服氣地抬起頭咪嗚咪嗚地叫，像是在抗議，蕭練不以爲意地說：「不怪牠，小動物一般都會避開我，我身上的金屬氣息對喬巴來說，肯定代表危險訊號。」

「所有動物見到你，本能上都會先怕你嗎？」如初問完，馬上搖頭，說：「我就不會，第一次見面我還覺得你滿親切的……因爲我是修復師的關係？」

蕭練搖頭：「沒人天生下來就是修復師，經過訓練之後的不害怕，只是壓抑本能而已。坦白說，這輩子還是第一次聽到有人用『親切』兩字來形容我……妳確定沒記錯？」

「當然。」她怎麼可能記錯這個，如初毫不猶豫回應。

「天生如此？」蕭練注視著她，說：「我想不出緣故。」

他的語氣一本正經，但眼神太過溫柔，聽在如初耳朵裡，自動被轉譯成「我們是天生一對」的情話。

如初開心地朝蕭練笑笑，眼角餘光瞄到喬巴偷偷摸摸地又要跳椅子，馬上一把撈住貓，對蕭練說：「你等我一下。」

她的口氣有點兇，蕭練不解地後退一步，只見如初將喬巴抱到卷軸前，用同樣語氣衝著貓耳朵說：「罪魁禍首，要懂得欣賞藝術，不可以暴衝。」

喬巴不安分地亂扭，蕭練揚眉，問：「教育有用？」

「希望有用。」如初彎腰放下貓，往前邁一大步，握住椅背，又說：「在那之前，我們先把椅子移開。」

蕭練看著如初認真的背影，忽地一陣衝動，上前說：「我幫妳。」

「好啊，但其實我拿得動……」

她住了嘴，看他將椅子放到餐廳擺好，順手幫貓加乾糧，又換了一碗乾淨的飲水，舉止之間充滿愉悅。

在這短短幾分鐘內，他只是個居家的男人，而非一柄劍。

過去幾日陰雨綿綿，好不容易今天放晴，大家都跑出來了。蕭練開車上路後沒多久，就遇上塞車，窗外薄霧飄忽，將整個城市點綴得迷迷濛濛，如初拉下車窗想透口氣，這才發現霧非霧，而是行道樹剛萌芽的新葉絨毛脫落，隨風四散，造成了這幅景象。

路上的行人與腳踏車騎士大多戴著口罩，如初沒過多久也覺得鼻頭發癢。她趕緊關上車窗，轉頭問蕭練：「你不會過敏吧？」

蕭練笑著搖頭，如初好奇地再問：「那你會做夢嗎？」

這個問題似乎讓他有些困擾，蕭練躊躇片刻，最後說：「我們不睡覺，所以，如果妳問的是因爲受傷過重而無法化形、失去意識的那種時刻，答案是不會。」

「那，入定的時候呢？」如初還記得這個詞，這是他們特有的休息方式，代表人形消失，意識回到本體之內。

蕭練沉默了一會兒才回答：「在那種狀況下，偶爾會有些回憶畫面閃過。」

「回憶不是夢。」如初不太明白蕭練爲什麼要將兩者相提並論。

「失真的回憶、扭曲的回憶，某些面孔被無限放大，一個小動作被不斷重播，清楚到即使以我們的能力也不可能觀察得如此之細。等時間拖得夠久，當事者都已不復存在之後，你漸漸懷疑事情是否眞實發生過，或者只存在於想像之中。」

講到這裡，蕭練頓了頓，嘗試著將語氣放得輕快些，又說：「我的記憶力並不比一般人強，幾百年前的事情偶爾回憶起來，也就像夢一樣了。」

「了解……」如初咬了咬嘴唇，低聲說：「對不起。」

「爲什麼？」蕭練轉頭凝視她。

「因爲，讓你難過了。」如初其實並不確定理由，但她直覺認爲，這個對她來說無關痛癢的問題，會讓蕭練十分介意。

他靜默片刻，輕輕喚她的小名：「初初？」

「在。」她像課堂上被老師點到名似地，乖乖舉起右手。

「如果妳的交往對象是一個普通人……妳也會需要道歉嗎？」

不是這樣的。如果對方是個普通人，她也許不需要爲這個問題而道歉，但只要相處下去，總有一天，她會需要爲一個她自認沒什麼但對方卻很在意的問題，說上一句「對不起」。

重要的是，因爲愛，她並不介意說上這句對不起，一點都不。

但顯然，他介意聽。

如初的眼神掠過一絲黯然。蕭練看到了，卻沒有看懂。他摸摸她的臉頰，說：「下一次，別因爲我們之間的差異而說對不起，那才眞會讓我難過，至於夢，對我而言，只是一些遙遠到早該遺忘的過去而已。」

他的語氣太溫柔，如初順從地點點頭，決定先不澄清。

只要相處下去，有一天，他會懂。而她相信，這一天，並不遙遠。

車子開進國野驛的停車場，如初跨出電梯，還沒走到櫃檯，便透過落地的玻璃窗，瞥見庭園中的水池畔，有十來隻水鳥圍繞在一名身材高挑的男子周圍，嘰嘰呱呱地討東西吃，中間居然還混進了一對色彩鮮豔的鴛鴦，熱鬧異常。

那名男子年約三十來歲，一頭及肩長髮，滿臉落腮鬍。他慢吞吞地從紙袋裡取出麵包屑餵鳥，三不五時抓抓頭，彷彿是一名拓落不羈的藝術家。

然而春寒料峭，這位大叔卻只穿了一件上面畫有卡通圖案的圓領短袖T恤，連薄外套都沒披，怎麼看怎麼奇怪。如初忍不住朝他多瞄了幾眼，下一秒，大叔抬起頭，兩人視線相撞，他居然朝她咧開嘴笑了笑，眼神在友善中帶著好奇，彷彿也想知道她是誰似地。

如初有點窘，趕緊也朝大叔禮貌性地微笑，然後就感覺右手突然被蕭練緊緊握住……

「他控制了自己的氣息，因此鳥不僅不怕他，還可能把他當成同類對待。」蕭練的表情沒什麼變化，只用淡淡的語氣如此解釋。

所以這又是一位化形者。

如初問：「你認識他？」

「不算朋友。」

這句話的含意頗深，如初頓時提高了警覺，她往蕭練身邊靠了靠，忍不住又看了大叔一眼，正好瞥見他在伸懶腰，露出一截古銅色的腹肌，雖然身材精壯，但面容純良，一副人畜無害的模樣。

不是朋友，但也不算敵人？

邊鐘從櫃檯裡轉出來，也瞄了大叔一眼，沒好氣地說：「這傢伙就是不務正業，說好以工代宿，白吃白住了一個多月，連張桌子都沒擦過，混蛋。」

最後兩個字邊鐘提高了音調，大叔聽見，懶洋洋地朝他們揮揮手，說：「聽到了，小邊鐘。」

他又掏出一把麵包屑，繼續餵鳥。邊鐘翻了個白眼，轉回頭問如初：「今天就只有一種選擇，全天候供應的英式早餐，妳行嗎？」

如初對吃本來就不挑剔，她無所謂地點點頭，順口問：「爲什麼只有一種？」

「因爲主廚辭職不幹了。」邊鐘攤手，一臉無奈：「再聘不到人，我考慮連餐廳都收起來，只提供住宿。」

「那太可惜了。」如初脫口而出。

「可不是。所以我正努力說服一個自閉一百年的傢伙出山掌勺——」

噹噹，邊鐘的手機訊息鈴聲響起。他抓起手機看了兩行之後，丟下一句「我忙，你們自便」，扭頭就往廚房走去。

「一百年……」如初眼睛一亮，轉向蕭練問：「如果邊哥成功聘到主廚，我們有可能吃到一百年前的菜色嗎？」

蕭練唔了一聲，說：「我吃不出來有任何差別。」

「……對不起。」

「這次又是爲什麼？」

「找你討論菜色，我的錯。」

蕭練一臉無語，如初則因爲自己小小的報復成功而十分得意，總之，戀人間的絮語，即使意見不合也甜蜜。侍者走過來帶位，等他們坐好後又立刻奉上熱茶與手工麵包，並殷切詢問他們甜點喜歡藍莓或是巧克力杯子蛋糕。

國野驛一向隨季節更換布置，今天插在桌上的花是雪白的雛菊，襯著薄荷綠的餐桌布，將整個空間點綴得清新自然。

早餐很快便送上桌，大盤子上堆滿香腸、培根與馬鈴薯泥，煎蛋一口氣給三顆，跟以往的精緻風格大異其趣，味道並沒有之前豐富，但嘗起來還是很不錯，看得出來廚房人員在缺主廚的情況下，努力做出彌補。

他們坐在靠窗的桌旁，大叔已不見蹤影，水鳥也散得七七八八，倒是飛來一大群麻雀，在地面的縫隙裡翻撿覓食。水池旁栽種了一圈鬱金香與風信子，紫白相間，映著陽光盛開，讓整個庭園更顯得生氣勃勃。

當侍者再度走上前，幫他們將茶壺添滿熱水時，蕭練忽然抬起頭，望向門口。如初跟著回頭，瞧見鏡重環穿著白色毛衣、藏青色短裙與黑色長筒襪，拉了一個小行李箱，一副學園少女的打扮，施施然從門外走進來。

如初趕緊低下頭，用力過猛，鼻子差點碰到盤子裡的馬鈴薯泥。但沒有用，重環環顧了一圈，直直走到他們桌旁，拉開椅子坐下來，跟蕭練「嗨」了一聲，然後轉過頭，歡樂地告訴如初：「今天好多人拍我。」

「動漫展嗎？」如初問，眼神不由自主地閃躲。

「這次的規模特別大，好多國際團隊都來參加，我看到一群老外 cosplay 天空之城，還原度超高……妳最近是不是在躲我？」重環神色天眞，話語卻犀利得不得了。

如初尷尬地笑笑，說：「那個，鏡子，妳本體上的鏽斑，我還是找不到辦法消除。」

「噢，那奇怪了，我感覺有進步。」重環捧著半邊臉，歪頭說：「牙痛最近很少發作，妳什麼處理都沒做嗎？」

「我怕損傷鏡面，只敢抹一層灰錫粉然後用毛氈布打圈擦，這還是《淮南子》裡記錄磨銅鏡的土方法，不過你們個別對不同試劑的敏感度都不一樣，像鼎姐就對灰錫粉完全沒感覺……」講到這裡，如初也有些振奮。她傾身向前，認眞問：「但妳覺得有效是嗎？」

「還不錯，妳繼續擦，就算沒辦法治本，先治標我也ＯＫ。」重環不在意地揮揮手，一雙黑白分明的眼睛在如初與蕭練臉上轉了兩圈，又嗤嗤笑著問：「妳搬到他樓下之後就睡眠不足？黑眼圈好明顯。」

過去一個禮拜，公司裡有好幾名同事都關切過她惱人的黑眼圈，卻只有重環問得如此曖昧。蕭練挑起眉，如初趁他開口前飛快說：「做惡夢。」

「什麼惡夢？」重環追問。

如初簡單解釋了來龍去脈，重環用手撐著頭，饒有興味地說：「夢境的內容我也看不到，不過如果妳想知道自己潛意識裡最大的恐懼，也許我能幫得上忙。」

「怎麼幫？」如初摸不著頭腦地問：「妳的異能不就是『看透』跟『看遠』？」

「『看透』啊。」重環比了一個雙引號手勢，又說：「我現在身體健康了，能力當然跟著升級。不過這項異能目前還是被動的，妳得看著我的眼睛，心裡默唸要看到內心深處，才會有情境反射出來。從頭到尾就妳一個人看得見，至於景象能夠有多清楚，取決於妳對自己的心，有多誠實。」

「看這個沒什麼意義，畢竟，妳的惡夢未必是妳的恐懼。」一直沉默的蕭練忽地開口，對如初說：「而且，人所害怕的東西也會隨時間改變，妳今天看到的情景，未必是妳明天的恐懼。」

「你只試了那麼一次，什麼都沒瞧見，有什麼資格批評？」重環一撇嘴，小聲抱怨。

如初轉頭對蕭練說：「我懂，可我還是想試試看。」

「值得嗎，這個惡夢有這麼重要？」

「值不值得我不確定，但直覺想把它弄清楚。」

蕭練不再言語。如初轉向重環，問：「什麼時候可以進行？」

「沒什麼大不了的，哪時候都行。」重環攤手，又說：「按理說沒有危險也不會有後遺症，不過如果妳怕的話可以設個時間，比方說三分鐘一到，不管怎麼樣我們都叫醒妳。」

「就這樣，三分鐘。」蕭練按住如初的手，說：「答應我。不管看到什麼都告訴我，我們一起面對。」

明明是她的恐懼，他卻比她還戒慎小心。如初反握住蕭練的手，乾脆地答了一聲「好」，心裡卻有些不以為然。

她當然知道蕭練在擔心什麼，但蕭練失控這件事，會是她內心深處最大的恐懼嗎？

如初相當懷疑。

她喝下小半杯伯爵茶，做了幾次深呼吸，鼓起勇氣，看向鏡重環黑黝黝的雙瞳，在心底不斷默唸：「請讓我看見心底最深的恐懼，請讓我看見心底最深的恐懼，請讓我看見心底最深的恐懼……」

慢慢地，一團朦朧的光暈將她包裹在其間，周遭的聲音如潮水般緩緩退去。等光暈消散，如初赫然發現她回到現在住的小公寓，就站在電視機前面。

不、不太對，空間格局雖然一模一樣，但許多地方都起了變化。剛粉刷過的白牆出現斑駁的水漬，去年年底才買的餐椅也變舊了，上面的布坐墊憑空多出好幾道縫補痕跡，沙發旁則多出一部媽媽老唸著要她買，說冬天吹了對關節好的小型電暖器。如初環顧左右，確定最大的變化發生在廚房，鍋碗瓢盆與瓶瓶罐罐都變多了，流理臺上擱著一個玻璃瓶，裡頭裝滿各式她最愛吃的手工餅乾。

這裡怎麼看都是個溫馨舒適的小窩，恐懼在哪裡？

一陣低沉的貓叫聲傳來，如初快步走到陽臺，看到木製的貓咪樂園還在，只是陳舊許多，一頭毛色已失去光澤的老黃貓窩在一件舊毛衣上直喘氣，眼睛滲出淚痕，瞳孔一點一點放大，顯然正逐漸喪失生命。

「喬巴!?」

如初撲上去，邊摸貓咪邊抽出手機，準備打電話給獸醫。然而一舉起手機，她便發現自己的手也變了，皮膚上多了好幾道結疤後留下的痕跡，指節也比印象中的粗，有一枚指甲裂了開來，似乎是舊傷復發，還纏著ＯＫ繃。

這是一雙經歷過滄桑的手，值得驕傲，卻不該屬於她。

如初放下喬巴，慢慢直起身，再度舉目四顧。

牆上又添了兩三幅畫，地上也多鋪了一塊小地毯，但餐桌上的杯子並不成對，面對電視的沙發椅是單人座。

她應該在這間公寓裡住了很久很久，一個人、一隻貓。

臥室有面穿衣鏡，如初走上樓，打開衣櫥，不意外地在鏡子裡看見一名身材依然苗條的中年婦女，神情理智冷靜，跟現在的自己很像，卻又不太像。不過話說回來，她很少照鏡子，也不太有機會好好看自己。

鏡子裡的人皮膚還很好，臉龐並不顯老，但頭髮卻參雜了許多銀絲。這應該是遺傳，聽媽媽說，爸爸年輕時就有少年白。

她出神地摸了摸鏡子，忽地想到喬巴，又急忙跑下樓去。然而來不及了，喬巴還是躺在原地，維持同一個姿勢，然而那個毛茸茸的肚子不再淺淺地一上一下。如初抱起牠，坐在地板上，夕陽斜射進屋內，窗外不時傳來車聲與人聲，懷裡的小身體仍有餘溫，但她的心卻一點點變冰涼。

蕭練在哪裡？

她彷彿坐了一整個世紀，直到聽見有人在耳邊喊「時間到」，如初又花了點力氣，才終於睜開雙眼。

首先映入眼簾的是窗外明媚到刺目的陽光，如初反射性舉起手遮住眼睛，然後才看見蕭練就在她身旁，神色滿是關心。

「妳看到什麼了？臉一直木木的，不像是害怕。」重環湊上前問。

要告訴他們，她看到四十歲的自己，孑然一身，在宿舍裡抱著相伴二十年的老貓，感覺牠的體溫一點一點流逝？

如初放下手，喃喃說：「我看到喬巴去世了。」

「那誰啊？」重環問。

「我的貓。」如初答。

重環哈一聲，說：「最大的恐懼就是養的貓死掉？妳的人生還真甜。」

如初垂下眼，不作聲，蕭練沉聲問：「出了什麼意外，有人闖進妳住處？」

如初搖頭，掙扎著坐直了，答：「沒有，就，老了……我看到二十年後的我。」

「就這樣？」蕭練皺起眉頭，彷彿十分困惑。他頓了頓，問：「妳沒看到我？」

「沒有。」

如初看進蕭練的眼底，發現他是真的不懂。

也對，他經歷過那麼多死生戰場，她太過平凡的恐懼，他無從了解起。

涼意又從心底冒出來，如初扯緊外套，輕聲喃喃說：「我的未來沒有你。」

「這個，應該是我心底最深的恐懼。」

2. 雲煙

那天，在國野驛吃過早午餐後，如初婉拒了蕭練去老街走走的提議，直接回到住處。她先抱住喬巴痛哭一場，再叫一個特大號的火腿鳳梨披薩切成八片，然後將自己鎖在房間裡，偶爾看看影集，餓了就烤一片披薩來吃，大部分的時間用來發呆，以及思考——

她所恐懼的未來，眞的很可怕嗎？

喬巴活到二十歲，對一隻貓來說，絕對稱得上長壽。她還住在這裡，表示她仍在雨令工作。雨令不收贗品，而雨令的修復室也不收手藝不精的修復師。換而言之，在二十年後，她終究成爲了從小就期待成爲的模樣。

穿衣鏡所反射出來的那張臉，雖然已經是中年，卻並未顯現出被生活折磨過的痕跡，可見世界待她尙稱溫柔。而眼底的一抹寂寥，從另一個角度來看，未嘗不是在說明，曾經深愛過。

她只是非常害怕面對一項事實，那就是終有一天，他將離她遠去。

等如初的心情總算平靜下來，已經是禮拜天的深夜時分。她踏進廚房，赫然看到地板上擺了好幾個小碗，空氣裡滿滿都是魚腥味。原來，在短短三十六小時不到的時間內，她竟然開了六個不同口味的貓罐頭，喬巴每個罐頭都淺嘗幾口，然後又跑到她腳邊打轉，催促她開下一個。

「適可而止，做人不要貪心，做貓也不行。」她抱起喬巴，鄭重解釋，然後開始清理地板。

那晚，她一閉上眼睛就睡著了，中間完全沒有醒來過，等再次睜開雙眼時，天已經亮了。鬧鐘還沒有響，如初本想再賴一下床，但一翻身，便見到蕭練像一尊雕塑般一動也不動地坐在窗臺上，任憑晨曦籠罩全身。

窗外有片淡粉色的花瓣隨風飄落，他偏過頭，對她說：「早安，木蘭花開了。」

蕭練臉上帶著輕淺的笑意，姿態也頗放鬆，但奇怪的是，他身上那種在無形中令人喘不過氣來的銳利劍意消失了。眼前的蕭練不太具備存在感，像個影子似的，好像只要陽光再大一些便會煙消雲散。

過去這一天半，如初忙著自我探索，沒有跟蕭練接觸過，驟然見到他這個模樣，頓時有些心驚。如初坐起身，試探地問：「我沒說夢話吧？」

蕭練搖頭，如初不知所措地又問：「那，怎麼了嗎？」

蕭練定定地看著她，說：「我不會老。」

衰老是他倆永遠無法跨越的界限，如初垂下眼，輕輕「嗯」了一聲，盯著被單的一小塊抽絲處不放。

蕭練接著又說：「我可以為妳做許多事，但最簡單的『執子之手、與子偕老』，我永遠做不到。」

「你覺得白頭偕老很簡單？」

如初不以爲然地抬起頭，卻見蕭練的臉色蒼白得嚇人，在曙光的映照下，皮膚像半透明似地微微泛著光，眼眸中卻跳動著淡青色火燄，看上去既脆弱，又危險。

蕭練迎上她的目光，緩聲說：「妳値得更好的，家庭、兒孫環繞，豐富而溫馨的一生——」

「這話是什麼意思？」如初打斷他。

蕭練抿了抿嘴，開口說：「我只想告訴妳，之前的承諾，無論時間過去多久，無論我身在何處，都無條件有效。我會守護妳一輩子，包括妳的家人，以及，妳的……子孫。」

如初按捺住脾氣聽完，然後瞪著他問：「你敢不敢直接說出口，勸我去跟別人結婚？」

蕭練張了張嘴，嗓子卻像是被東西卡住一般，什麼聲音都發不出來。

他急速地喘著氣，眼底滿滿都是痛苦掙扎，如初忽地意識到，雖然蕭練活了很多年，但顯然並沒有處理這種情況的經驗，或許，在面對感情的時候，他跟她一樣無知、一樣徬徨？

想痛揍他一頓的心情消失了，如初咬咬嘴唇，問：「你一大早跑來跟我講這些，就是因爲前兩天，知道了我心底最深的恐懼？」

蕭練眼神朦朧了一會兒，答：「可能吧……不過我這番話也並非臨時起意。」

也就是說，分手的念頭，從來沒在他心裡斷過。

早晨的風突然有點冷，如初拉起被子裹住自己，指著床尾再問：「你能坐過來嗎？外面太亮了，如果我一直看你，眼睛會痛。」

蕭練默默走過去，坐在床沿，如初偏頭看著他一會兒，忽地開口，說：「你是我第一個男朋友。」

蕭練一愣，如初對他眨眨眼：「初戀。」

他的嘴角展現了一個小小的弧度，卻又立即收斂。蕭練訥訥地說：「我不知道，妳從來沒告訴過我。」

「有什麼好講的？二十三歲才第一次交男朋友，完全不值得驕傲啊！」如初再瞪他一眼，生硬地回答。

蕭練忍不住笑出聲，眼底的青色火燄瞬間熄滅。

如初盤起腿而坐，望著他又說：「這不是重點。我要說的是，我以前不是沒有人追，也不是太挑。我、我只是很不容易把心交出去，又並不願意爲了談戀愛而談戀愛，所以才一直沒交到男朋友，懂吧？」

「懂。」他挑眉，帶著笑意回答。

這反應有點可惡，但今天早上，如初決心寬宏大量。她沒理會蕭練，自顧自又說：「就算沒有遇到你，我的恐懼也會跟那天鏡子所照出來的一樣——害怕孤老以終，卻寧可養隻貓，也不願意隨便找個人一起過。」

「這份恐懼根本與你無關，你只是、也沒能幫我解開心結而已。不過話說回來，我一直認爲，只有自己，才能對抗自己內心的恐懼。」

「所以呢，如果你要因爲我對未來有恐懼，就否定掉我們現在的牽絆，那才眞是笨死了。我看到的只是恐懼，不是未來，不一定會實現。」

如初一句一句徐徐說來，蕭練的神色逐漸浮現了然。等如初說完，他伸手摸摸她的頭髮，感慨地說：「我的確不聰明。」

「這是你今天第二句我無法反駁的話。」如初繃著臉回答。

「那第一句是？」

「『早安』。」

如初說完，自己忍不住先笑出聲，蕭練跟著彎了彎嘴角，又問：「妳有沒有想過，世間人，情深緣淺，情淺緣深，跟不愛的人在一起……反而有更大的機會，能夠平安順遂度過此生？」

「聽說過，但從不考慮。」如初偏了偏頭，反問：「這好像是一種挑選結婚對象的論調吧，你怎麼會關心這個？」

他可沒有結婚的壓力。

蕭練輕咳一聲，別開眼睛說：「聽人說了兩句，無意中記下的。」

「誰啊？」如初疑心大起。

「一位修復師。」蕭練頓了頓，語氣平淡地加一句：「隋唐年間的事。」

第六感馬上告訴如初，這位修復師必然是個女生。雖然已經是那麼久遠以前的事了，如初還是有點吃醋，她揍了蕭練一拳，嘟囔著說：「都這麼久了你還記這麼牢。」

「我以為妳早就知道，妳男朋友是個老古董。」蕭練微笑，伸手過去拉住她。

鏗鏘悠揚的鐘聲忽地響起。那是她昨晚訂好的鬧鐘，如初拉開抽屜取出手機，蕭練挑眉，問：「邊哥用他的本體錄音給妳當手機鈴聲？」

「對啊，酷吧。」如初得意地晃晃手機。

「讓我也錄一段豎笛給妳？」蕭練這麼問著，身上那股存在感又回來了，雖然態度隨意，卻有一種不容人拒絕的氣勢。

如初並不想拒絕，但又不甘心就這麼放過他。她板起臉，答：「你先錄好，用不用看我心情囉。」

蕭練站起身，走到她面前，彎下腰用額頭抵住她的額頭，輕聲問：「別生氣了，原諒我？」

「我原諒你，不過氣還是要生的。」她這麼答著，同時將頭抬起寸許，用臉頰輕輕蹭著他，雙唇掃過他的耳邊。

因為禁制的緣故，他們一直不敢靠得太近，這樣的距離，已經踩在安全範圍的邊界上了。然而如初逐漸加快的心跳，落在蕭練耳裡，還是起了無可避免的催化作用，他偏過頭，任憑自己冰涼的呼吸輕拂在她肌膚之上，同時伸手環住她的腰，不許她移開……

耳鬢廝磨了好一會兒，蕭練才放開如初，問：「等等樓下見，一起走路去公司？」

「好。」如初一口答應。

蕭練轉身，正要跨出窗戶，卻聽如初在背後喊他：「蕭練？」

他回過頭，只見如初跪坐在床上，看上去精神很不錯，板著一張小臉，氣勢十足地說：「還好你沒叫我去愛別人，不然的話，我一定再也不理你了。」

她今天的眼睛特別亮，像是有星辰藏身其間一般地熠熠生輝，看他的方式與初相遇時毫無差別，視他爲獨一無二，卻並不把他當做異類。

經歷了剛剛那一場對話，再加上被這樣的目光凝視，蕭練感覺自己的氣息格外平穩，身體的力量完全受意識掌控，劍如臂使，揮灑自如。

眼下當然沒有揮劍的必要，但說實話還是可以的。他於是微笑回答：「會令我失控的選項，當然不在考慮範圍之內。」

他話一說完，便縱身跳出窗外，如初撿起抱枕，還來不及扔，蕭練已消失得無影無蹤。

半個多小時後，廣廈大樓的電梯在二樓停下。門開啓，如初瞪了蕭練一眼，不理會他用口型無聲說的「抱歉」兩字，舉步跨出電梯，往前邁進。

她一直到走進茶水區才停下腳，電梯門在背後噹一聲關上，如初揉揉臉，深深呼出一口氣，眼神透出一股茫然。

她遠遠沒有表現出來的樣子堅強，然而，只要流露出一絲軟弱，一絲恐懼，蕭練就會離開她，走得遠遠的吧？

不能再這樣下去了，她一定要做點什麼。

恐懼可以源源不斷來襲，她卻絕不能讓自己生活在恐懼之中。

如初用力甩了甩頭，從口袋裡抓出手機，再讀了一遍嘉木前天送來的訊息，定下心，往杜長風的辦公室走去。

離上班時間還有五分鐘，二樓辦公區裡的人大約到了八成，大部分都還忙著吃早餐，也有幾個人已經打開電腦開始工作，一名沒見過的女生眼觀鼻鼻觀心地站在主任辦公室附近，像是在等人。

如初經過時多看了她一眼，那女生也正好抬起頭，兩人目光相交，對方彬彬有禮地朝如初伸出手，說：「妳好，我叫桑碧心，新來的織品修復師。」

過去幾天，老莊師父總叨唸著織品修復室要來新人了，因此如初並不驚訝。她停下腳，與新同事握手寒暄。桑碧心的個子小小的，剪著齊額的瀏海，有一種好學生的氣質，掌心乾燥而溫暖。

兩人聊沒幾句，宋悅然的聲音在身後響起，她說：「碧心，妳提早到啦？」

大約是因爲戀愛的關係，悅然最近越來越喜歡打扮，她今天穿了長度及膝的連身針織毛衣裙，繫了條寬皮帶，將豐滿的身材襯托得有型有款，還帶點小性感。

她走到如初與碧心中間，先對碧心說：「來，先辦手續，等下我帶妳去找主任。」然後再轉頭問如初：「妳今天怎麼先來二樓？」

如初指指杜長風辦公室的方向，答：「報告進度。」

「不是才報告過？」悅然問了一句，卻沒等如初回應，馬上又說：「那好，妳報告完輪碧心報到，無縫接軌，出來時記得跟我打聲招呼。」

悅然說完，便精神抖擻地領著碧心走向辦公區，如初則走到杜長風半掩的門前，輕敲三下，門內傳出「進來」兩字，一如往常。

如初有點心虛地走了進去，規規矩矩開始進行會報。杜長風今天的狀況有點奇怪，他顯然有心事，沒有專心聽她講，卻也並不急著趕她走。

如初先報告鏡子的清潔狀況，又告訴杜長風上個月送進修復室的百來片青銅碎片都已分門別類整理造冊完畢，確定沒有任何一片屬於化形者，正要著手準備清洗鏽蝕的部分——

「不同坑口出土的青銅器，鏽蝕的形式很不一樣，對不同試劑的敏感度差異也很大。我怕洗壞了，都不太敢下手，傳承也沒有這方面的資料，還是需要有經驗的師父來協同處理。」如初頓了頓，問：「不是說過完年秦老師就會來了嗎？」

去年底她受傷住院的時候，就聽說公司終於請到一位很厲害的修復師，承影還暗示這位修復師也有傳承，但是拖了幾個月，始終沒見到人。

「合作方式談了很久，卡在這裡。不過前兩天終於搞定，他很快就會過來，帶妳一起幫鼎鼎治耳朵。」杜長風講到這裡，右手握拳在桌面上敲了兩下。

這是他的習慣動作，每次心裡有事懸而未決的時候就愛敲桌子。如初想起她好一陣子都沒看見鼎姐了，於是問：「鼎姐還好吧？」

「不好。」杜長風苦笑著說：「也不知道她預見了什麼，開春之後一逮到機會就瘋狂作畫，異能使用過度讓傷勢惡化得更快。勸也不聽。唉，上千年沒見她這麼固執了……」

杜長風說到這裡頓了頓，帶著歉意望向如初，又繼續說：「秦老師那兒我們因爲急著用人，最後談妥的條件是用特聘的方式請他過來，平常不用打卡上班，只要照顧鼎鼎就好，修復室裡剩下的活兒愛幹不幹，悉聽尊便……就這樣。」

這跟如初期待中能夠傳道、授業、解惑，甚至於交換傳承心得的「師父」相差太遠了。

她愣了愣，懷著期待問：「但是，公司還會再找資深的修復師進來吧？」

「我們青銅這方面的要求比較特別，妳也明白的，一時之間很難找到合適的人。這樣吧，等鼎鼎的傷搞定，大不了我託關係送妳出國進修，世界這麼大，一定有好師父能指導妳。」

上司都這麼發話了，即使如初仍有疑慮，也只能先壓在心底。

她道謝時杜長風正好伸手進抽屜，掏出一個畫著薄荷葉的扁盒子，倒出一顆糖丟進嘴裡。

如初這才發現辦公室裡一絲菸味都沒有，她好奇問：「主任，你戒菸了？」

杜長風不太在意地答：「過年之後，廣廈大樓全棟禁菸。反正我沒上癮，無所謂戒不戒，就嘴裡沒東西不太習慣。這個是薄荷巧克力，來一顆？」

杜長風說著便扔了一顆過來，如初手忙腳亂地接住，低頭看了看巧克力，又開口說：「主任，我下禮拜四下午想請半天假。」

「行。」杜長風爽快地答應。

如初抬頭往上看了一眼，壓低聲音又說：「我可能找到解除禁制的線索了。」

杜長風也跟著她瞄了一眼天花板，忽地醒悟，沒好氣地揮揮手，說：「我說妳怎麼今天突然跑來二樓報告進度……放心，隔了十層樓板，他聽不見。」

那太好了，如初鬆一口氣，說：「之後，我想借用修復室的設備，做一些研究工作，可以嗎？」

她上一回「借用」修復室是在下班後偷偷溜進去修復宵練劍。杜長風審慎地望著如初片刻，問：「妳知道自己在做什麼吧，有評估過危險性？」

「任何創新都需要冒險，你不要跟他一樣諱疾忌醫好不好！」如初指著天花板，小聲抗議。

「老三太消極，妳又太急，都不可取。」杜長風答。

他的態度不像是堅決反對，如初試探著問：「那，如果我動手之前先跟你報備的話，就沒問題了吧？」

杜長風沉吟不語，如初再接再厲：「我熱愛生命，絕不冒險，主任你知道的。」

「這句話由妳嘴裡講出來，眞是毫無說服力。不過好吧，妳可以試，但無論做任何事，都必需先經過我批准。」

雖然規矩有點綁手綁腳，但總算有所突破，如初開心地道謝，杜長風又交代了幾樣雜事，最後說：「這兩天妳先把手邊的事放放，去把犬神拿出來清理一下，不必大費周章，只要看起來不像是破銅爛鐵就行了。清好後拿一個漂亮的盒子裝起來，看上去比較有賣相。」

賣相？

如初一愣：「你要賣掉犬神？」

「還在談。」

杜長風的口吻彷彿犬神刀就是一件尋常古物似的，如初啞口無言片刻，忍不住問：「那不等於是販賣人口嗎？」

這句話把杜長風逗樂了，他「嘿」了一聲，得意地說：「被妳這麼一講，還真有點像，不過我這是獨門生意，販賣刀口。」

「但他可以化形成人。而且，如果他是人，就憑他犯下的那些殺人罪，已經夠判他關好幾輩子了。」

說到後來，如初不自覺有些激動，杜長風聽罷，氣定神閒地問：「妳覺得他沒受到懲罰，不公平？」

「的確不公平啊。」

「那妳有沒有想過，我們手上根本沒有犬神殺人的證據，真要把這傢伙弄醒了告上法院，最大的可能性就是因爲證據不足而當場無罪釋放？」杜長風又扔一顆巧克力進嘴裡，嚼了兩下後再問：「還是妳想動用私刑，等會兒就把他拿出來砍成兩截？」

這下子問倒如初了，她咬了咬嘴唇，不太甘心地說：「那萬一買家把犬神修好了怎麼辦？」

杜長風擺擺手，說：「這事妳就別擔心了，反正就算賣成功，我也會要對方保證這傢伙百年內都醒不過來。」

「才一百年？」如初還是覺得這個懲罰太輕。

杜長風誤會了她的意思，他大笑，伸手在空中虛點她，說：「百年還不夠妳活的？人生不滿百，長懷千歲憂。」

他並沒有惡意，可這句話聽在如初耳朵裡，無端令她感到悲傷。

是啊，百年後，她早已化做塵埃，而他們都還在。

他，能記得她多久？

如初沉默下來，又聽杜長風交代了幾句之後，才離開他的辦公室，直上十五樓，回到工作崗位。

忙碌一整個早上，中午十二點，徐方敲了修復室的門，探頭進來問：「一起吃午飯？」如初答了一聲好，脫下工作服，剛跨出門，就見到桑碧心在老莊師父身後站得筆直，見到她隨即頷首為禮，一副乖巧模樣。

想起自己第一天報到時，杜長風帶著她在修復室巡禮一周的經驗，如初於是指著身後的修復室問碧心：「要不要進來參觀一下？」

「以前看過，我念研究所的時候在雨令實習了一整個學期。」碧心笑了笑，露出兩顆小虎牙。

「可是妳看起來就像大學剛畢業……」如初說到這裡，心念一轉，不由得洩氣，說：「所以我還是修復室裡最小的？」

「怎麼，來這裡還不到一年就想要升師姐？妳認命吧。」老莊師父背著手開口，引來徐方的哄堂大笑。

一行四人說說笑笑進了電梯，在二樓又遇到悅然，五個人浩浩蕩蕩在餐廳裡占了一張大桌子吃飯。

徐方跟老莊師父在過年後都飛去大英博物館，跟那裡的專家合作，修復一件由敦煌藏經洞出土的巨幅刺繡，幾天前才剛回來。兩人你一言我一語地討論一項最新研發出來的技術，用來清理刺繡表面的灰塵。據他們形容，這項技術是用一張比手掌還小的特製尼龍細網，覆蓋在刺繡上，然後再用跟原子筆差不多尺寸的特製眞空吸塵器，壓在尼龍網上慢慢吸灰塵，如此一來，清理的過程既不會傷害到嬌嫩的絲線，又可以將灰塵徹底吸乾淨……

「這不是什麼高科技，但花了心思，挺好用的。說到這個，我看國外的修復室還會聘一組人專門管理器材，或者委託外面的專家定期清潔保養，要採購新儀器的時候也有地方可以諮詢，我們是不是應該跟主任反應一下？」

說到後來，老莊師父摸著下巴，盤算起該如何向杜長風爭取經費。徐方則是掏出手機，秀給三個女生看刺繡清理前後的對比照片，又問原本學美術的碧心，是怎麼個因緣際會，才跨進修復古物這一行？

「嗯，說起來還眞滿巧的。」碧心用餐巾紙抹抹嘴，氣定神閒地答：「不過遇上就遇上了，冥冥之中，自有定數。」

「妳講的是選擇職業？我怎麼聽起來像姻緣，還天註定呢。」悅然搶白了這麼一句，老莊師父聽得有趣，也插嘴向碧心說：「這麼玄乎？說說看，誰把妳領進門的？」

「不是人，是物。」碧心頓了頓，半羞澀半自豪地補充解釋：「嚴格來說，是一個剛出土的古鎮……」

原來，碧心大學念的是美術學院，主修繪畫，大二時在離學校不遠處有一古鎮遺蹟出土大量古物，急需人手處理。碧心於是自告奮勇前去幫忙，原本只想開開眼界，孰料幫著幫著，一頭栽進去，就再也出不來了。

「考古隊的學長說，他們剛到的時候沒地方住，租了附近三間民宅，一樓當基地，人員全部睡二樓，每天早出晚歸，幾個月忙下來每個人都黑得像塊炭。古鎮埋得很深，一兩個月下來還沒東西出土，當地人以為他們假藉考古的名義，暗地裡不曉得要幹什麼壞事，看他們的眼神都不對勁了。」

碧心講到這裡，端起杯子喝了口茶，老莊師父「喔」了一聲，說：「這個古鎮出土的時候，新聞挺大的，我有印象，沒想到妳還參了一腳。」

徐方也附和著說他記得，只有悅然不太滿意地表示她是當地人，怎麼完全沒聽過這件事，說完又推推碧心，叫她快點講，別吊人胃口。

碧心清了清喉嚨，又說：「古鎮的位置挺偏僻的，沒地方買現成吃食，考古隊也沒多餘的人手自己開伙，索性三餐都包給屋主的媽媽跟太太。結果有一天下大雨，他們提早收工，回來正好聽見那兩個大嬸邊燒飯邊閒聊，一個猜他們是不是盜匪集團，另一個一會兒說要報警，一會兒又改變主意，要在飯裡下迷藥來個黑吃黑……」

碧心講到這裡打住，匆匆咬了一大口雞腿，其他人全都停下筷子等她講，悅然忍不住，出聲問：「後來呢，沒出事吧？」

「怎麼可能！」碧心邊嚼邊說：「教授也在隊裡啊，聽同學報告之後氣得半死，當晚先弄來一輛小巴把所有隊員載到附近的縣城，大伙痛快吃了一頓。隔天上報領導，又弄了一個廚子來專門幫他們燒飯兼看房子，不放任何閒雜人等進入，這事才算了結。」

「那個想黑吃黑的大嬸呢？沒給點教訓？」徐方不太滿意地問。

「她什麼都沒做，你能把她怎麼樣？說說又不犯法。」悅然頂了徐方一句，又朝碧心問：「再後來呢，還有什麼驚險的沒有？」

「事情挺多，都有驚無險，眞正震撼的，要等遺址出土。」碧心匆匆喝下一口湯，將嘴裡的食物都嚥下肚，又繼續說：「他們花了一年半的時間駐紮在當地，將整個古鎭都給挖了出來，最早出土的是一批瓷片，嘩，全考古界都震驚了，你們猜出自哪個朝代？」

「我記得彷彿是……南宋？」老莊師父喃喃地說。

「初唐。」碧心比出剪刀手，得意地又說：「非常大的一個鎭。裡面亭臺樓閣、官府酒館，什麼都有，光石橋就有好幾座。考古隊找到幾萬片碎瓷片，後來聽說拼回了上百件完整的瓷器，有古鎭裡自己的窯燒出來的，也有從福建、江蘇各地運過來的，學者還考證出米芾出任鎭監的記錄，難以想像吧？」

碧心說到激動處，腰都不自覺地直了起來，顯然對於能參與這樣的盛況感到與有榮焉。老莊師父記錯了不大痛快，咂咂嘴說：「初唐就初唐，絲路上也挖出過一堆瓷器，沒什麼了不起的。」

「不光是瓷器，還有青銅、金器、銀器，應有盡有。我拍了好多照片……」碧心說著取出手機，點開相簿一張一張秀給大家看。

考古現場的照片通常並不令人驚豔，尤其碧心拍攝的時候考古工作還在進行中，就更顯得雜亂無章，看不到古鎮完整的樣貌，地面上只有一個又一個的考古方格，有幾格裡頭出現大小不一的圓洞，應該是開鑿過水井的痕跡，其中一個洞看上去深不見底，也許直到現在井裡頭還有水，也不知道底下究竟通往哪裡。

如初一邊胡思亂想，一邊聽碧心指著其中一個方格，對大家解釋：「這間房子的基址在隋末就開始興建，目前出土了史上最早的柴燒鈞窯爐，一列四座窯，周圍全是碎瓷片。我幫著挖的，怕破壞古蹟，不敢用工具，帶了手套空手慢慢挖，一個上午清不了多少，胳臂都累得抬不起來，可是特別有成就感。你們看，靠近水井的地面還鋪了青石磚……」

如初聽得入迷，她只去過幾次考古現場，所知有限。然而照片一張一張看下去，她慢慢發現自己竟然不需要碧心解釋，便能自動辨識出照片中離水井幾步路之外的青石板，就是當年的庭園步道，而窯與窯之間相隔的距離並不一致，其中有兩個隔得特別遠，是因爲兩座窯中間原本還隔著一根大木梁……

「我好像看過這裡。」看完數十張照片後，如初喃喃地這麼說。

「應該的，剛挖出來的時候很轟動，網路上不少人在傳。」碧心收起手機，不以爲意地如此回答。

許多影像在腦海中一閃而逝，快到讓人還來不及看清楚，便消失得無影無蹤。頭又轟隆隆痛了起來，如初深呼吸，握住拳頭，用指節抵在太陽穴上。

一旁悅然問碧心：「爲什麼鎮上的居民會懷疑考古隊騙人啊？」

「因爲在古鎮還沒挖出來之前，那地方的歷史最早只追溯到元末明初，地方志上記載的是，青龍鎮始建於明朝洪武年前，莊姓人氏來此墾荒，更早的時候根本沒有人住。挖出古鎮之後，當地人都大吃一驚，誰想得到在老祖宗耕種的農田底下，居然還埋了一個千年古鎮？做夢都夢不到呢。」

夢？

如初猛地打了一個寒噤，身子不禁抖了抖。然而並沒有人注意到她，對面老莊師父正把握機會，擺起架子告訴碧心：「所以說滄海桑田，不是沒有道理。」

碧心大概意識到自己上班第一天，話講太多，又回復到乖乖牌的模樣，笑著點頭答應。又過了一陣子，大家用餐完畢，紛紛起身離開，如初趁空檔拉住碧心問：「這個青龍古鎮在哪裡？」

「叫青龍古鎮當然就在青龍縣。」碧心理所當然講完，見如初一臉茫然，拍了拍額頭，說：「忘了妳是外地人，青龍縣就在四方市隔壁，離公司這裡有點遠，坐車恐怕需要將近兩個小時。」

她掏出手機，點開路線圖告訴如初如何搭車前往。聊著聊著她順口問如初：「妳是不是從小就喜歡古文物？這則新聞大熱的時候妳應該還在念高中吧，就能記得這麼清楚？」

幾幅零碎的畫面又閃過如初腦海，引起一陣輕微的暈眩。她張了張嘴，緩緩答：「我是最近才看到的……」

不完全對。

因爲她看到的畫面顯然並不是一片考古現場，而是那個鎮剛開始繁華鼎盛的模樣。

碧心不知情，還在一旁繼續問：「最近？青龍古鎮又上新聞啦？」

「不是新聞，我好像，是在，夢裡看到過……」

3. 虎翼

三月底的最後一個工作日，早上十點半，如初在修復室接到杜長風的電話。她講完電話後便站起身，走到隔壁的長桌旁，開啓桌面上一只典雅精緻的長形囊匣。

這個匣子的外觀雖然堅實，卻是以輕薄柔軟的無酸紙所製——先將三張紙用糯米煮出來的漿糊黏合成一層略有分量的紙板，剪裁妥當後再將七塊紙板疊成一落，繼續用糯米糊黏合，最後用重物將厚厚的紙板按壓平整，歷經一年的自然風乾定型之後，便成爲製作匣壁的基本材料。

每只囊匣都是針對特定的古物量身訂做，柔軟的內裡襯著眞絲，像一張懶骨頭沙發般將古物包裹在其中，盒蓋與盒身嚴絲合縫，緊密到連螞蟻都爬不進去，足以防潮、防震、防蟲蛀。外層則由古法相傳的雲錦所包裹，在老師父的一雙巧手之下，外表看不出來任何剪切痕跡，眞正做到天衣無縫，再襯上手工打磨、古色古香的牛角插銷，既深具文化質感，又能起到保護作用，是古物最完美的居所。

這種囊匣本身就是藝術品，全靠手工精雕細琢，耗時甚久，會做的師父極少。如初以前在家只看過成品，直到開始工作之後，才發現雨令長期合作的老師父，正是製作囊匣的箇中翹楚。

犬神化形成人類模樣的時候，如初對他深惡痛絕，但等到犬神無法化形，只剩下一雙本體刀的時候，她身爲修復師的使命感又蓋過了憤怒。如初在過年前幫雙刀訂做了一只囊匣，老師父前幾天才將匣子做好送過來，沒想到剛裝上，就又要送出去了。

雖然在心情上，她無法將犬神刀當成普通古物看待，但如初依然打起精神，再度仔細檢查雙刀，確定一切都沒問題之後，才抱著匣子來到十三樓。

小會議室的門半掩，沒有任何動靜，如初禮貌性地輕敲兩下，正要推開門，就聽到從裡頭傳出來一個低沉而陌生的聲音，他說：「請進。」

如初沒料到客人居然已經抵達，怔了怔才跨進門，只見一名身材高大的男子背對她，面窗而站。

他懶洋洋地轉回頭，視線落在她懷中的長匣上，噗嗤一聲，說：「這麼給面子？我還以爲妳們肯拿個破塑膠袋來裝這混蛋，就算客氣的了。」

他跨步上前，對如初伸出右手，又說：「妳好，我叫姜尋。」

姜尋年約三十五六歲，生得濃眉大眼，輪廓很深，長相偏粗獷，穿了一套深棕色的薄呢獵裝。衣服有點舊，襯得他整個人也有點滄桑，然而姜尋的笑容特別有感染力，像個小太陽般讓人打從心底覺得溫暖。

如初與他握了握手，報上自己的姓名，心想這應該就是主任在電話裡提到的買主，只不過不曉得爲什麼，看上去竟有些眼熟。

她依照杜長風的囑咐，打開盒蓋，乾巴巴地介紹：「這把雙刀名爲犬神，年代起碼可以追溯到商代，刀脊處飾有一組帶狀的複雜紋路，上頭雕了眼睛、翅膀跟雲朵，意義不明……」

她對犬神所知甚少，講到這裡實在沒東西可以講了，只能打住。姜尋唔了一聲，說：「不堪玄鬢影，來對白頭吟。」

「啊？」如初一頭霧水。

姜尋伸了個懶腰，右手落下時隨意地往空中一抓，一柄綻放著寒光的大刀刹那間出現在他手中。

這把刀柄短身長，十分厚實，平直的脊背處飾以網狀菱格紋，到了尾端卻微微翹起，在刀頭處形成一個上挑的刀尖，跟漢代以後的平脊刀大不相同，顯得格外具有殺傷力。

姜尋將大刀遞到如初面前，指著刀身近脊處的帶狀花紋，說：「我的本體鑄有同樣的紋路，無足蟬紋，那個年代的人相信蟬有神力，可以庇佑戰士死而轉生……妳想看就湊近看，不用客氣。」

他又將刀推往前，示意她靠近觀賞。如初頭一次遇上化形者如此大剌剌亮出自己的本體，一時之間竟不知要如何反應。她順著他的話低頭看了看，茫然答：「不太像。」

姜尋抖抖手中的大刀，耐心解釋：「小白是雙刀，所以他的蟬紋對分成兩半，妳得將兩把刀併在一起，才能看出來那是一串秋蟬。」

「你怎麼知道那是秋蟬？」如初不太信。

「亂猜的。」姜尋攤手，悠然說：「我們都在秋天出世。」

我們？

如初忽地覺得不對，她努力維持臉色不變，抬起頭問：「請問，您跟犬神之間的關係是？」

「沒有血緣關係，不過他從化形以來就管我叫二哥，衝著這聲哥，他闖了禍我也不能不出來收拾善後。」姜尋摸著下巴，表情一言難盡。

他講得輕鬆，如初卻覺得全身寒毛都要豎起來了。她抱著長匣退後一步，警惕地瞪著姜尋，問：「你是虎翼？」

上古三大邪刀之一的虎翼。

對方坦然點點頭，如初再退一步，問：「那你爲什麼剛剛不講清楚？」

對方一愣，反問：「妳是不是有什麼誤解？本體的稱號是別人取的，跟化形之後的名字沒必要有關連，我叫姜尋，記住啦？」

他說得十分誠懇，但想起犬神騙人的本領，如初一個字都不信。她反駁：「可是大家都叫你弟犬神，沒聽說有別的名字。」

「呃，其實是有的。」姜尋抓抓頭，繼續解釋：「還是我取的，他化形之後長得白白淨淨，我就管他叫姜小白。起初他也挺開心的，後來不知道從哪一年起再也不肯用，也不曉得到底是那根筋不對勁。」

「小白？」如初不以爲然地說：「這不是狗的名字嗎？」

「這也是春秋五霸之首，齊桓公的名字。」杜長風的聲音從如初背後傳來。

他左手端了滿滿的一杯熱咖啡，右手抓著一只檔案夾，推開門大步走進會議室，對如初說：「放在當年，小白是個好名字，貴氣。我們家麟兮才是寵物名，依外形隨便起的。」

杜長風將咖啡放在桌上，對姜尋頷首致意，又說：「小姑娘，見識難以超越所屬時代，見笑。」

自從進公司以來，如初少不了被主任教育，不過這一回杜長風表面上雖責備她，用詞卻隱含著回護之意。如初猛然想起姜尋的身分，趕緊再退到杜長風身後，對姜尋淺淺一鞠躬，說：「姜先生，失禮。」

話剛說完，姜尋手中大刀便咻地一聲飛到如初面前，筆直豎起，刀柄與她雙眼同高。

如初嚇得停住了呼吸，姜尋伸出一根食指輕輕搖晃，說：「別。妳這麼一道歉，我豈不成了跟小姑娘斤斤計較的油膩大叔，多划不來。」

隨著他的食指晃動，虎翼刀也在如初面前左搖右擺。姜尋說完，打了個響指，刀竟原地轉起圈圈，看上去一點都不像殺人無數的神兵利器，倒像是魔術師的拐杖，隨著音樂起舞，搖來擺去的頗爲自得其樂。

如初眨著眼睛瞧了一會兒，感覺眼前的大刀似乎還在等她回應，於是小聲說：「ＯＫ。」

姜尋滿意地再打個響指，刀頓時不見蹤影。他拉開椅子坐下，對杜長風比了個打招呼的手勢，愉快地說：「Long time no see.」

「是挺久，超過一百五十年沒見了吧？」杜長風也拉開椅子坐下寒暄。

「我想想，最後一次碰頭是……」姜尋頓了頓，問：「一八六三年，淘金船上？」

「是，大家都從香港上船，坐了兩個多月才到美洲。你們三兄弟到舊金山就下船了，我們全家一路去到溫哥華。你們後來怎麼樣？淘到金子沒有？」杜長風閒話家常般地如此問，語氣裡帶著一股悠然懷念。

姜尋哈了一聲，說：「你開什麼玩笑，就我那霉運，不要說是黃金，連黃銅都沒有淘到，小白還差一點被騙去當奴工修鐵路。他從小腦子就不好使，特別容易上當，後來我們乾脆離開加州，往內陸走……」

過去百多年飄流海外的經歷，姜尋說起來輕鬆，內容卻著實波瀾壯闊。杜長風不時給出回應，也談了好些他們之後又從美洲回到亞洲的經過。兩人之間氣氛和諧，甚至還有些惺惺相惜。

等聊到一個段落，杜長風才扭頭對如初說：「聽起來雖然很扯，但都是事實。」

如初趕緊收起臉上半信半疑的表情，杜長風又轉向姜尋，說：「敘完舊，可以談正事了？」

姜尋苦笑一聲，答：「請說。」

杜長風把手在桌子上敲了兩下，說：「在進入正題之前，我得先問一句。當年我們在船上的約定：自此之後，馬牛其風，互不相干，除非有一方對人類暴露了化形者的存在，否則絕不向對方出手。這句話，現在還算不算數？」

「當然算。」姜尋一臉凝重地如此回答。

「那好。」杜長風說這話時面色不變，但依如初對他的了解，他明顯鬆了一口氣。能讓主任緊張的情況非常少見，姜尋有這麼不好惹？

這個問題當然不能當場提出來問，如初於是動都不動繼續站在杜長風身後，豎起耳朵聽他們談判。

杜長風並未再提過往，而是攤開檔案夾直接問姜尋：「你打算出多少價把姜小白贖回去？」

姜尋掏出皮夾，數了數，認眞反問：「三百塊？」

如初忍不住噗了一聲，杜長風語帶譏諷地說：「我們談的是你兄弟，現在市面上好一點的菜刀，一把都不只三百塊了。」

姜尋聳聳肩，將整個皮夾放在桌上，平靜地答：「這是我全部家當，多的恕無能爲力。」

杜長風啪一聲合起檔案夾，雙手抱胸，冷冷看著姜尋。氣氛忽然間變得劍拔弩張，如初正不知如何是好，就聽見杜長風淡淡開口說：「也可以。」

姜尋挑眉，杜長風敲敲檔案夾，又說：「我們追蹤了幾個月，最後查出來，除了封狼那樁案子之外，姜小白還在國內殺了五個人。死者彼此之間沒有任何聯繫，也跟封狼無關，當然不排除他好殺成性，但我總感覺他選擇下手的對象，並非偶然。」

杜長風的目光緊緊盯著姜尋，問：「你也查了案，不如這樣，你把事情說個明白，姜小白的本體我們就無條件奉還。」

姜尋原本斜坐在椅子上，聽了這話之後慢慢直起身，表情跟剛才一般無二，就連手也還插在西裝褲口袋裡沒抽出來，然而一股雖千萬人吾往矣的剛烈刀意卻迅速來襲，霸道地讓人喘不過氣來。

幾乎在下一秒，杜長風身上的氣勢也發生變化，他整張臉恍若忽地覆蓋上一層青銅面具似地，完全失去了表情，雙唇微啓，似乎隨時準備發出聲音。

如初看不懂他們之間的爭鬥，卻感覺到整個空間都充滿壓力。她不想示弱，咬住嘴唇撐著不出聲，臉色卻不由得變慘白。

姜尋瞥了她一眼，收起刀意，輕嘆一聲，答：「小白親自下手，總共殺了七個人。這七個人互不相識，只有兩個人勉強算是跟古物有關，一個是走私古物集團的司機，另一個是修復師。」

他對如初投來一個歉意的眼神，又對杜長風說：「我可以把這七個人的資料給你，至於其他部分……我當初追查的重點並不在小白的動機，因此收穫不多，沒什麼有價值的訊息。」

「真的是訊息沒有價值，還是牽連到了你不願深查下去的人，比方說，姜拓？」杜長風冷冷問。

姜尋聳聳肩，答：「無可奉告。」

眼看談判即將破裂，杜長風卻想起什麼似地，眼底浮現一抹笑意，又問姜尋：「那你當初追查的重點是什麼？」

姜尋打了個呵欠，正要說話，杜長風又說：「我來猜猜，你一一找出受害者，想辦法賠償他們的親人？」

「眞的嗎？」如初忍不住開口問。

杜長風將檔案夾遞給她，說：「自己看。」

檔案夾裡總共有八份報告，每份報告都是一名受害者的詳細個人身家背景調查資料。報告上顯示，所有受害者家屬都在最近半個月內收到一筆鉅額保險金，匯款單位是一間位於西維吉尼亞州的公司，這間公司在亞洲並未設立辦公室，電話打過去全部進語音信箱。

如初翻到最後，發現這是一份美國私家偵探寫的英文報告，解釋他親自開車去到保險公司的地址登記處，看見一片廢棄廠房，幾經調查後發現土地所有人姓 **Jiang**。

姜的英文拼音就是**Jiang**。

如初默默將檔案夾放下，瞄了一眼桌面上那個扁扁的皮夾，再將目光移到姜尋臉上，輕聲問：「爲什麼有人錢拿得比較多，有些人拿得少？」

「妳就認定是我幹的好事？」姜尋挑眉，含笑問她。

如初點點頭，說：「這是好事，如果是你做的，我想知道是怎麼一回事。」

四目相視，如初眼裡的認眞帶給姜尋一絲觸動。他嘆口氣，緩緩對她說：「錢拿最多的那家人，死者老婆一領到保險金就把兩歲大的兒子留給爺爺奶奶，自己出國旅遊去了，玩得不亦樂乎，一點都沒有回家的意思。我只好再想法子安頓祖孫三人，開銷自然比較大。」

「所以，你不只賠償了事，還會去做後續追蹤？」如初再問。

「追不了太久。況且再多金錢彌補，也補不了白髮人送黑髮人，孩子生長過程雙親都缺席的遺憾。」姜尋搖搖頭說：「求一個問心無愧罷了。」

他的語氣平淡，表情也沒什麼波動，只有在講到最後，眼底才流露出一絲黯然。如初知道以姜尋的經歷，必然看淡人間生離死別，卻沒想到他依然在乎。

她鄭重地對他說：「謝謝。」

「關妳什麼事。」姜尋笑了起來，一攤手，瀟灑地對杜長風說：「你都查到這裡了，應該也就能夠體諒，我眼下確實一貧如洗。不過千金散盡復還來，大不了借你公司騎樓舉塊紙牌，上書『賣身葬弟』四個大字，就憑我這一身皮相，應該還値上幾個錢。」

他的口吻吊兒郎當，可是如初看過那幾份報告之後，不認爲姜尋的性格裡有一絲輕佻。那些賠償給受害者家屬的錢，要贖回姜小白肯定足夠，但他選擇散盡家財，空手來見他們。

如果要如初做決定，她肯定不會爲難姜尋，但在這件事上，做主的人不是她。如初轉向杜長風，只見他掏出巧克力吃了一顆，嚼著嚼著忽然問：「你剛剛說『親自下手』，難道還有案件是小白有參與，卻沒有親自下手的？」

姜尋半晌沒開口，過了好一會兒才說：「你們也知道，小白的異能是幻化，他到過的地方，老是會出現監視器裡拍到的人，早在一兩天前就被綁架，甚至被棄屍荒野這種事情。」

他皺皺眉頭，又說：「但我踏過幾處棄屍的地方，都沒感覺到小白的刀氣，也就是說，他冒充了受害者，但下手殺人的另有其人。」

「人？」杜長風的語氣同樣困惑。

「對。一個膽大心細，對現代科技有一定掌握的『人』。」姜尋頓了頓，說：「我手上沒有任何證據，但那種行事風格跟『我們』實在不像。」

「那徐大哥的學妹呢？」如初忽地出聲，朝姜尋說：「她原本在博物館工作，後來死了，情況跟你剛剛講的一模一樣，博物館監視器裡最後拍到的人，應該也是姜小白幻化的。」

姜尋側頭想了想，問：「是一個二十來歲的小姑娘嗎？」

「對。」如初猛點頭。

「小白沒殺她。不過她的情況更詭異一點，她走進一家早餐店，就再也沒走出來過了……」

姜尋猛地打住，望向杜長風，面露徵詢之意。

杜長風把手在桌上敲了兩下，朝如初問：「妳今早沒事要做？」

如初本來聽得正專心，被這麼一打斷，愣了愣，脫口答：「當然有，但是……」

「那就快去做，這裡不需要妳。」杜長風揮揮手，擺明要趕她離開。

但如初還想聽下去，她假裝不懂，舉起手中的長匣說：「我需要跟姜先生報告姜小白的狀況。」

「不用報告，我相信青銅傳承者不會亂搞，雖然妳顯然還太嫩。」姜尋對她微笑，說：「幸會，午安。」

一個這麼說，兩個也這麼說，如初於是明白他們是鐵了心不讓她再旁聽下去了。

她將長匣放在桌上，先對杜長風說：「那我先回修復室了。」然後瞥了姜尋一眼，悻悻然加上一句：「幸會，您也午安。」

「乖。」姜尋微笑回應。

如初面無表情地轉過身，邁開大步離去，然而她一關上門，便聽見裡頭傳出爽朗的笑聲。

4. 遺物

隔天中午，如初抱著一束花店剛送過來的鮮花，在離站牌十公尺處停下腳，目送一輛空蕩蕩的巴士，排氣管轟隆隆噴著氣，以絕對該吃罰單的速度絕塵而去，消失在遠方。

她打開手機查看時刻表，發現下一班巴士要等半小時後才會來——她並沒有遲到，是剛剛那輛巴士提早開走了。

但人生往往就是這樣，你沒有犯錯，卻需要承擔別人肆意妄為的後果。

再等半小時肯定趕不上跟嘉木約好的時間，因此雖然路程有點遠，坐計程車恐怕花費不少，如初還是點開叫車用的APP。就在她忙著輸入目的地時，一輛半新不舊的小貨車優哉游哉地從旁邊開了過去，在幾步外停下來，又倒車回頭，停在她身旁。

這輛車後面載了幾個空竹簍，其中一個竹簍上還掛了幾片青菜葉子，如初不明所以地抬起頭，只見小貨車的車窗玻璃慢慢往下移，姜尋從駕駛座裡探出頭，摘下墨鏡，溜一眼她手上用白色棉紙包著的鮮花，饒富興味地開口問：「小姑娘，去哪裡？」

「……下城區。」

「順路，需不需要搭個便車？」

如初與他對視三秒，忍不住問：「你不是已經一貧如洗了嗎？」

怎麼還能有車開？

「銀行的說法叫破產，至於這輛破車……」姜尋探出頭瞄了一眼車身，不勝欷噓地說：「跟邊鐘借的，等下還得幫他去果菜批發市場拉趟菜回去，工資抵油錢，兩不相欠。」

聽起來他混得實在有點慘，但也不能因此就失去警戒。如初還在猶豫，姜尋又說：「上來吧，我賠償名單上的最後一個就是妳了。有任何要求，儘管開口，上刀山下油鍋，我義無反顧。」

「不用了。」如初瞬間做出決定。她收起手機繞到另一邊上車，關上車門後轉頭說：「不過，你可以回答我幾個問題，當做賠償。」

「好麻煩。」姜尋摸摸下巴，說：「我比較喜歡刀山跟油鍋。」

「既然是賠償，當然是以我喜歡的爲準，不然就太沒誠意了，你說對不對呢？」如初回完，不等姜尋反應，馬上接著說：「我的第一個問題，沒有血緣關係的意思是，你的本體跟犬神的本體並不出自同一顆隕星？」

「完全正確，下一題。」姜尋踩下油門，車重新發動上路。

如初端詳著他的側臉，問：「我是不是在哪裡見過你？」

姜尋再摸摸下巴，反問：「國野驛？」

在池塘旁邊伸懶腰的落腮鬍大叔影像忽地浮現眼前，如初啊了一聲，問：「你的鬍子呢？」

「刮乾淨啦。來負荊請罪的，儀容當然得整齊。欸，妳的問題都這麼言不及義？」

「拜託，是你造型變化太大好不好……所以你到底欠邊哥多少錢？」

「小姑娘講話好好講，別老提錢，弄得一身銅臭味。」

「我不提錢也改變不了你欠錢的事實……等一下，你才有銅臭，你根本就是個青銅！」

跟姜尋聊天是件再輕鬆不過的事，不知不覺中，小貨車已駛離公司所在的蒼山區，不急不徐沿著市區的環圍道路，往南前進。

閒扯一陣子之後，如初偏偏頭，裝出不在意的模樣，輕聲問姜尋：「你們之間，有過跟人類通婚的例子嗎？」

姜尋也偏過頭，看著她反問：「如果我說沒有，會影響妳的任何決定？」

「……不會。」

「那就得了，別人的事，管那麼多幹嘛？」

他說得對，如初沉默下來，轉過頭打開車窗。姜尋的開車風格比較隨性，跟蕭練的精準效率很不一樣，但都能做到又快又穩，不知不覺中，車已開到四方市靠河的一個區域裡。

如初之前沒來過這一帶，但看路牌顯示，嘉木念的大學就在附近。沿途的建築物古樸典雅，庭園花木扶疏，就連路旁行人的腳步也比市中心的人要來得從容舒緩，溫熱的陽光伴隨閒散的風，吹得人醺醺然，不自覺地放鬆。

受到這靜謐而美好的氛圍影響，如初安靜地看了一陣子風景，才覺得好過了一點，就聽姜尋開口問：「看上誰了，殷承影？」

「才沒有！」如初沒好氣地反問：「爲什麼這樣猜？我看起來像是跟殷承影比較合的樣子嗎？」

察覺到自己講錯話，姜尋輕咳一聲，解釋：「可能是因爲當年在同一條船上，所有姑娘都公認他長得最帥，不過那是清朝的審美觀，妳不用在意。」

如初懨懨地「喔」了一聲，姜尋又說：「至於妳剛才的問題，答案是，有。但是極少，每一件都算特殊案例。」

「眞的？」如初眼睛亮了起來。她咬咬嘴唇，小聲說：「我跟蕭練在一起。」

「他？」

姜尋的神情跟語氣都沒什麼改變，但如初卻敏感地瞧見他眼底滑過一絲驚訝。

爲什麼？蕭練的性格雖然冷淡，卻並不排斥跟人類相處，跟她在一起有什麼好奇怪的？

還是說，姜尋知道蕭練以前的事？

他會不會也知道禁制？

如初的心臟頓時怦怦地急速跳了起來。然而姜尋雖然對她態度頗爲友善，蕭練卻說過他們不是朋友，如初不想透露太多。

她斟酌了一下，含糊地開口說：「但是蕭練他，不覺得我們有未來。」

她還在想該怎麼不著痕跡地把話題帶到禁制這方面，就聽姜尋答：「那當然，遭遇過那麼慘烈的背叛，換成是我，也很難再信任感情。」

「啊，那是什麼意思？」

如初直愣愣地朝姜尋看去，他回望一眼，恍然大悟，問：「妳不知道？」

如初僵硬地搖搖頭，姜尋接著說：「那就繼續維持不知道，對妳比較好。」

「可是我現在已經知道了，你就不能說完嗎？」如初大聲抗議。

「千年前的陳穀子爛芝麻，有什麼好說的。」姜尋不以爲然：「更何況有些事情，他要自己走不出來，十頭牛拉也拉不動，如果已經走出來了，就更沒必要翻舊帳。況且我也只是聽說，沒親眼見證過，那時候我們處得水火不容，萬一弄錯，妳豈不白操心。」

這番話連消帶打，乾淨俐落地封住了所有可以往下追問的空間。如初咬著嘴唇沉默片刻，不得不承認他有道理，卻怎麼樣也做不到立刻就把剛剛聽到的話從腦子裡徹底驅逐。

她心煩意亂地抬起頭，又問姜尋：「你們爲什麼水火不容？」

姜尋手握方向盤，以悠遠的目光看向正前方，用緬懷的語氣說：「政治上立場不同，對於如何跟人類相處，看法也大不相同。」

這跟如初以爲的答案完全不一樣，她錯愕了一下，說：「我還以爲是性格不合？」

姜尋勾起嘴角，說：「天下這麼大，性格不合老死不相往來就是了，犯不著拚得你死我活。」

他頓了頓，又說：「更早之前，每一次人類改朝換代，我們都會選邊支持。隋唐交接之際，蕭練他們選擇了隴西李氏，我們……不提也罷。」

唐朝皇室號稱出自隴西李氏，如初「喔」了一聲，篤定地說：「你們輸了。」

「都輸了。」姜尋淡然答。

他們說話的時候，車已開上省道。這條路看起來很新，應該是最近才拓寬，沿途栽種的野櫻正在盛開，遠看就像一片片粉色的雲霧飄在路旁，本應十分浪漫。但旁邊自行車道上正好有群人騎腳踏車嘻嘻哈哈蛇行經過，不時越過白線騎上快車道，惹得司機猛按喇叭抗議，弄得一團烏煙瘴氣。

姜尋將小貨車開到內側車道，望向前方說：「說起來也好笑，那時候卯足了勁打打殺殺，再沒想到，未來居然會變成這樣。」

怎麼樣？

如初左看右看，問：「你們沒想到人類科技可以進步得這麼快嗎？」

姜尋笑出聲，搖頭，緩緩說：「最後一次器物能夠化形成人，就是在唐朝。」

如初一怔，衝口問：「爲什麼？」

「不知道。」姜尋對她微笑，悠然說：「忽爾自生，不知其所以生，不知其何以往。」

也就是說，在不明就理的情況下，他們整個族群再也沒有新生代了？

如初聽不太懂姜尋的後半句，卻聽得出語氣裡的蒼茫。她安靜了一會，輕聲問：「所以，你們才會跟主任他們做出約定，和平相處，不讓人類發現？」

「不完全。坦白說，我們還眞不在意有沒有新血加入，只不過打著打著，慢慢發現這世上只剩對手能夠了解你，再打著打著，才發現原來要對抗的是命運本身，然後打架就變得很沒有意思了。」

姜尋說完，瞄了如初一眼，問：「妳感傷什麼？我只要好好保養，可以活到地老天荒，妳可沒辦法。」

雖然這是事實，但他那欠揍的語氣還是讓如初很不痛快，她瞧著姜尋，反問：「你知不知道地球上還有另一種生物，生命力頑強，據說也能活到地老天荒？」

「知道，蟑螂。」姜尋毫不猶豫回答。

他說完自己先哈哈大笑起來，如初被帶著也笑出聲，然後聽姜尋問：「聽音樂？」

她答「好啊」，他按下一個鈕，緊接著，吉他聲響起，如初聽到熟悉的歌聲：

「生命比森林古老，比山脈年輕，像風一般自由生長，鄉間小路，帶我回家……」

姜尋跟著唱了起來，他的音色有大提琴的質感，低沉柔和，配上思鄉情懷的歌詞，格外讓人沉醉。

如初聽他唱完一整首，到了尾聲才開口說：「我會唱原曲裡女生合音的部分。」

「那還等什麼，一起唱啊。」姜尋按下反覆鍵，輕快的旋律再度響起。

「喝著混濁的私釀烈酒，淚水讓雙眼變朦朧，鄉間小路，帶我回到歸屬的地方……」

兩人居然在車子裡像唱卡拉ＯＫ似地唱起歌來，也頗新鮮。如初自覺歌聲普通，哼了半首就不肯唱下去，姜尋跟著安靜下來，但鄉村音樂一首接著一首，依然迴盪在車廂內，詠嘆著失去親人卻流不出眼淚的悲傷，兩小無猜的甜蜜與成長，以及對腳底下這片土地的熱愛。

接下來的路程，兩人聽音樂的時間居多，偶爾也交談幾句話。如初於是了解到，姜尋自從百多年前出國之後，便一直在國外定居，很少返鄉，這次距離上次回國已經隔了將近二十年之久。不過姜尋講起過去總是輕描淡寫，有時候好像在講別人的事似的，也許太過遙遠的記憶都會變得像是霧裡看花，因爲間隔的時間太長而失去眞實感。

等整張專輯放完，車也開到了一個風景優美、青山環繞的地方。姜尋在噴水池前停下車，瞥一眼牌樓上斗大的「四方市安賢墓園」幾個字，問如初：「就這裡？」

「對，謝謝。」

如初對姜尋揮揮手，姜尋掏出一個款式很舊、外殼更舊的手機，說：「交換個聯絡方式吧，我會在國野驛住上一陣子，妳之後要是遇到麻煩，可以找我幫忙。」

如初心底一暖，掏出手機。兩人交換了號碼之後，她走下車，站在車窗旁，又踮起腳朝姜尋說：「如果你受傷了記得來找我，就算我現在沒能力修復，以後也會成長的。」

「那我等妳了。」姜尋懶懶一笑，伸手出窗外，握拳，問：「一言爲定？」

這是國外流行的擊拳打招呼動作，如初也握拳，笨拙地與他拳頭碰拳頭。

兩人互道再會之後，姜尋掏出墨鏡帶好，開著小貨車繞噴水池半圈，緩緩駛上公路離去。如初則掏出手機，發給嘉木一行訊息，告訴他她到了，在大門口，問他現在在哪裡。

嘉木很快便回傳訊息，說他們已經在墓園裡面，要如初別動，他會出來接她。

如初收起手機，在噴水池前來回踱步，又過了幾分鐘，她看到一個熟悉的身影從園內大步朝她走來。

嘉木在這半年內急速變成熟，如初每次跟他見面，都感覺他身上那股特屬於學生的青澀氣質越來越淡，整個人開始變得深沉，也會不動聲色地與她拉開距離。但骨子裡，他永遠是那個擁有少莊主氣質的莊嘉木，從不吝於對朋友伸出援手，就像今天。

懷著輕微的罪惡感，如初迎上前問：「我沒遲到吧？」

嘉木搖頭，說：「我們早到了。本來教授提議在門口等妳一下，楊女士堅持先進去，說是有話對她先生交代。」

他一提到楊女士，如初頓時開始緊張。她舉起花，詢問嘉木：「花店跟我推薦白菊花，說表達哀思最適合，你看怎麼樣？」

過完年，她一直尋找的另一本古書終於有了下落。原來，當初一位校友在遺囑裡指定捐贈給學校這批書，遺孀楊娟娟照辦後又反悔，跑到學校吵著要取回幾本，校方幾經權衡，終究還是將她要的書還給了她。

如初乍聽之下大爲洩氣，以爲不可能見到古書了。然而嘉木的指導教授葉云謙輾轉得知此事，主動與遺孀聯繫。也不知道教授是怎麼勸的，總之，最後楊娟娟同意出借古書讓如初閱讀，不過有個先決條件，就是如初必須親自到她先生的墳前致意，以慰亡者在天之靈。

雖然網路上都稱讚這個墓園風水上佳，風光也極佳，四方市知名的書法大家與抗戰英雄都埋骨此處，如初還是感覺毛毛的。但爲了早日解除蕭練身上的禁制，她毫不猶豫地一口答應，好在葉教授提議大家一起來弔唁，總算讓情況少了幾分尷尬。

嘉木看著她手上的花，說：「這不是白菊，是雛菊。」

如初低頭看看花束，遲疑地說：「只要是菊花應該都可以吧？」

「雛菊一般來說表示友誼長存。」

「噢。」如初想了想，將花塞給嘉木：「送你，爲防萬一，我還帶了這個。」

她從背包裡翻出一串白色的千紙鶴，舉起腳匆匆踏上面前的石板路，走了兩步覺得不對勁，回頭看才發現嘉木還站在原地，垂眼看著手中的雛菊，神色意味不明。

如初怔了怔，慢慢又走回他面前。嘉木看著她，問：「不躲我了？」

如初回：「……友誼長存？」

嘉木噗嗤笑出聲，晃晃手中的花，說：「好，我收下了。」

他端詳她的臉，又問：「妳好嗎？」

惡夢究竟是怎麼回事還不清楚，如初想了想，決定先不透露給嘉木知道。

她打起精神，先說：「我很好。」頓了頓，再加一句：「謝謝，一直以來。」

友誼大概不可能回到原點，但如初一直欣賞他，更記得初來乍到，眼前的一切都徬徨陌生時，他所伸出的援手。

嘉木回以一個清淺的笑容，一手拿花一手插在褲子口袋裡，瀟灑地走向前，說：「真撐不下的時候別逞強，不想找我也可以找我姐，我知道妳們一直有聯絡。」

「一定。」

兩人並肩走進園區。這個墓園背倚青山，視野開闊，一彎清溪順地勢由山間流出，在園內蜿蜒盤旋。流水旁點綴著小巧的亭臺樓閣，雖然布置稍嫌刻意，卻有效地沖淡了墓地的陰森氣息。

嘉木邊走邊告訴如初，警方抓到了殺害楊娟娟先夫鄒因的兇手，判定這是一起盜賊闖空門卻不巧遇上屋主因而臨時起意的殺人事件，全案已告落幕。但楊娟娟受到的打擊太大，精神狀況一直不太好，葉教授建議大家說話盡量簡短有禮，避開敏感問題，以免刺激情緒……

「教授要我轉告，如果楊娟娟問起妳借書做什麼，回答有興趣就好，不要提妳是古物修復師，免得她胡思亂想。」

嘉木講到這裡，頓了頓又說：「但就我個人意見，妳愛講什麼就講什麼，不用管那麼多。反正教授會控場，至於楊女士，她是不太正常，但我感覺情況也跟教授講的很不一樣。」

「她到底是怎麼回事啊？」如初問：「爲什麼你們全都認識她？」

「嗯，是這樣。我們研究中心去年新成立一間實驗室，鄒先生的公司負責從國外進口實驗儀器。結果儀器還沒到，他就先過世了，後來都靠楊娟娟接手處理，這批儀器才能順利通過海關。之後儀器裝好了，她也還是常來，每次來不光找教授，也會找我們聊天，請我們吃飯，這次她又提出來要見妳……」

嘉木停在這裡，一副不以爲然的模樣。如初摸不著頭腦地問：「她這樣哪裡不正常？」

「普通人喪偶之後會那麼愛出來交際應酬嗎？」嘉木反問。

「會啊。」如初用力點頭，說：「我有一位阿姨，先生過世之後，她跑去附近的社區學校，一口氣報名三個班，還去學插花。她說閒下來會一直回想，太痛苦了……這樣算不算？」

「算。」嘉木眼底閃過一抹深思，又問：「所以，我可理解成——妳那位阿姨一直努力分散注意力，試圖遺忘？」

分析人行爲背後的思考模式，從來不是如初的專長。她掙扎著說了句「差不多吧」，忍不住問：「然後呢？」

嘉木看著她，忽地一笑，說：「然後……謝謝妳幫我釐清了一些事。還有，很高興妳一點都沒變，樂觀，保持希望。」

講了半天，到底她幫他釐清了什麼事啊？

如初正準備出聲抗議，嘉木又說：「對了，妳還記不記得，剛認識的時候我跟妳講我正在修的那門課，討論金屬生命，劍還會化形成人？」

怎麼可能忘！

如初趕緊點頭，緊張地望向嘉木。他對她聳聳肩，說：「教授不知道從哪裡弄到幾塊古代金屬的碎片樣本，新成立的實驗室，目標之一就是分析這些樣本，看裡頭是不是藏有生命徵兆。」

聽起來跟蕭練他們沒有關聯，如初頓時安心不少。她看嘉木一臉意興闌珊，忍不住問：「你不喜歡分析這些？」

「也輪不到我不喜歡，不過……」嘉木欲言又止片刻才說：「這間實驗室還跟醫學院合作，要做人體實驗，現在正在校園裡積極招募受試者，這……不是我心目中的物理學。」

他停下腳，認真地告訴如初：「過去半年，我感覺自己跟教授的志趣實在不合，還在考慮博士班是不是要換間學校念——」

「你確定要讀博了？」如初眼睛一亮，打斷他這麼問。

「還沒。」嘉木急急否認：「只是考慮而已，千萬別跟我姐提，她知道了我媽就會知道，我媽知道等於公告天下，天啊我爲什麼要跟妳講這個……」

「了解，保證這次一定不出賣你。」

如初大笑，舉手發誓她會保密到底，原本有些彆扭的氣氛至此終於煙消雲散。

又閒聊了一陣子，他們走進一處掛有「化做春泥更護花」木匾的區域。此地沒有墓碑，放眼望去全是一株株綠樹，顯然是墓園的樹葬區，有些樹才新種下，旁邊還圍著半枯萎的花束與花圈，有些樹則已綠葉成蔭，修剪得十分齊整。

嘉木領著如初來到一株只比人略高的小樹苗旁，原本已有五個人站在樹前，其中三名二十來歲的年輕男生並排站在略後方。最右邊的便是莊茗的未婚夫大熊，他穿了一套黑西裝，一臉無聊地低頭看地面，另外兩名男生都比大熊瘦，略高的那位有張國字臉，正在打呵欠，另一位則剪著厚重的瀏海，但在黑髮上挑染出棕色層次，搭配秀氣的眼鏡框，雖然今天可能因爲場合的緣故，打扮上相對樸素，但一看就知道是重視外表的人。

在這三人前方，有一名身材中等，面貌清雋文秀的男人單獨站立，神情肅穆，年約四十五六歲左右。

嘉木走到中年男人面前停下腳，介紹說：「這是我的指導教授，葉云謙老師。老師，這位就是我之前跟你提過的，應如初。」

如初趕緊向葉云謙淺淺一鞠躬，說：「老師好。」

「妳好。」葉教授也對如初點點頭，然後就不說話了。

他的書卷氣很重，看上去像是那種不擅與人交際的科學家，如初不知道該說些什麼，甚至也不知道在墓園裡微笑是否合宜。她再度朝葉云謙頷首爲禮，然後向站在最前方的女子看去。

葉教授輕咳一聲，說：「這位是楊娟娟女士。」

古書現在的主人，葉教授好友的遺孀。

楊娟娟年約四十出頭，穿著一襲真絲的淺灰色套裝，脖子上圍了一圈圓潤光亮的珍珠項鍊。她原本癡癡地望著樹苗，直到聽見自己名字才扭過頭，望向如初。

她化著淡妝，面容秀麗，目光有點涼，帶著懷疑與警惕，卻並不散漫，一點也不像是因爲喪夫而精神狀況不好的女人。

如初硬著頭皮走上前，打招呼說：「楊女士，節哀。」

「最難過的時候已經過了。」楊娟娟收回目光，指著擺在地上的一束紅玫瑰說：「妳有心了，紙鶴就擱花旁邊吧。」

她的語氣冷冷的，不能算有敵意，但絕對稱不上友善。如初趕緊將紙鶴放在玫瑰花旁邊，雪白的紙鶴與豔紅色的玫瑰花並列，在陽光的照射下格外顯得刺目。

楊娟娟繼續盯著紙鶴片刻，才轉向如初，說：「我們這裡不拿香，妳過來鞠個躬，就算致意了。」

如初於是站到楊娟娟身旁，面向樹，認認真真地鞠躬。她還沒直起身，就聽見旁邊手機訊息鈴叮叮噹噹響起，只見楊娟娟從手袋裡取出手機，低頭滑了幾行後抬頭，對著樹開口說：「我把湖濱路那套房子給賣了，錢已經匯進你媽媽的戶頭，接下來兩個月我出國散心，回來了再來看你。」

楊娟娟這段話說得語氣平和，葉教授卻皺起眉，走上前低聲問：「妳把鄒因留給妳的房子賣了，以後要住哪裡？」

「我在市區有一間小公寓，兩房一廳，一個人住綽綽有餘。」楊娟娟淡淡回答。

「何必，我跟妳說了，讓律師來對付他媽。那老貨又不缺錢，就是貪得無厭，妳已經把鄒因留給妳的財產全給她了，就剩一棟房——」

「好了，云謙。」楊娟娟柔聲打斷葉教授，又說：「我們不在鄒因面前講這些，免得讓他聽了煩心。」

葉教授欲言又止片刻，最後點點頭說：「老房子回憶多，離開也好，妳有什麼需要的儘管跟我開口，不要一個人撐。」

「我會，有需要我一定會提出來，我臉皮厚，你又不是不曉得。」

楊娟娟把聲音壓得相當低，說完後身子突然晃了晃，一副快要暈倒的模樣。如初趕緊扶住她，楊娟娟順勢靠著如初歇息片刻，摟著如初的肩膀，又轉向小樹說：「這位是應小姐，你收藏的書就借她看一陣子，我會盯著，一定不叫人弄壞了。」

她說這話的語氣溫柔，神色卻有些猙獰，按在如初肩膀上的五根手指也使上了勁，好像要抓住什麼似地。

此時她們兩人背對眾人，如初只覺得手臂上冒起一串雞皮疙瘩，卻也不敢推開楊娟娟，只能像根柱子般僵立在原地。

好在楊娟娟說完後便放開她，從手袋裡取出一本包裹在純棉老土布書衣的古書遞上前，說：「好好保管，別出差錯。」

如初鬆了一口氣，趕緊接過書，連聲道謝。楊娟娟瞧著她的臉，忽地低聲問：「年輕眞好，是不？」

「啊？」

如初一愣，楊娟娟已轉過身對後方嘉木等人頷首致意，說：「謝謝大家陪我來這裡一趟，回頭我再請大家吃飯。」

「不用麻煩了，妳多休息，身體養好最要緊。」葉教授搶著發話，又問：「我們這就出去了？」

楊娟娟一臉疲憊地點點頭，葉教授走到她身旁，又問起賣房子的事。他們邊聊邊走，將其他人甩在後頭，一行七人於是分成兩批，一前一後朝墓園大門走去。

雖然人還在墓園裡，但畢竟逝者跟走在後面的五個人淵源不深，大家很快就擺脫了方才凝重的氣氛，開開心心地聊起天來。

如初這才知道，國字臉的男生叫沈超，頭髮挑染的男生叫馬思源，都是葉教授的研究生。兩人的畢業論文題目相近，平常在一起做實驗，宿舍也住同一間，標準室友加隊友的關係。

沈超的好奇心重，講沒兩句便向如初借了古書翻閱。馬思源的外表時髦，骨子裡卻是典型的理工男，談起研究便渾然忘我，一路手舞足蹈地向如初解釋他如何做實驗。

等走到接近停車場處，沈超忽地加快腳步趕上前方的葉云謙，說：「教授，我去看我爺爺，不跟你們一塊兒回去了。」

沈超的口音有點重，如初第一時間沒聽懂。葉云謙卻猛地停住腳，直勾勾地看著沈超問：「你爺爺也葬在這裡？」

葉云謙講話幾乎沒有口音，但這麼一問一答，耳朵尖的人便可以察覺到他跟沈超的口音其實有點類似。嘉木抬起眼，視線在這兩人的面孔上來回打轉，沈超倒是沒注意，一臉耿直地點頭稱是。

葉云謙的喉結上下動了動，又問：「你爺爺叫什麼？」

「沈伯文。」沈超抓抓頭，補充說：「我只是過去看看，很快，絕不會耽誤晚上的讀書會。」

葉云謙唔了一聲，盯著沈超再問：「你爺爺幾歲過去的？生病還是意外？」

沈超愣了愣，答：「五十五吧，呼吸衰竭——」

「五十幾歲的人，怎麼會突然就呼吸衰竭？」葉云謙提高聲調打斷他，語氣嚴厲。

他問得太急，幾乎所有人都為之側目，只有楊娟娟留在原地，一副無動於衷的模樣。

沈超老老實實地說：「一開始不知道是什麼病，亂治了一陣子，最後才發現是漸凍症。這種病在現代也不常見，擺在當年根本不曉得要怎麼辦，拖上幾天，人就過去了……教授你認識我爺爺？」

葉云謙怔了半晌，沒回答沈超的問題，只說：「你去看他吧，慢慢來，好好……照顧。」

他側過頭，又對嘉木等人說：「我先回去，你們留下來幫沈超，讀書會晚兩個小時開始。」

他說完便舉腳悶頭往門口走，起初走得有點急，直到楊娟娟喊他，才慢下腳步。

墓園裡，如初與一群被老師丟下的學生面面相覷，沈超先開口，問：「照顧什麼？」

「還用問，掃墓別偷懶唄。」大熊拍了一下沈超的頭，又問：「我記得你老家不在四方市。你爺爺做什麼的，怎麼會葬在這裡？」

沈超脾氣好，被打了也不生氣，摸著頭說：「也念物理，老一輩的科研人員，念完博士就回母校當教授，在四方市住了三十來年，也算半個故鄉。」

「這樣說起來，你爺爺還算是你學長了？」馬思源問。

沈超點頭，挺了挺胸膛，驕傲地說：「我爺爺那一輩的兄弟三人都是我學長。一個好像念醫學，很早就過逝了，一個念化學。唯一一個讀到博士卻沒走學術路線的，後來進了美國的大藥廠，前幾年才退休。」

「呦，一門三豪傑！」馬思源開玩笑地說。

自從葉教授開口之後，嘉木便一直保持安靜，此時卻突然出聲問沈超：「你老家在麗水沒錯吧？」

沈超點頭，問：「想去我老家玩？」

「再說。」嘉木頓了頓，再問：「教授哪裡人？」

這麼簡單的問題，大家你看我我看你，卻沒有人知道，嘉木也並未追問下去。沈超不太記得他爺爺的墓要怎麼走，於是一行人來到入口的地圖區查看，嘉木對如初晃晃手上的花，指著沈超說：「這把花就送他爺爺囉。」

沈超探頭看了一眼，誇說這花挺新鮮的，葉子上還有隻毛毛蟲。馬思源湊上去翻著葉子找毛毛蟲，如初從背包裡取出一隻剛剛不小心被扯下來的白色紙鶴，交給沈超，說：「這個也送你爺爺，祈福。」

沈超接過紙鶴，拉了拉鶴會動的翅膀，問：「謝謝，等下妳跟我們一塊兒回學校？」

墓園的地勢偏高，如初轉頭眺望山下，只見一片廣闊的土地在眼前開展。下午三點半，太陽斜掛在天空，遠方大海閃爍著粼粼的水光，無邊無際朝更遠處的天色擴張。

來之前她查過地圖，青龍古鎮的所在地青龍縣離墓園沒有太遠，如初指著海的方向問：「那邊就是青龍縣？」

沈超轉頭望了望，說：「搭車過去，大概半小時就到了……妳要去買索麵？」

如初根本不知道索麵是什麼，因此無法回答。只見沈超開開心心掏出錢包，抽出兩張百元鈔票遞給如初，說：「聽說妳燒飯的技能有點亮，幫個忙，多買幾包，最好煮給嘉木吃的時候順便叫上我，那就完美了。」

「完美你個頭！」莊嘉木終於忍無可忍，一把將象徵友誼（還夾帶了一隻毛毛蟲）的雛菊，敲在沈超頭上。

5. 是耶非耶

「索麵？那歷史可久了。從前以爲是清朝傳下來的，這幾年考古挖出來，才曉得唐代就有了……妳要去青龍古鎮？那裡現在可出名了，當年就是天下雄鎮啊，專門負責做貢品，整條街都是作坊，索麵也是貢品，唐太宗過生日吃的壽麵就是這個，還出口到歐洲去。妳想買的話我帶妳去一家百年老字號……」

無論去到世界的哪個角落，聽當地的老司機講古，都是有趣的經歷。坐上計程車後，如初只隨口問了一句「索麵要去哪裡買最道地」，卻惹來司機滔滔不絕，從千年前小鎮的發跡史一路說起。

她興致盎然地聽到後來，問：「除了古鎮，青龍縣還有哪些地方值得逛？」

老司機住了嘴，流露出複雜的眼神，半晌才說：「都值得，白天到處走走挺好的，晚上亂些，妳一個女孩子盡量找大街走，別往小巷子裡頭鑽。」

如初不以爲意地道過謝，偏頭看一眼窗外，又問：「您說，索麵千年前就出口到歐洲，那當年的海港離青龍古鎮不遠吧？」

夢醒後還縈繞在鼻尖的海水味，會不會跟港口有關？

老司機「嘿」了一聲，指著前方自豪地說：「豈只不遠，就在這兒，千年前的南方第一大港，就是咱青龍鎮。」

如初一愣，說：「可是青龍鎮不臨海。」

「那是現在，千年前青龍鎮就是個海港，佛塔點上長明燈，到晚上就兼當燈塔用。後來河川改道，改了兩個回合，彎中取直，把整個鎮子都給淹過去，荒廢了幾百年才再有人過來墾地。」

老司機答得輕鬆，如初卻聽得心驚肉跳，她忍不住問：「那，本來鎮上住的人呢？」

「歷史沒有特別提，大概死傷有限。哎，古時候大河一個泛濫，成千上萬老百姓無家可歸，比起來只淹一個鎮算小意思了。」

老司機毫不在乎地這麼說完，見如初怔怔不語，笑出一口大黃牙，又說：「天底下的事都一樣，不管哪個朝代，十年河東，十年河西，老天做主的多，人力有限得很……到啦。」

說到這裡，車子已開進一條狹窄的小路，四周都是荒田，零星點綴著一兩塊圍起來的小菜圃，前方不遠處散布著十來幢房舍，最高的不過三層樓，有些個門窗皆已損毀，整體看上去呈現出一幅凋零破敗的景象。

老司機把車開到一塊空地停下，指著前方一棟小樓說：「那棟是工作站，妳進去，裡頭有嚮導會帶妳看鎮北寺遺址，記得一定要去參觀地宮。聽說考古工作已經結束，他們準備把地宮填回去蓋展館，再過一陣子來恐怕就看不到了。」

如初來之前查過資料，知道古鎮遺址中最著名的就是這座位於古鎮北方的鎮北寺。她付了車資，剛跨下車，眼角餘光不經意掃過後方十來公尺處的一座樣式古老的拱形石橋，腦中忽地閃過一幅影像——

馬裹蹄、人銜枚，一隊又一隊背著箭囊的士兵靜悄悄地迅速通過石橋，朝街坊疾奔而去。遠方佛塔層層疊疊、高聳入雲，在黑夜裡散發著柔和的光……

光，在遠方？

如初猛回頭，指著石橋問司機：「請問，這也屬於遺址嗎？」

雖然腦海中晃過的石橋似乎比眼前這座更加疏朗開闊，但橋與鎮北寺之間的相對方位卻一模一樣。如果不是巧合，如果她的夢是眞實存在的過往，那麼，這座橋就應該也是古蹟才對。

老司機瞇著眼睛朝石橋看了一會兒，搖頭說：「沒開挖，還讓人隨便踩踏，我看不像。」

這話也有理。如初定了定神，又問：「您剛剛說鎮上有整條街都是唐朝作坊的遺址，也在附近嗎？」

老司機指著後方的空地答：「大概在那一帶，不過出土的古物都打包運走了，只剩個地基，沒什麼好看的。」

「開放參觀嗎？」

「那就不清楚了。」

老司機說完，就把計程車掉過頭，迅速開走，如初深吸一口氣，舉步走向斜前方單孔的拱形石橋。

橋很短，拱起的弧度並不高，兩旁砌著簡陋的欄杆，一點紋飾都沒有。如初過橋行至對岸又折返，來來回回走了兩三趟，總覺得有哪裡不太對，她索性走下橋，站在路旁回憶方才腦海中晃過的影像方位——

佛塔在她身後，而她仰起頭，目送兵馬踏過石橋，朝街坊而去……

等等，仰起頭？

這表示石橋比她的眼睛要來得高，她是站在哪裡才會出現這種視角？河岸邊，還是橋底下？橋旁邊有一道階梯向下通往水畔，往昔大約是附近居民打水洗衣的必經之道，一天總要走上好幾回合，石階的邊緣都磨得有些塌陷了，但如今太久無人行走，已生出厚厚的一層青苔。階梯兩旁並無扶手，如初小心翼翼地走了下去，站在橋墩旁邊仰起頭。驟然間，腦海中的傳承開啓，有個模糊不清的聲音說：「寺塔已成……」

自從她幫胥練劍開鋒之後，傳承就未曾再給出任何新訊息，如初屏氣凝神地聽下去，那聲音卻戛然而止，沒了下文。

怎麼回事？

如初將意識潛入傳承之地，在裡頭繞了一圈。一切都是老樣子，沒有新大門開啓，之前的那個聲音也並未給出更多指引。她無奈地離開傳承，回到現實世界，繼續仰著頭東張西望。

岸旁的景物並未帶來任何熟悉感，如初打量一陣子後收回目光，正準備回到地面，卻一眼瞥見橋墩底部的長方形灰色石磚上，彷彿印有模糊不清的花紋。

這些石磚十分老舊，與橋面所鋪的石材明顯不屬於同一個年代。如初心頭驟然一緊，想都沒想便抓住毛衣的袖口，伸長手輕輕抹去磚面的灰燼塵埃。

隨著她的動作，花紋一點點變清晰，出現橫、豎、撇、點、勾的雛形，筆畫之間長短合度，粗細折中，有著唐初歐陽詢書法的特色。

這不是紋飾，而是一行工整的楷書。

如初心跳頓時加速，手中擦拭的動作卻益發輕柔。等白毛衣的袖口開始浮起一層灰黑色毛球，石磚表面也隱隱浮現一行字，寫著：「陸仁安並妻孟十娘捨八萬四千片」。

腦海中，傳承轟然再度發聲，一名陌生女子以冷淡甚至於帶點不甘願的聲音開口說：「寺塔已成，善男信女依舊踴躍捐獻。方丈發善願修路，可供人自碼頭直通地宮入口。」

如初放下手，愕然望向頭頂的模印字磚——這座橋，居然存在於傳承的紀錄裡？

可是傳承的目的在幫助匠人延續工藝，這座橋跟青銅修復能有什麼關係？

再來，爲什麼不像之前一樣讓她透過身歷實境來學習，卻只丟出這沒頭沒腦的一段話而已？

無數疑問蜂擁而出，但無論如何，如初總算確定，眼前的這座古鎮，與困擾她多時的惡夢以及傳承這三者之間，絕對有著千絲萬縷的關係。

她在橋墩底下到處搜尋，又找到好幾塊印有文字的石磚，而每找到一片，傳承就在腦海裡重複一次剛剛的話，沒有更多的線索，也沒有任何解釋。眼看著日頭越來越斜，一直逗留在這裡也不是辦法，如初於是揉著痠痛的胳臂，沿著石階走回岸邊。

在她右手邊是鎮北寺遺址，用柵欄與封鎖黃線在空地上粗略圍了一圈，占地面積頗大。一輛小巴士停在工作站門前，遊客正從車裡魚貫而出，準備進場參觀。右前方不遠處則是老司機說的街市作坊遺址，一眼望去面積比古寺略小，周圍也沒有車，更不見遊客蹤跡。

剩下的時間不多了，只能選一個地方去，先去哪一邊？

石橋位於兩處考古現場中間，在剛剛腦海中晃過的影像裡，她面朝鎮北寺，眺望著佛塔，然而那隊來勢洶洶的兵馬卻是背向佛塔，朝作坊的方向前進。

如初只猶豫了幾秒，便沿著河道，快步走到作坊遺址處。

此處的工地被劃分成相鄰的五大塊，估計總面積起碼有五六百坪，除了最大的那塊工地形狀不規則之外，其他每塊都被劃分成豆腐乾似的正方形，是標準考古探方的做法。

如初站在工地外圍往下望，只見地面被整整齊齊往下挖掘了兩三公尺深，上頭還殘留有白粉筆勾勒出來的線條，應該是是考古隊試圖釐清千年前此地眞實面貌的努力。

四周無人，也沒有任何標示或封鎖線，如初毫不猶豫地舉起腳，順著最近的臺階往下走去，進入第一個正方形工地。

這個探方的地面還算平整，中央處有一排三個洞口，裡頭還殘留有碳化發黑的木樁痕跡，應該是當年的梁柱地基。洞口附近鋪有一列青石地磚，已經碎得七零八落，看不出來原本的形狀。

總括而言，此地景象與碧心的照片並無太大差異，而如初對整個空間布局的熟稔感，也在進入工地後變得益發強烈。

她一定來過這裡。

有了方才橋下的經驗，如初於是再度伸出手，輕輕撫上殘存的地磚。

剎那間，恍若影片倒帶一般，青磚在腳下從破碎凝成完整的一塊，梁柱拔地而起，在頭頂上形成屋脊，黑瓦於瞬間覆頂，遮蔽住陽光，而四周人影不斷晃動，迅速凝結成實體，自顧自地忙碌著，交織出一片繁盛景象。

捲起褲腳的婦女在一個大盆裡踩踏泥料，綁著頭巾的工匠坐在桌前製胚，靠牆的木架上每一層都擺滿了加工成型的胚碗，打著赤膊的男子一肩扛一塊長長的木板，每塊板子上都放了六七個茶碗，像表演特技般進進出出，將素胚運到隔壁準備上釉……

雖然在傳承內她也經歷過同樣的虛擬實境，但規模與逼真度卻遠遠比不上眼前。如初目瞪口呆地看著身旁人進進出出，偶爾停下來交談幾句，古代的中文她聽不懂，卻能從表情中判斷師父責備躲懶的小童，年輕男女即使工作再忙，也要偷空調笑，眉目傳情。

電光火石之間，一個念頭閃過腦海：這不是教學，而是千年前的世界，透過傳承複製，再一次原地重現！

直到過了好一會兒，如初才從震撼中恢復過來。她試探地踏出一步，走到擺放成品的木架前。架上有個白色小瓷壺，形制穩重大方，釉色如冰雪般晶瑩，壺口上散落著靛藍的彩點，竟有幾分現代抽象藝術的風格。

這間作坊的規模不大，工法卻十分精緻，用色更是大膽奔放，實驗性質濃厚，看起來並非批量生產的工作站，而是古代藝術創意的基地。

雖然瓷器不屬於她的專業範圍，但愛美之心人皆有之，如初忍不住伸出手，想摸摸這個瓷壺。然而下一秒，她的手穿過瓷壺，徹底撲了個空。

顯然眼前的這些影像只能看，不能摸。傳承依舊保持沉默，如初索性也不問，靜下心欣賞。幾分鐘後，整個空間像螢幕閃屏似地在她周圍閃爍抖動了一下，所有人瞬間回到原來的位置，然後開始重複剛才的交談與動作。

同樣的劇情循環播放兩次之後，如初放下欣賞的心情，睜大眼睛開始找線索。找了好一會兒，卻什麼都沒看出來，只能一頭霧水地爬回地面，進入下一個正方形工地。

第二個探方除了地磚之外，什麼遺跡都沒有，從結構判斷應是屋舍之間的庭院。如初走了一圈，沒見到任何影像，於是果斷往上爬，朝下一個工地邁進。

就這樣，她走過四個方塊工地，除了第一個之外，再沒看到任何影像。她氣喘吁吁地踏進最大的一塊工地，一抬眼，便瞧見在最遠處的角落邊上，有一座以青磚壘砌的圓形水井，井臺上頭還蓋了一塊方方正正的灰石板。

心底忽然湧起一股不安，如初走到井旁，遲疑片刻，伸手搬開石板，小心翼翼地探頭往井內看去。

時光過去千年了，河道雖已淤積，無法行船，地下的水脈卻未曾阻絕。這口古井不但還有水，而且井水清澈如鏡，映得她的倒影纖毫畢現。

彷彿受到蠱惑一般，如初怔怔地彎下腰，伸手輕觸冰涼的井水。下一秒，物換星移，她忽地置身在一座龐大的木造屋舍之內。

頭頂上不再是天空，而是格子狀的天花板，腳底下青石地磚拼成一塊塊菱形花紋，一根粗大的原木梁柱就豎立在前方不遠處，覆盆式雕琢成蓮瓣的石質柱礎嶄新奪目，說明這間房子才剛蓋好沒多久，門板厚實，斗栱碩大疏朗，建築風格明顯屬於大氣的唐朝。

井還在，她也還保持著彎腰的姿勢。但這變化太快，如初一下子沒能平衡過來，身子一晃不禁往後倒退兩步，猛地坐倒在地，還好手在地上撐了一下，總算沒摔太慘。

她喘了口氣，忽然覺得不太對，又摸了摸地磚上的花紋——她摸得到實體？
指尖上的觸感冰涼堅硬，略帶粗糙，如初好奇地再摸了一下，正感嘆傳承又進化了，居然能夠影響感知讓大腦產生觸覺，眼角卻瞥見一名男子步履輕快地走進門來。

他穿了一件黑色圓領衫袍，綁著一條深青色葛布頭巾，一手持劍，跨進門後經過如初身旁，彷彿沒看見她似地，逕自走到井旁，拾起置放在井臺邊的一朵碩大的牡丹花，微蹙眉，舉目四顧。

那朵牡丹花的花瓣如血般豔紅，襯著鉻黃色花蕊，在幽暗的光線下尤其鮮明奪目。剛剛井邊肯定沒有這朵花，不知道何時驟然出現，但如初已顧不得驚訝。她咬住嘴唇，定定地看著眼前男子英挺的輪廓與眉眼，腦筋一片空白。

蕭練。

但不是她所認識的蕭練。

單看五官輪廓，他與她認識的蕭練一模一樣。但眼前的他顧盼之間神采飛揚，傲氣十足，好像只要給他一條長鞭，便可以鮮衣怒馬揚鞭出遊，一朝看盡長安花。那鋒芒畢露的模樣璀璨地教人移不開眼睛，完全不似現代的他，整個人籠罩在一層落寞之中。

他嗅了嗅花，隨手拋下，在井旁開始踱步，不時朝門外張望，像是在等人。

如初忍不住站起身，朝那個陌生又熟悉的身影走近兩步，輕聲喚：「蕭練。」

出乎如初意料之外，「他」居然轉過頭，朝如初的方向望了一眼。

那眼神帶著些許好奇，年輕而有朝氣。然而下一秒，一名女子尖利的聲音不其然在如初的耳畔響起。

她說：「滾！」

有雙手在如初背後用力一推，讓她踉蹌地往前踏出一步，差點跌進井裡。隨著她這麼一動，腳下的青石磚忽然消失，四周瞬間回復到空蕩蕩的考古現場，血紅色牡丹花的影像在井旁一閃而逝，一切歸於寂靜。

這實在太詭異了，如初顧不得害怕，馬上掏出手機，按下一個快速撥號鍵。鈴響三聲後，一個熟悉的聲音在耳畔響起，用溫柔的語氣問：「初初，杜哥剛剛才告訴我妳請假半天，怎麼了，身體不舒服？」

「蕭練？」如初閉上眼睛，喃喃說：「是你嗎？」

她的語氣太過驚惶，蕭練一怔，答：「當然是我，妳出事了？」

「我沒事。」不應該告訴他的，可是如初控制不住，她抖著嗓子說：「我來了青龍古鎮，剛剛在井旁邊看到你，還有一朵牡丹花——」

「離開那裡，立刻！」蕭練打斷她。

這還是第一次，他用如此嚴峻的語氣對她說話，如初趕緊手腳並用爬出考古現場，埋頭往前衝，一直跑到石橋旁邊才停下。

一路上他們雖然沒通話，卻也沒有掛斷電話，停下腳後如初上氣不接下氣地將手機放到耳旁，邊咳嗽邊問：「爲什麼，那到底是什麼？」

「保持移動，別落單，最好能找輛人多的車坐上去，盡快離開那個鎮。」

蕭練的聲線依舊緊繃，此時正好有一隊旅客走出工作站大門，排成一列準備上巴士。如初趕緊朝他們跑去，結結巴巴地問導遊車子還有空位嗎？她能不能付車資，跟旅行團一起回四方市？

導遊的年紀不小了，帶著一口很重的腔調回答：「空位是有，可是我們開到青龍縣城會先下車吃飯，不然妳跟我們一起，到了縣城再轉車？」

如初還來不及回應，手機裡傳出蕭練的聲音：「可以，我去縣城接妳。」他頓了頓，又說：「我就是在那口井旁邊遭到暗算，之後，被植入禁制。」

6. 愛以致傷

中型巴士的窗外，血色殘陽緩緩下降，已有大半沒入遠方的海平面之下，將海水染成一片紅彤彤，輝煌地令人心驚，彷彿在流光溢彩中暗示著不祥。

車內的旅客倒是一點也不受殘陽影響，有人拿手機看影片，有人一起談天說地，還有兩位將座椅轉了一百八十度，跟後座的兩人湊成兩對，拿出撲克牌就開打，氣氛既愉快又日常。如初接過鄰座大嬸遞來的一把瓜子，道了謝，低下頭，將一片瓜子放進嘴裡慢慢嗑開。

她的腦子一團亂，思緒還停留在十分鐘前蕭練所說的話。

他告訴如初，在隋唐交接之際，他在青龍鎮住過一段日子，與一名刀劍修復師成爲好友。某天他接獲修復師來信，約他夜深時在作坊碰面，有要事相商，蕭練依約來到井旁，正與修復師交談時，一隊兵馬忽然自屋簷出現，要射殺這名修復師。

蕭練護著這位修復師逃走，自己卻因爲遭遇暗算而在半途失去意識。再次醒來時已是唐朝後期，黃巢軍剛在廣州展開大屠殺，數百年光陰悠悠而逝，他也被家人從煙雨江南帶到了更南方的嶺南一帶，本體劍的劍柄上則多出一條金絲打造的禁制……

「承影說，我失蹤了好幾天，他以爲我出門散心，也沒在意。結果某個晚上我的本體跌跌撞撞自行飛回家，他們大爲震驚，連夜離開青龍鎮。事後大哥推測，我失去意識之後劍魂接管本體，在被嵌入禁制的那一刻突圍而出，因此禁制沒能控制住我，當然，也留下不小的後遺症。」

倘若不曾及時掙脫，即使蕭綀今日還可以化爲人形，也已失去神智，徹底成爲可被人操控的傀儡。

如此驚心動魄的過往，他用三言兩語就帶過，一點也不激動。如初卻聽得感同身受，咬緊嘴唇眼眶都泛紅了。

蕭綀說完，她想了想，決定先照顧他。如初於是問蕭綀：「你從公司開車過來也要兩三個小時吧？還是別麻煩了，我到縣城再叫車自己回去。」

「沒事，等下我會找個沒人的地方停好車，回本體直接穿越山林飛到縣城附近再化回人形，搞不好還比妳先到，只是這麼一來我沒有手，當然沒辦法講手機，恐怕要失聯幾分鐘了。」蕭綀語氣輕鬆地這麼回答。

「耶，還可以這樣操作，好棒。」一想到很快便能見到蕭綀，如初頓時感到安心不已，她又問：「那我坐你的劍飛回去好不好？」

「行啊，怎麼忽然不怕高了？」他用打趣的語氣問。

如初還是怕高，但誰說劍一定要高高飛在天空才算飛劍？

「我跟鏡子討論過了，你可以貼地飛行，欸，有沒有可能安上輪子，僞裝成滑板啊？」

這份異想天開令蕭練無言片刻才問：「如果妳對坐飛劍有興趣，怎麼平常從來不提？」

「我們平常都在上班，公司又不提供隱形斗篷，被圍觀會上新聞聯播的，你想要嗎？」如初犀利反駁。

蕭練低笑出聲，又叮嚀她說：「脫離青龍鎮應該就沒事了，妳在車上瞇一瞇，別累著。」

「我不累。」

古鎮經歷所帶來的驚惶已漸漸淡去，找到線索的振奮感卻開始在體內升起。如初伸出手掌，面向窗外，用掌心遮住陽光。幾小時搜查下來，她胳臂痠得不得了，現在張開手五指都還在微微打顫，但精神卻異常亢奮，連帶腦筋也比平常活躍許多。

她握起拳頭，又說：「蕭練，我現在可以百分之百確定，我在夢裡面，不斷回到一千年前的青龍鎮。」

蕭練低低地應了一聲「果然」，如初苦惱地又說：「可是爲什麼呢？如果傳承要教我技藝，就算訊號接收不清，也不應該變成惡夢啊。這裡面一定有哪個環節出問題……啊，會不會你身上的禁制，就是千年前在青龍鎮打造出來的？」

蕭練沉默片刻，答：「我先過來，等會兒再聊。」

「好。」如初開開心心地答：「我等你。」

晚上六點半，巴士緩緩在一家餐館前停下，如初排在最後面下車，腳還沒落地，就見蕭練站在離車門口不遠處，雙手插在牛仔褲口袋裡，神色專注地朝她望。

一顆心緩緩落了地，她笑起來，飛奔到他身旁，雙手環住他，喃喃說：「好想你。」

「我在。」蕭練的嘴角往上勾了勾，一隻手臂環住她的腰，一隻手輕輕摸上她的頭髮。

他的動作輕柔，像是在碰觸最珍貴的寶物，眼底也閃著笑意，但不知怎的，如初直覺感到蕭練並不很高興。

也許是因爲關於青龍鎮的回憶太糟糕？

不要緊，只要能夠解除禁制，這段過去就會正式成爲過去，他不會再受到影響，而他們可以在一起很久、很久……

也許是一輩子，也說不一定。

懷著美好的期盼，如初握住蕭練的手，在長街上晃蕩。心情一好胃口也跟著大開，無論是攤子上紅光油亮的醬蹄膀，滾在糖汁裡的糯米藕，還是小館子前店員吆喝的茭白筍炒肉，每一道菜看上去都好吃。她逛完整條街都還拿不定主意，最後是蕭練眼尖，瞧見了巷子裡有家賣酸菜魚片麵的小店，這才拍板敲定今天的晚餐。

小店的牆壁有些破敗，釘在牆上的價目表字跡都模糊了，老式的木頭桌椅更是搖搖晃晃，不成模樣，但散發出來的食物氣息卻很香。如初點了一碗招牌麵，蕭練則自顧自走到角落處，拿起旁邊板凳上擺著的小瓷碗，從一個老舊的陶甕裡舀出一碗湯。

他端著碗走回桌前坐下，一股酒香飄了出來，如初湊了過去，好奇地嗅嗅碗裡金黃色澤的液體，問：「這個是酒，你來過這家店？」

一副熟門熟路的模樣，連招呼都不跟老闆娘打一聲就自己動手舀來喝了。

「他們家自釀的黃酒，三年陳釀。」蕭練飲了一口，轉向如初，用鼻尖輕蹭她的側臉，又說：「可惜妳喝酒會過敏，不然一定灌醉妳。」

他今晚眼睛特別亮，言談之間唇齒散發淡淡酒香，如初被這小小的親暱動作給弄得臉上發燒，頓時忘了蕭練並未回答她的問題。

此時老闆娘正好將麵端了出來，她埋下頭吃了幾口，忽地想到剛剛在車上整理出來的疑點，連忙抬起頭問：「對了，關於禁制那件事，你們後來找到幕後的主使者了嗎？」

依照她對殷含光的了解，他不可能放棄尋找眞相，更不可能放過這個人。

蕭練淡淡說：「不用找，我那時候處於巔峰狀態，能傷我的寥寥無幾，肯定是姜拓。姜尋八成也助了一臂之力，才能保證一擊必中。」

「眞的？」如初睜大眼睛，義憤塡膺：「我問姜尋的時候他完全不提，只說你們在政治上站不同隊，所以水火不容。他說謊？」

「他這麼說？」蕭練一怔，喃喃搖頭：「多少年了，他沒有說謊的必要，只不過奇怪……當年的情勢頗爲複雜，他爲何如此簡化？」

「偷襲你，覺得丟臉吧？」如初猜。

蕭練繼續搖頭：「姜尋的臉皮堪比銅牆鐵壁，要他感覺丟臉，太不容易了。」

想起虎翼刀在她面前搖頭晃腦的模樣，如初噗嗤一笑，說：「你直接說他不要臉就好了。」

「那是天賦，我想學都學不來。」蕭練揚眉如此回答，再度引發如初一陣竊笑。

能夠在小館子裡吃東西聊天的感覺眞好，如初笑過之後偏偏頭，又問：「姜拓就是龍牙刀？」

上古三大邪刀之首。

蕭練頷首，說：「他們三兄弟裡眞正能打的是姜尋。姜拓武力不強，但他的異能是短期心靈控制，意志力軟弱的會被搞到直接自殺。我當時只在瞬間失去戰意，然後就什麼都不記得了。」

「好可怕的異能，對人類也有效？」

如初一邊問，一邊同時心裡隱約感覺有什麼重要的事被忽略了——什麼呢？

「姜拓的異能，對所有生物都有效。」蕭練頓了頓，又說：「妳應該多少注意到了，我們的異能大致可以分爲幾大類：強化體能感知的是一類，借助自然力量的是一類，洞見觀知的是一類，心靈則是另一大類。姜拓是最後這一類的佼佼者。」

「那你的劍化分身呢？」如初眨眨眼：「算複製類？」

「……感謝妳把我跟印表機歸在同一類。」蕭練不禁笑了起來，又說：「我的異能相對罕有，很多年前我彷彿見過一個，不過那時候我剛覺醒，懵懂得很，也許弄錯了也未可知——」

「等一下！」如初輕叫一聲打斷了他，說：「你以前明明說過，我的氣息跟想要對你下禁制的那個人很像。啊，我懂了，姜拓找了人聯手要害你，那個人……不會就是約你出來的修復師吧？」

蕭練眼中的青色火燄隱約跳動了數下，淡淡答：「也許，但我沒親眼見到，無法作證。」

「可是，他不是你的好朋友……」

如初說到一半便意識到，被至交出賣，從古至今都不少見，而遭逢背叛的那一方，大概再也難以恢復對人性的信任了。

初相識時蕭練對她反反覆覆的惡劣態度，也就表示了他內心的掙扎吧。

想通這一點，如初伸出手，笨拙地覆蓋在蕭練冰冷堅硬的手背上，說：「過去了，所以，別難過了。」

「我不難過。」蕭練回答：「而且這件事，我也有錯。」

「你怎麼可能有錯？」如初大不以爲然：「習慣性自責，不健康。」

都說第一時間的反應最眞實，她這份無條件的偏袒令蕭練一怔，嘴角不由得泛起一絲笑。

他定了定神才開口：「我跟她相識於年少，之後她結婚，有家有子，我應當聽杜哥的勸，再不與她見面。但她說，人生苦短，難得相聚，我信了……」

講到這裡，他搖搖頭：「應該斷的。時間自會緩和所有悲傷，等悲傷被撫平之後，就會因爲相識相知而感到滿足。我沒在該離開的時點離開，大錯特錯。」

這種論調如初聽蕭練說過好幾次，每次聽每次煩躁，今晚也不例外。

她按不下心頭驟起的無名火，馬上開口反駁：「才不呢。照你這種說法，人最好都不要交朋友，不要跟其他人產生任何羈絆，省得分開的時候難過，不分開的話，總有一天一方要被另一方利用。」

蕭練搖搖頭，沒與她爭辯，神色卻流露出幾分落寞。如初講完又有點後悔，雖然覺得自己沒錯，卻也明白此刻並非爭論觀點的時候。

她拉拉蕭練的手，想說點什麼挽回氣氛，卻又想不出來該講什麼，只能眼巴巴地望著他不放。

蕭練酒碗裡的酒還剩一半，他晃著花紋早已模糊的舊青花瓷碗，緩緩說：「無論責任在哪一方，反正我醒來時她早已化做黃土一抔，人生無常。」

他肯開口就好，如初鬆了一口氣，說：「那好，時間最公平了。」

雖然這段過往讓她聽得好心疼，但如初從來就對復仇沒興趣。聽完當年的恩怨糾葛，只讓她更想早日解除禁制，這樣蕭練就可以完全擺脫過去的陰影，做回自己。

在心中暗暗立定志向後，她精神抖擻地又吃了一大口麵，睜著亮晶晶的眼睛問蕭練：「你想，如果你是在青龍鎮被下了禁制，那破解禁制的關鍵會不會還留在現場？」

蕭練把玩了一會兒瓷碗，抬起眼，淡淡反問：「妳都特地請假來看古鎮了，怎麼沒想過叫上我一起？」

這個問題有點敏感，如初心一跳，趕緊解釋：「沒有沒有，我臨時起意的。想說都到附近了，就順便來看看。」

「怎麼心血來潮，突然跑到附近？」蕭練瞇起眼睛，氣場陡然變強。

去墓園取書的事，如初從頭到尾都沒告訴過蕭練，看他這模樣，如初覺得還是先不提爲妙。但說謊也不好，她想了想，斟酌著答：「我跟嘉木約好了見面……」

不對，這樣講又好像她瞞著他跟嘉木約會！

如初恨不得時間能倒流三十秒讓她重新來過，但也只能硬著頭皮繼續說：「我有事請他幫忙。」

還好，蕭練並未追問下去。他舉起碗，目光落在碗口邊緣的一小處裂隙上頭，低聲說：「初初，妳能不能答應我一件事？」

「好啊，什麼事？」認識半年多，他從來沒要求她做些什麼過，如初一口答應完，好奇地等下文。

蕭練將碗旋了一圈，抬起眼正面朝向她，緩緩說：「以後，別再踏進青龍古鎮一步。」

笑容在如初的嘴角凝結住，她放下筷子，問：「爲什麼？」

「妳答應過我，不會輕易碰觸與禁制相關的事物。」

「但是，青龍古鎮不僅跟禁制有關，也跟我的惡夢有關，追根究柢，還都跟傳承有關。坐車來的路上我一直想，搞不好解開禁制的關鍵，一直都藏在傳承裡，只是我沒有能力開啓而已，是不是？」

「也許吧。」

「你還知道什麼別的嗎？」她試探著問。

「沒有證據，談不上知道。」蕭練沉聲說：「初初，我告訴過妳，傳承非常危險。」

「傳承救過我們！」她抗議。

「那是上一次，妳不知道這次面對的是什麼。」蕭練半點不讓。

四目相視，如初忽地靈機一動，忙問：「是不是我去到事發現場，會比較容易找到開啓傳承的機緣？」

「我不知道。」蕭練答得很快，也很堅決：「我只知道會追到現場的修復師，執念都已經太深。我見過不只一個這樣的例子，千辛萬苦尋到了妳所謂的機緣，踏入傳承之後陷在裡頭出不來，活生生被困死。」

頓了頓，蕭練加上一句：「我寧可永生永世被禁制所縛，也不要妳走上這條不歸路。」

他的語氣眞摯，如果在平常，這段話會讓如初甜到心坎裡。但今晚，她在感動之餘，卻多了三分疑惑。

等他說完，如初直視蕭練，平靜地反問：「從我開始做惡夢起，你就知道夢跟傳承有關？」

「懷疑而已，直到今天才徹底證實。」

「爲什麼不直接告訴我？」

「我有說，妳還反駁了我。」

這也是事實，但如初懷疑蕭練當時輕描淡寫地避開某些重點不提，更討厭的是，他直到現在都不肯說完全，以至於她要抗議都無從抗議起。

如初氣急敗壞地問：「好吧，那現在證明惡夢完全就是傳承的問題，如果我不再踏進青龍古鎮，但惡夢卻不肯放過我，下一步你會要我怎麼做，放棄傳承？」

「這是最保險的方法。」他握緊她的手，柔聲勸說：「想想倘若妳的父母知道這一切，他們會怎麼想、會怎麼要妳選擇，妳就應該能夠理解我要妳這麼做的理由。」

跟她回一趟家，居然懂得扛出父母來壓她？

如初火氣蹭蹭蹭地高漲，她昂起下巴，瞪著蕭練說：「我爸對你們的身分不是沒有懷疑，但他什麼都不問，把決定權留給我。這是我爸對我的尊重，你呢？要求一名修復師放棄傳承，你有尊重過我嗎？」

如初說到氣頭上，想抽出手，但蕭練手上出力，緊緊握住她，低低地說：「初初，不值得。如果只是爲了我，那不值得。」

「值不值得是我的決定，跟你無關！」

她忍不住，提高了聲音講出這一句後覺得不妥，又壓低了聲音，哀求似地問蕭練：「你就不能賭一次嗎？就當是，爲了我。」

蕭綀猛搖頭，伸手捧起她的臉，說：「就因爲是妳，我才賭不起。」

蕭綀的手一向很涼，然而這句話自帶溫度，暖得幾乎要讓如初放棄一切，點個頭，就當做今天什麼事都沒發生過。

然而退了這一步，下次他會要求什麼？

他總說光陰苦短，她的時間珍貴，要她好好過。卻從來不明白，正因爲光陰苦短，所以才更需要憑著一股衝動，義無反顧。

她只是要努力延長跟他在一起的時光，這沒有錯，不會有錯。

硬碰硬只會損傷情誼。如初咬了咬嘴唇，用撒嬌的聲音問：「那如果我不答應呢？」

蕭綀眼底閃過一絲陰霾，苦笑答：「那我只能再想辦法了。」

如初跟著笑了，故做頑皮地吐了吐舌頭：「我等你喔。」

蕭綀沒再回答，只端起碗，又飲了一口酒。

話題就此告一段落，然而如初曉得，他不會放棄。

她也不會。

踏出麵館的時候，不知道為什麼，如初心裡總覺得不踏實。她心不在焉地往前走，走到一個巷子口，忽地一陣夜風灌進帽T，凍得她結結實實打了個哆嗦，這才發現外套不見了，而手機還在外套口袋裡頭。

她扯扯蕭練的衣袖，說：「我好像把外套忘在館子裡了。」

「在這裡等一下，我去拿。」他脫下他身上灰藍色的丹寧夾克，披在她身上，轉頭大步往回走。

夜風又吹起，如初用手抓住蕭練寬大的夾克，無聊地東張西望。她就站在大街旁邊的一個巷子口，往前走兩步有家賣個狀元糕的小店，蒸熟的蓬萊米粉香混著芝麻花生香撲面而來，誘惑力十足。

「只買兩個而已，用零錢付應該夠。」如初一邊想著，一邊取下背包，低頭掏硬幣。忽然間，一個黑影從她身後竄了出來，一把搶走背包，轉身就往小巷子裡衝，身影迅速消失在如初的視線內。

「打劫，打劫啊！」如初還沒反應過來，賣狀元糕的年輕女生已扯著嗓子大聲喊，又掏出手機，朝如初吼：「別怕，我幫妳報警！」

「謝謝。」如初在長褲口袋裡摸到皮夾，剛想著損失不大，隨即發現事情不對……

「我的書！」

背包裡有她千辛萬苦才借到的古書。

她拔腿便往搶匪逃逸的方向追去。巷子裡的路燈零零落落，到處都是死角，根本看不清楚。好在她轉進巷子裡沒多久，就見搶匪在前方不遠處磨磨蹭蹭地半跑半走，還不時扭頭朝後方張望，大概以爲如果沒人追，就不用跑那麼辛苦了。

如果他的目的只是爲了錢，也許可以打個商量？

如初於是從皮夾裡抽出所有紙鈔，拿在手上揮舞，朝搶匪的方向高聲喊：「我背包裡沒有錢，只有書，你把包還給我，我身上的錢都給你！」

搶匪沒答腔，卻停下腳步，轉過身來。他整個人又乾又瘦，臉上一點肉都沒有，眼窩下陷，皮膚緊緊貼著頭骨，乍看之下簡直就像個骷髏。

如初才被這人的長相給嚇了一跳，突然間，三名衣著與髮型都十分浮誇的男子從前方暗處跳了出來。領頭的男子赤著上半身，臂膀肌肉隆起，上頭一整片都是刺青。

如初盯著刺青男手上亮晃晃的水果刀，往後退了一步，將錢與皮夾都扔在地上，鎮定地說：「都給你，我已經報警了，警察馬上到，你們趕快走吧。」

刺青男跨前一步，踏住紙鈔，對她搖搖手中的刀，獰笑著說：「妳乖點，少吃苦頭。」

他們要的不只是錢？

平日看到的社會新聞一瞬間都浮上腦海，如初再退一步，用盡全身力氣狂吼：「失火，失火了！」

左右屋舍頓時傳出騷動，人聲與腳步聲同時響起，如初一秒也不耽擱，轉頭拔腿便往外跑。

然而她才逃出幾步路，帽T的兜帽便被人一把抓住，下一秒，刺青男用手圈住她的脖子，將她往黑暗處橫拖。

喉嚨被壓得劇痛，她只能發出急促的嗬嗬聲，卻再也喊不出聲音求救。即便如此，刺青男還嫌不夠，他胳臂一夾緊，如初眼前頓時發黑，視線變得模模糊糊。

就在她即將失去意識時，一道身影從天而降，一腳踹在刺青男的臉上，而一隻冰冷的大手則順勢接住她，將她擁進懷中。

「蕭練……」如初喃喃一聲，感覺自己被熟悉的金屬氣息環繞，安心地閉上了眼睛。

在另一邊，手臂上刺著蛟龍圖案的黃昇，卻正遭逢此生最大的衝擊。

綁架這檔子事他雖然幹過好幾次，卻從來沒當過主謀，都只是從旁協助，之後能分到的錢當然也就有限。今天這女的算運氣不好，遇上他們兄弟幾個聚在一起，又都缺錢。方才他勒住如初的脖子時，正盤算著該把人賣去哪裡，不求錢多，省事第一，熟料還沒想出個結論，就被這突然竄出來的男人給一腳踢開，先撞上電線桿，再落進底下的垃圾堆裡。

黃昇整個人都矇了，掙扎著就要站起身。但事情發生得太快，另外三個小混混根本不明白發生了什麼事，還擺出打架的姿勢面向蕭練，一副準備動手的模樣。

蕭練看都沒看眼前這四個人，只低下頭，親親如初的額頭，說：「等一下，馬上帶妳離開。」

他說完，將如初推到身後，緩步走上前。剛爬起來的黃昇還來不及擺好戰鬥姿勢，一抬頭，就對上了蕭練冰冷的雙眼。

那一瞬間，黃昇所受到的驚嚇，說是毛骨悚然也不爲過。眼前這名男子明明走得非常慢，卻在轉瞬間來到他面前，而他還沒來得及抽刀，就被一股大力給拎了起來，重新摔回垃圾堆中。

一連串的變故只發生在短短數十秒內，黃昇的視線從頭到尾沒有離開過蕭練的雙眸，因此，他清清楚楚地看到那雙純黑色的瞳孔裡沒有恐懼，甚至於也沒有太多情緒，只略爲泛出一絲厭惡，彷彿他跟他的兄弟們都是不值一顧的螻蟻。而在他摔倒之後，對方連看都懶得看他一眼，微微側過身，一抬手，便將偷偷摸摸從後方打算突襲的小弟也摔進垃圾堆裡。

另外兩人雖然沒跑，卻因爲這一下變故而遲疑了起來，你看我我看你地，不敢率先出招。

如初並未關注這一切，她扶住牆喘息片刻，摸摸還在發痛的咽喉，往前走了兩步，彎下腰正準備撿起剛剛掉落在地上的夾克，忽然感覺後方有人，緊接著，一把小刀架上了她的脖子……

「妳慢慢站起來，不要亂動啊。」後面持刀的這位就是一開始搶走如初背包的歹徒。他雖然瘦，力氣卻不小，雞爪子似地枯乾雙手一手持刀威脅她，一手還拎著她的背包，朝蕭練喊：「你，舉起雙手，轉身走過來。不要玩花樣啊，不然這女的死定了，我告訴你，我殺過人的。」

他的話語雖兇悍，聲音卻直打顫，連帶架在如初脖子上的刀也抖個不停。然而蕭練聽了這話，身影凝滯片刻，居然眞的慢慢舉起手、轉回頭。見到這個情況，原本準備開始後退的那兩個歹徒，也重新舉起手中小刀，往蕭練逼近。

如初低下頭，瞄見身後歹徒穿了一雙露趾的拖鞋。她的球鞋又厚又重，一腳踩下去肯定能讓歹徒痛個一秒半秒，以蕭練的身手，這點時間足夠他扭轉情勢了。

如初靜悄悄地抬起腳，正要來個出其不意的突擊，卻見蕭練右手微揚，兩柄黑色長劍頓時出現在她與蕭練之間。劍身浮空，與人齊高，反向錯身而過，以迅雷不及掩耳的速度飛到兩處歹徒的面前。

如初只來得及感覺刀割般的劍風掃過頸部，然後就看到對面的長劍調轉劍尖，用劍柄狠狠擊中蕭練背後歹徒的腦袋。而在同一時間，她身後的歹徒發出一聲悶哼，軟趴趴地倒在她腳邊。

如初跳了起來，一腳踹開歹徒。蕭練則是腳下劍影翩浮，轉瞬間便載著他平飛至如初面前。他抓住她的手急問：「妳怎麼樣？」

「我沒事，你呢？」

他應該也很好，但她想聽他親口說。

脖子涼涼的，如初歡喜地反握住蕭練，另一手隨意往脖子摸了一把。蕭練眼神驟然一縮，如初不明所以地攤開手掌，只見指尖上有數縷血漬，在昏暗的街燈下並不醒目，顯然歹徒的手抖著抖著，還是割到她了。

比起這一點小傷，蕭練的臉色才慘白到不正常，如初正要開口問怎麼了，眼角餘光掃到還懸浮在空中的宵練劍，赫然發覺劍尖也滴著血。

「初初……」

他伸出手想碰她，卻又頹然垂下，眼神在木然中隱含驚懼，像是那一點點血，足以毀滅整個世界。

如初感覺自己一定得說點什麼，不然，他會瘋掉，她也會瘋掉。

她抓住他的手說：「我們趕快走吧，不然警察來了還要解釋，很麻煩的。」

他聽而不聞，一雙眼睛直愣愣地看著她的傷口，喃喃說：「我傷到妳了。」

「意外。」她忙糾正。

就這麼一點小擦傷，搞不好只是劍風掃過，劍身壓根沒碰到過她。

「我的劍沒有意外。」蕭練這麼回答。

他的語氣冰冷，兩簇青色小火燄自眼底浮起，緊接著，急促的警笛聲自街上由遠而近響起，警察來了。

青龍縣的警方頗重視這起事件，派出兩輛車，七八名警察到場，將如初、蕭練與橫七豎八倒在地上的所有歹徒，全數帶回派出所。

負責做筆錄的警察告訴他們，過去半年發生了數起擄人勒贖案件，犯案手法跟這四名歹徒一模一樣，先由其中一名歹徒搶走被害人的東西往巷子裡跑，剩下的歹徒躲在暗處埋伏，尤其偏好針對落單的女性或小孩子下手，可惡得不得了……

「四名？」如初愣了一下，說：「我怎麼感覺好像有五個人？」

「嘿，居然跑了一個？長什麼樣，妳過來看看少了哪個。」

警察說著站起身，一陣忙亂指認後如初確定，那個身上有刺青的男人不見了，應該是趁蕭練過來察看她的時候跑掉的。

一名三十出頭左右的女警，拎著如初的雙肩包走過來。她先將包放在辦公桌上，再從裡面取出一瓶喝到快光的礦泉水，以及包著書衣的古書，招呼如初說：「妳確認一下，東西是不是都在這裡，全了就簽名認領，有遺漏的就塡個單子，我們再去查。」

如初趕緊站起身，然而蕭練的動作更快，他一個箭步跨到桌前，低下頭翻了翻古書，抬起眼，以不敢置信的眼神望向如初：「妳就是爲這本書才追進巷子？」

如初硬著頭皮點點頭，不敢看蕭練，只苦笑著面對一臉好奇的女警解釋：「這是孤本古書，我是文物修復師。」

女警恍然大悟：「難怪我說呢，也不是名牌包，裡頭就幾枚銅板，妳追個什麼勁？不值得。我說呢，下次再遇到這種事，報了警就留在原地等警察來，千萬別犯傻。文物要緊，妳小命也挺珍貴的是不？幸好妳男朋友厲害，一對五，學過散打是不？」

女警說到興起，還伸手擰了一下蕭練的臂膀，說：「挺結實的，看上去倒不壯。」

女警碰到他的那一刻，如初心臟都快要跳出來了，還好蕭練冰冷堅硬的肌膚並未引起女警任何注意。等警方的流程結束，他們又費了一番功夫，才終於回到蕭練的車上，此時已是深夜時分。

蕭練的狀況一直不太穩定，在警局回答問題的時候只用單字，眼底不時跳躍著火光。等他看到古書之後更是將雙唇抿成一條線，繃著臉一副拒人於千里之外的模樣。

如初一直想跟他說點什麼，卻也並不知道確切該說什麼，才能打破僵局。她坐在副駕駛座，看蕭練沉默地發動車、踩下油門，忍不住開口說：「對不起。」

「爲什麼？」他的語氣生硬乾澀。

如初指著他被女警捏過的臂膀，說：「害你被人吃豆腐了。」

「老豆腐。」蕭練彎了彎嘴角，然而在他眼底並無任何笑意。

車在夜風中的山路上疾駛，轉過一個大彎之後，他忽地問：「妳有沒有想過，不認識我就好了？」

他的語氣篤定，聲音中充滿消沉，顯然已有所認定。

如初的一顆心不斷往下沉，她咬了咬嘴唇，答：「想過。」

如此肯定的答覆反而讓蕭練有些訝異，他看了她一眼，她也偏頭看著他，又說：「我還想過，不對，我眞的告訴過我媽，我希望自己沒被她生到這個世界上來。」

蕭練一怔，流露出訝異神色。如初對他笑笑，又說：「小學五年級的事。我跟我媽不知道爲什麼大吵，她先說她後悔生下我，我頂嘴，說完了被我爸痛罵，他說誰都不准對他老婆這樣說話，即使是他女兒。」

如初聳聳肩：「我不肯認錯，衝回房間鎖上門，誰敲門都不開。」

蕭練迅速瞥了她一眼，欲言又止片刻才說：「我看妳跟妳媽處得挺好，姐妹似的，電話一聊起碼一小時，有好吃好玩的還會分享。」

蕭練原本大概想問，這跟他的問題有什麼關係吧？

如初很想再對他笑一個，卻悲哀地發現扯不動嘴角。她注視著前方重重疊疊的樹影，說：「我小時候身體不太好，吵架那天晚上忽然發燒，骨頭痛得像是快要斷掉。我媽嚇壞了，連夜帶我跑急診室，實習醫生隨口說句症狀跟登革熱有點像，她抱著我猛掉眼淚……你剛剛問我的時候，我腦子裡忽然就浮起那晚的景象。」

「爲什麼？」他的聲音低沉而困惑，是眞的無法理解。

「因爲……愛吧。」

「什麼意思？」他執拗地追問。

今晚的夜空無星無月，如初將目光投向黑而濃的夜幕，慢慢地說：「愛可以很傷人的。有時候歡喜到整顆心都塞不下，有時候痛苦到無以復加。後悔過一百萬次認識你，可如果人生能夠重來，我會在同一天，踏上那條老街，聽你吹完整首曲子，再上前自我介紹一次，然後再發一次訊息，告訴你，我的名字……」

只能說到這裡了。

如初轉過頭，凝視蕭練的側臉，問：「這樣，回答了你的問題嗎？」

他沒作聲，卻將車緩緩停到路旁的一塊空地上，然後轉過身、面向她。

四目相視，他的神色並不激動，純黑色的瞳孔卻透露出一種類似宗教的虔誠感，隱隱含著狂熱，專注地看進她的眼底。

就在如初被看得有些不安時，蕭練一把抱住她，在她耳畔低聲說：「我愛妳。」

這是蕭練第一次說出這三個字，如初沒能壓住喉嚨裡小小的一聲驚呼，張開雙手也抱住他，慌亂又開心地不斷重複：「我也是。」

他緊緊抱住她，又重複了好幾遍「我愛妳」，才放開她，重新開車上路。

在很久很久之後，久到如初終於願意再回想起這一夜的時候，她問蕭練當時究竟在想些什麼？

他告訴她：「情深不壽，愛以致傷。」

7. 猝死

去警察局做完筆錄的隔天早上，天才濛濛亮，如初就自沉睡中驚醒。

這次倒沒做夢，只是忽然生出一種房間裡有人的感覺。她睜開雙眼，只見窗戶依然保持在睡前的樣子，開了一條小縫，窗簾被晨風吹得一起一伏，喬巴縮在她枕頭旁邊，瞪大一雙金黃色圓滾滾的貓眼睛往窗外望。

「看什麼呢？」她伸手摸了摸貓，也探頭望向窗外，卻什麼都沒有看見。

反正醒來了，如初索性披衣下床，取出昨天拿到的古書，開了燈戴上手套，坐在桌前一頁頁翻閱。跟去年幫助她開啓傳承的那本古書相比，這本書的狀況明顯比較差，特別是關於禁制的那幾頁被人特意破壞過，滿滿的墨漬塗抹痕跡，根本無法閱讀。

如初翻來覆去看了許久，又拿起書頁透光看，試圖拼湊出內容。但直到看得眼睛都酸了，還是什麼都沒有看出來，上班時間已到，她於是將書放進背包，打算進公司再找人討論該怎麼辦。

今天的十五樓頗熱鬧，她才進修復室沒多久，杜長風便率領著兩名壯碩的警衛，用小推車運進來一個又厚又重的紫檀木匣。

據說這是一位私人收藏家將珍藏多年的古書委託給雨令做修復，織品修復室為了迎接這套書，還特別更動家具格局，從陣仗判斷顯然又是一件國寶級的古物。

然而這畢竟是別人的工作範圍，因此如初並未特別關注。她跟杜長風做過早晨會報後，便取出重環的本體銅鏡與一塊細布，坐在位置上慢慢研磨。

這段日子以來，磨鏡成了她每天的工作。她用小標籤將鏡面貼分成如鐘面般的十二時區，每天順時鐘磨兩到三區，撕下小標籤，隔天磨完下一輪後再將標籤貼回前一天的時區，一個禮拜五天，周而復始，不焦不躁，確保每塊區域都會被均勻地磨到。

重環來參觀過一次，對自己古雅的本體鏡被貼上花花綠綠的標籤大表不滿。如初從網路上找來美女戴了牙齒矯正器的照片，擺在重環面前，語重心長地告誡對方：「大家都這樣的，先變胖，才能減肥；先變醜，才有空間讓自己變更美。」

「我們吃再多都不需要擔心身材問題，該瘦的地方不會胖，該胖的地方絕不會瘦下去。」重環鄙視地瞪著她。

如初低頭看看自己胸前，好奇問：「那先天不良的怎麼辦？」

「能化形的都是完美品，成品不完美的那些即使跟我們原料相同，也在一開始就被扼殺了化形的機會。」重環得意地這麼回答。

如初一怔，忍不住問：「為什麼？」

「不曉得欸。」重環偏偏頭：「一化形我就知道這件事了。」

「你們與生俱來的知識？」如初追問。

「大概吧。反正知道也沒用，頂多拿出來說嘴而已。」重環似乎不太願意深入探討這個問題，她朝如初擺擺手，又說：「那妳就繼續幫我上牙套吧，我暫時不要看我的本體，省得每次看每次傷心。」

說完，重環一轉身，輕盈地離開了修復室。如初怔怔地望著銅鏡一會兒，才繼續打磨鏡面。

整個早上，她除了幫重環清理鏡面，還抽空打了一份報告。直到將近中午，如初才抽出手機，望著一直不在線上的蕭練頭像，神色流露出一絲徬徨。

她自小不黏人，住進宿舍這幾個月來，如果蕭練沒跟她約好一起上下班，她就自己一個人行動，也從來不覺得牽掛。但自從見過內心深處最大的恐懼之後，雖然如初極力告訴自己一切都只是想像，許多事還是起了質變。

即使短暫的分離也會不由自主感到失落，半天音訊全無就開始心緒不寧。

這樣，真的不行。

如初收起手機，再次默默告訴自己這沒什麼，要習慣——習慣他的陪伴，也習慣獨自承擔。

更何況，即使沒有愛人，她也還有共同奮鬥的夥伴。

算算也該是午休時間了，如初於是走到隔壁，叩叩叩敲了三聲，找夥伴下樓吃飯。

碧心打開門，雙眼發直，張開嘴愣愣地劈頭就問：「什麼事？」

如初往裡頭瞄了一眼，只見老莊師父跟徐大哥都在，紫檀木匣被推到角落處，中央一張大工作桌上擺得滿滿，還有好些她從來沒見過的瓶瓶罐罐都被取了出來，沿著牆邊排成一列，看上去像是染色用的顏料。

通常修復師們一起去員工餐廳是默契，時間到了敲個門大家自然領會，無需解釋，但也許今天織品修復室的情況比較特別？

如初於是小聲問碧心：「你們今天不吃飯？」

「已經中午了？」碧心揉揉眼，喃喃說：「我不知道，時間過太快，都不感覺餓。」

「吃，怎麼不吃，不餓也得吃。」老莊師父站起身，對徐方說：「一起下去，吃個飯、喘口氣，順便討論看看接下來任務該怎麼分配。」

他走到門邊，招呼如初說：「要不要進來看看，泥金手寫的《大藏經》，信佛的都說親眼見證會有福報。」

如初對宗教素來抱持開放性態度，她開心地答了聲「好啊」，才踏進門，雙眼頓時一亮。

房間中央用兩張長條桌拼起一張大工作桌，上面擺著許多件古物，離她較遠的一頭有一塊紅漆描金的木板，兩端都繫著五彩絲帶。一塊長而淺的特大號木匣則占據了小半張桌面，裡頭以深藍接近黑色的紙作底，左右兩端都繪有佛像，中間則用泥金寫了三行她從來沒看過的字母文字。佛像與文字的邊緣則鑲滿大顆的天然珍珠、珊瑚、綠松石等各色寶石，滿滿的富麗堂皇，美不勝收。

如初繞著桌子欣賞一圈，回到原位後不太確定地抬頭問：「這些是書？」

書籍當然不必用紙做，從先秦的竹簡，到馬王堆出土的帛書，都各自代表了古籍的呈現藝術。但桌上這些古物的裝飾工藝實在太過精緻，乍看之下有些喧賓奪主，反而掩蓋了書本身的內容。

「當然，還只是一小部分，這套經就這麼大部頭，搬得我手都快斷了。」徐方癱在椅子上，一副累壞了的模樣。

「腿沒斷就站起來去洗手，洗完手好吃飯。」老莊師父朝徐方唸了這麼一句，取過一條毛巾擦了擦手，又對如初解釋：「這套是清朝皇后唸的大藏經，花了數百兩黃金抄寫出來，在宗教裡的地位特別高，喇嘛見到都要頂禮膜拜。」

以前大學老師說過，宗教經典的裝幀概念與普通書籍大不相同，如初恍然大悟，又繞著桌子看了一圈，赫然注意到織品花紋裡處處藏著綿延不絕的「卍」字，倒是從沒在古兵器上頭見到過。

她湊近了細看，碧心在旁邊說：「萬字不到頭。」

「那是什麼？」

碧心指著布上的「卍」字圖樣解釋：「這個圖案就是萬字紋，連在一起不間斷，行話就叫『萬字不到頭』。織這種布是有講究的，聽說萬字紋還是唐朝的時候才從印度傳來中土，佛家三十二大人相之一。」

碧心說到這裡，老莊師父開口接話，要大家注意，這次修復的古物是佛經，有誠心的自己記得在這段時間內齋戒沐浴，他不要求，但每天上下班起碼要對經書行個禮，表達尊重，反正有拜有保佑。

大家在老莊師父的帶領下，各自雙手合十，對桌上的經書淺淺一拜，然後才走出修復室。電梯下樓的途中又遇到宋悅然，一行五個人魚貫進入地下室餐廳。

吃飯的時候碧心已經恢復精神，絮絮叨叨地向如初解釋，這部佛經是典型的梵夾裝，源自於印度的貝葉經。剛剛如初所看到的超大淺木匣其實是一函經書，木匣裡頭裝著記錄了完整經文的經葉，以及保護經葉的各色配件。而他們這次的修復重點，就在經書中的所有織品，包括裡外三層黃素絹、黃綿布與黃緞織花袷的經衣、五色經簾，以及綑綁經簾的彩色絲帶。

說到這裡徐方突然插嘴，開始跟碧心爭論要用什麼原料染布。根據考證，當年為了幫織品染出絕美的靛藍色，在染料裡加入了羊腦。碧心主張照搬原材料，羊腦就羊腦，菜市場買不到就去屠宰場找；徐方反對，認為礦石加植物也能配出好染料，使用動物性原料反而容易生蟲……

兩人吵得不可開交，坐在徐方旁邊的悅然扒了口飯，突然轉過頭冷冷問如初：「你們修復師都這樣？」

近日鼎姐常請假，杜長風扛起兩人份的工作，往往忙到需要加班，連帶悅然也受影響，壓力一大脾氣跟著暴躁。如初不清楚刺激到宋悅然的點究竟是羊腦還是被徐方忽略，於是眨眨眼，答：「科學辯證，工匠精神。」

「完全不顧場合，也不考慮別人還在吃飯？」悅然嘴上反駁如初，眼睛卻瞪向徐方。

如初縮縮脖子，堅決不涉入情侶之間的紛爭，老莊師父輕咳了一聲，沒好氣地看著徐方與碧心說：「吵什麼吵？這次的修復需要跟外面修古籍的師父配合，染出來的顏色要跟經文內頁搭配，才能維持套書的完整性，不是你們想怎麼樣就怎麼樣。」

飯桌上頓時鴉雀無聲，如初心念一動，問老莊師父說：「我有一本古書需要修復，你們有沒有適合的古籍修復師可以推薦？」

「什麼樣的書？」老莊師父問。

如初從背包裡取出昨天才拿到手的古書，遞了過去。老莊師父從口袋裡摸出手套戴上，接過書離開餐桌，坐到一旁無人的位置，捧著書一頁一頁翻閱。過了一會兒他闔上書，回到原座告訴如初：

「我看這書裡內頁部分的狀況還好，預防性保養一下就行了，倒是封面的問題很大，得好好修修。」

如初望著他手上半新不舊的棉布書衣，一頭霧水地問：「我看還好啊。」

「妳在看哪裡？這是後人加的書衣，我說的是原本的書封。」

老莊師父哭笑不得地將書從書衣中取了出來，如初這才看到，古書原本的封面由織錦布製成，上頭也有與佛經裝幀類似的「萬字不到頭」花樣，邊角處磨損得很嚴重，有些地方的布都爛掉了，露出裡面白色的襯布。

這個書封的確需要修補，但如初更在意內容，她翻到講禁制的那一章，指著被墨水塗抹的痕跡問：「這頁根本看不到字，如果可以的話——」

「可以什麼？」老莊師父打斷她，一臉莫名其妙地問：「妳不會不知道吧？修復古籍的原則是修舊如舊、缺字不補，內容的部分從來就不是修復師的工作項目。」

如初的確不知道。她驚呼一聲，急問：「那被塗掉的地方該怎麼辦？」

「擱著，不然呢？」老莊師父諄諄教誨：「妳想想看，這缺字塗改的部分沒法考證，補錯了反而影響後人，只能不管它，看以後有沒有更高明的技術發展出來再說。」

這跟如初原本設想的情況差異太大，她愣愣地說不出話來，老莊師父會錯意，又說：「這書封的情況看上去雖然慘兮兮的，但其實不難修，妳趕不趕時間？」

如初茫然搖搖頭，老莊師父拍板定案：「那就這麼辦，書擱我們這兒，慢慢修，肯定幫妳修到完整。」

「……謝謝。」

原本以爲只要找到了記載禁制的古書，起碼是一條線索，沒想到忙了一圈，關鍵內容被塗掉，居然又回到原點。

這個打擊讓如初整個人都呆了。她食不知味地吃完飯，跟著眾人走出餐廳，電梯門開，承影拎了一個造型溫潤厚實的特大號木頭杯，鶴立雞群地站在裡面。

他向大家打了聲招呼，單刀直入地問如初：「妳有沒有十分鐘？」

「有。」如初木木地回答。

「那好，陪我出去一趟，請妳喝飲料。」

如初再答一聲「好」，同時感覺周圍投過來數道打量的目光。

如果說，蕭練算是職場的邊緣人，殷含光稱得上雨令內部的高冷男神，那殷承影就絕對是整棟廣廈裡女職員心目中的國民老公。

好人緣不只是因爲長得帥，也是因爲承影永遠的紳士舉止。他總是讓女生先進電梯，替離得遠的人按樓層按鈕，甚至於還有幾次，如初親眼見他幫孕婦提重物，一路提進位於其他樓層的別家公司的辦公室裡。

然而認識了半年多，即使在得知十三樓所有人的眞實身分之後，如初卻從來沒有跟殷承影單獨相處過，熟悉程度甚至還不如殷含光，更別提他居然還提議要請她喝飲料了……他找她出去做什麼？

懷著小小的疑惑，如初跟承影一起走出廣廈大門，轉進旁邊巷子裡一家新開的小店。

承影跟蕭練一樣，都是一副手長腳長的模特兒身材，每跨出一步都能抵上她的一步半。不同的是，蕭練走在她身邊時會刻意放慢腳步，而承影雖然平常特別照顧女生，對她的態度也不錯，現在卻大步疾走，完全沒留意到身邊的她。

如初一路跟在承影身後小跑步跑進店裡，無言地瞧著承影將木杯遞給臉蛋羞紅、眼神閃亮的女店員，點了一杯飲品，然後才想起她的存在似的，轉頭問：「妳要哪種口味？」

如初跨前一步，看到店員正忙著做的飲料，脫口而出：「哇，紅茶冰淇淋耶，好懷念。」

她高中時學校旁邊開了一家店，招牌飲料便是大杯冰茶配上一球雪白的香草冰淇淋。有點貴，如初很少喝，卻永遠記得那滋味。

抗拒不了誘惑，如初於是也向店員點了一杯，拿到手之後先謹慎地嘗一下，意外發現味道居然相當好，冰淇淋的口感細膩，不太甜，搭配現沖的伯爵紅茶，跟以往承影的怪異口味天壤地別，倒是跟記憶裡的滋味有些神似。

她再喝一大口，問承影：「你也喜歡這個？」

「嘗新而已，兩種原本風馬牛不相及的東西給配到了一起，我很有興趣研究一下……走了？」

如初朝他點點頭，兩人並肩踏出小店。承影這回放緩了腳步，等離開店門幾公尺之後，才開口說：「昨晚搶劫妳的那群流氓，有一個今天早上死在看守所裡了。」

「怎麼會這樣？」如初問。

「心臟衰竭，不過死亡這件事本身不是重點。」承影答完，取出手機放到如初面前，問：「認得他嗎？」

螢幕上的男人雙目無神，眼窩下凹，瘦到都脫形了，就是昨晚動手搶她背包的那個人。

如初對這個人記憶猶新，猛點頭答：「就是他。」她頓了頓，忍不住又擔心地問：「這樣會不會讓蕭練惹上麻煩？」

「那倒不會，法醫的檢驗結果顯示，他是最近工作過度勞累引起心臟衰竭，跟昨晚的事無關。再加上這傢伙人憎狗厭的，家屬連出面認領屍體都不樂意，更沒人提要追究。問題是……妳也認得這個人嗎？」

承影滑了一下手機，又將一張照片放到如初面前。

螢幕上的男子微胖，打著赤膊，滿臉橫肉。如初盯著照片，不解地說：「眞奇怪，我不記得有看過他，可是又滿眼熟的……」

「仔細看，仔細回想。昨天之前，妳有沒有在哪裡跟他打過照面？」承影再問。

如初對自己認人的本領還算有信心，盯著照片看了一陣子之後，她搖頭說：「沒有，起碼過去一年應該沒有。」

承影「嗯」了一聲，收回手機，說：「這是死者兩個多月前的自拍照。」

「這怎麼可能！」如初說完忽然想到一種可能性，馬上猜測：「他吸毒了？」

「正好相反，根據驗屍報告，他的體內非常乾淨，別說毒品，連藥物的痕跡都沒有。」

「但你剛剛不是說他有心臟的問題……他自己沒發現，所以也沒服藥？」

「起碼病歷上沒寫，也可能是發現了卻沒就醫，我還在查。但不管心臟病也好，過瘦也罷，說穿了都是累出來的毛病……這傢伙根本死於過勞。」

說到最後，承影的語氣帶上了一點嘲弄。如初看著他，完全無法理解地重複：「他是過勞死的？」

「可不是嗎？」承影頓了頓，又說：「扣掉昨晚他對妳下手打劫的案子，這傢伙過去一個月總共還犯下二十幾起罪案，偷竊、擄人勒贖、幫搶匪開車……應有盡有，族繁不及備載，最後把自己活生生給累死了，堪稱盜賊界的勞動楷模。」

如初傻眼片刻，摸摸手臂上突然冒出來的雞皮疙瘩，喃喃說：「我可以想像有人很需要錢，不惜鋌而走險。但是，他的行爲……還是……好詭異啊。」

「還好。如果要弄個人類怪異行爲排行榜，這傢伙的所作所爲絕對進不了百名內，只不過……」

承影說到這裡，忍不住自己也先搖搖頭，才繼續對她說：「三個多月前，他才因爲太懶，不肯出去工作，被親生父母趕出門。」

「離家之後就搖身一變，成了專幹壞事的工作狂？」如初講完也搖搖頭，說：「太奇怪了……他會不會被什麼邪教之類的團體控制住啊？」

「控制……」承影喃喃一聲，轉頭又對如初說：「先不管這個。妳被他逮住的時候，有沒有感覺這傢伙的力氣特別大，或者有任何地方跟平常人不太一樣？」

一隻雞爪似的手顫抖著拿刀架住自己脖子的記憶閃過眼前，如初再搖頭，答：「他力氣不大，手還一直發抖，一點都不像做案經驗豐富的樣子。」

「但意識還是清楚的，神智並未受人掌控？」承影緊接著這麼問。

他在懷疑什麼？

如初立刻想起蕭練提到過的心靈類異能。她倒抽一口冷氣，壓低聲音問：「你懷疑姜拓？」

「那倒沒有……妳緊張什麼？」承影有點好笑地看著她，說：「姜拓的異能是讓生物完全失去求生欲，束手待斃，他可沒辦法讓一個好端端的人去做奸犯科。事實上，我沒聽說過有誰的異能可以改變人類的本性，或是讓一個人既保有自我意識，又受其支配，這完全沒道理……」

他雖然這麼說，但兩道好看的長眉卻微微蹙起，彷彿因爲什麼事而深感困擾一樣。

在他們三兄弟中，蕭練最壓抑，情緒往往深藏在一雙眼睛裡，臉上很少有表情。殷承影則正好相反，他能放能收，一點都不在乎披露內心感覺。

如初瞧著他臉上的神色片刻，忍不住問：「這件事讓你聯想到什麼，是不是？」

「……差不多。」承影漫應了一聲，沒等如初再問，就又開口說：「妳知道，除非本體來自同一顆隕星，否則我們沒有辦法感應到誰是化形者、誰不是。因此理論上來說，要瞞過同類，獨自混跡人間，也不是做不到。但實際上我們活了太多年，行事風格難免跟現代人有所差異，在妳遇襲的這件事情上，我莫名其妙感覺到了化形者的風格——」

「你不是說那個人已經死了？」如初急急打岔問。

「不是他，也不是昨晚打劫你們的任何一個人。」承影摸摸鼻子。

「那會是誰？」如初大惑不解。

「好問題。」兩人面面相覷，承影有點好笑地說：「別看我，推理從來就不是我的強項。」

如初眨著眼睛想了想，問：「那殷組長怎麼說？」

雖然含光始終擺出一副看不太起她的模樣，但論到推理能力與邏輯慎密，如初對含光還是十分信服。

承影流露出一言難盡的表情，答：「大哥說如果我實在太閒，可以去教麟兮把信箱裡的郵件叼回客廳，放在茶几上。」

老家的青銅麒麟因爲化形失敗，非但沒能變出人形，智商也不高，幾千年下來只能聽得懂百來個單字，動作與習性跟大型犬頗爲類似。含光一向反對承影花時間在麟兮身上，會這麼講表示他眞心覺得承影的發現不值一提。

含光的反應令如初大爲放心，不過她很喜歡麟兮，因此忍不住幫青銅麒麟說話：「牠都會叼球了，叼信件沒有比較難，一定可以的。」

「他早就會了，只是叼走了就不還給你。」承影頓了頓，又說：「無論如何，妳自己小心。」

說到這裡，他們已經走回廣廈大樓門口，如初一大步踏上臺階，認眞地對承影說：「謝謝，我一定會注意。」

不管背後是怎麼一回事，這種程度的歹徒根本傷不了他們分毫，卻會對自己造成致命性威脅，承影會關注這個事件，當然是因爲關心她的緣故。

她咬了咬嘴唇，又輕聲問：「你也把這件事告訴蕭練了嗎？」

「當然，一大早講完他就衝出去調查，只要是跟妳有關的事他都窮緊張。」承影舉起木杯喝下最後一口茶，如此回答。

原來，早上沒看見蕭練，是因爲這個緣故。如初從沒被人如此呵護過，一方面覺得不必要，她沒那麼脆弱，另一方面心裡頭又甜絲絲地，想到都忍不住微笑。

她嘴角微彎，告訴承影：「好，我有消息會通知妳，你多知道了什麼也跟我說一聲，好不好？」

「不一定要關於這件事的消息，只要生活中出現任何異常的人、事、物，都盡快找我們討論。老三雖然能打能扛，但在人性這方面相當遲頓，遇上某些情況，妳信他不如相信自己的直覺。」承影注視著她這麼說，神情嚴肅。

如初一口答應，想到蕭練，忍不住說：「有時候我感覺我還需要保護他。」

這句話惹來承影一陣大笑，他說：「我們只需要修復，不需要保護，別弄錯重點。」

不，她說眞的，沒開玩笑。

如初沒做出反駁，逕自回到十五樓。

下午三點整，如初停下手邊的工作，脫下工作服，離開修復室，踏著輕快的腳步踏進電梯，來到十三樓。

她在入口處跟重環打了聲招呼，逕自走進十三樓的會客室。這是一個長條型的房間，用小塊波斯地毯分隔成兩區，上頭擺放著米白色現代造型的沙發，搭配牆上大幅的潑墨荷花，空間不算大，布置卻令人心胸闊朗。

杜長風與一名穿著唐裝、年約六十來歲的老先生坐在離門較遠的長條沙發區，殷含光與殷承影則對坐在另一邊的單人沙發上。

見如初走進來，殷含光劈頭就問：「妳說到了青龍鎮上，有人想把妳推下井？」

沒有這麼誇張，如初忙糾正：「是有一股力量在推我沒錯，但那口井很小，塞不下一個人。」

「那口井淹死過不少人，成年人，二十來歲的壯漢。」殷含光盯著她，繼續說：「推妳的那個人，並不見得知道當年人煙浩穰、海船輻輳的天下雄鎮，如今成了一塊荒田。」

「人？」如初不以爲然：「那是古蹟現場，一個人都沒有，怎麼會有人推我？」

「死掉的人。」含光板著臉回答。

這話太令人毛骨悚然了。如初倒抽一口冷氣，望著含光小聲問：「你的意思是……青龍古鎮鬧鬼了？」

殷含光一噎，看向她的眼神頓時充滿鄙視，殷承影則用手掌拍拍額頭，喃喃說：「到現在還沒發現，我眞服了妳。」

發現什麼？

在古鎭所看到的情景晃過眼前，如初啊了一聲，不敢置信地問：「你的意思是，傳承在我眼前幻化出那些景象，而且，傳承裡有人推了我一把？」

「只剩下這個可能性。」含光板著臉回答。

「這不可能！」如初猛搖頭，急急說：「傳承裡所有景物都是虛的，沒有實體。傳承裡也沒有眞正意義上的『人』，他們只是一段反覆回放的記憶影像，不會思考，也不會反應……」

聲音戛然而止。如初猛然意識到，她錯了。

雖然傳承裡大部分的情況的確如此，卻也不乏例外。比方說，她第一次進入傳承，便一頭栽到浸泡三劍的冰涼山泉裡，還差點嗆到水。而當她在劍廬對上封狼之際，那位手把手教她重新爲宵練劍開鋒的女子，不但可以與她互動，還讓她在半夢半醒中看到當年鑄劍師一族最後的去處……

推她的，會是那名女子嗎？

不太像，她非常友善，而且聲音也不一樣。

如初定了定神，朝含光問：「也就是說，有些修復師過世以後，又在傳承裡『活』了回來，就像鑄造宵練劍的那位前輩一樣？」

殷含光推推眼鏡，矜持地答：「人類的生與死難以界定，傳承運作的規律，我更加不甚了解。」

如初對規律也沒有興趣，她急急再問：「那會是誰推我？為什麼？」

「非請勿入這個道理，走遍天下都是一樣的。」老先生略微嘶啞的聲音自隔壁的沙發上響起。

如初扭頭望去，正好與老先生四目相交，對方仔細打量了她幾眼，才慢條斯理地轉向含光，開口解釋：「墜落感會讓人清醒，推她的那位肯定不歡迎她進入傳承，倒未必有害人之心。」

「了解。但在傳承之地，善與惡本來就難以用正常人的行為準則來判定，是嗎？」含光開口，態度疏離卻彬彬有禮。

能讓眼高於頂的殷組長擺出求教的姿態，這位老先生一定很厲害。如初顧不得自我介紹，趕緊朝老先生問：「先不管有人要推我這件事，傳承會讓人做什麼都記不住的惡夢嗎？」

「對妳而言，傳承是什麼？」老先生嚴肅地看著如初，不答反問。

這問題太過抽象，如初啞然片刻，漲紅了臉喃喃說：「就、傳承……」

「妳得到傳承之後，從來沒有好好問過自己，傳承是什麼，從何而來，將往何處去，又是如何與妳產生聯繫的？」老先生再問。

「想過，但沒想通，後來……就忘了想下去。」

說到後來，如初不由得垂下頭，老先生嘆了口氣，說：「那就難怪。一般來說，只要願意自我訓練，接受傳承最多半年後，都能立即分辨究竟是在做夢，還是在半夢半醒之間接收到傳承所發出的訊息。不過，對上不肯動腦子的修復師，自然另當別論。」

這話有點重，如初馬上抗議：「我沒有不動腦，一般來說我可以分辨的，是這個夢的情況特殊……」

老先生根本沒聽她解釋，直接轉向杜長風，不帶情緒地說：「老杜，你們新收的傳承者，素質不太行啊。」

「她還好。啓蒙太晚，很多事情還一知半解就嗆嗆呼呼，難免鬧笑話。慢慢做下去，眼界開了自然就好了。」

杜長風不卑不亢地回了這一句，又指著老先生對如初說：「這位就是我跟妳提過的秦老師，過來奉個茶，以後有什麼疑惑直接請教老師，青銅組就靠你們倆了。」

這就是她一直期待的師父？

看起來很不好相處的樣子……

雖然心裡有點沮喪，如初還是趕緊站起身。在此同時，鏡重環像變魔術似地靜悄悄快步走進會客室，手上捧著一個紅木茶盤，上頭放了一盞青花三件式山水蓋碗茶。

雨令的修復室雖然沒有執行嚴格的師徒制，但新人進門會端杯茶給同行的老師父，類似傳統奉茶拜師的儀式。如初之前才看過碧心奉茶給老莊師父，對這套禮儀記憶猶新，她打起精神，捧起茶杯，一鞠躬，將茶遞給秦老師。

秦老師板著臉接過，喝了一口，說：「我姓秦，秦觀潮，青銅傳承，主攻禮器。」

如初答：「秦老師您好，我叫應如初，也是青銅傳承，主攻……」

有時候，越不想讓自己看起來蠢，就越容易出狀況。

頂著大家的目光遲疑片刻，如初最後垂下眼，盯著地板小聲說：「我不知道自己的主攻是什麼。」

「妳第一次進入傳承之地的時候，應該有簽過一份合同，來龍去脈上頭都有紀錄，去查吧。」秦觀潮淡淡地這麼答。

如初趕緊將意識沉入傳承之地，果然找到一份用正楷毛筆字寫的契約，跟一本書差不多厚，上頭畫押手印樣樣俱全。她翻了半天，好不容易找到關鍵字，趕緊回到現實，告訴秦觀潮：「兵器。」

「因爲啓蒙者是胥練劍的緣故？」秦觀潮問。

蕭練是她現在唯一的安慰，如初翹起嘴角點點頭，充滿期待地等秦觀潮再發言指點，熟料對方掉過頭，告訴杜長風說：「主攻不同，我頂多能幫忙打個基礎，省得她莽莽撞撞，哪天不小心挖個坑把自己都給埋了。」

承影不給面子地噗嗤笑出聲，如初拚命在心底告訴自己要敬老尊賢，杜長風用眼風掃了他們一圈，震攝住全場後才轉向秦觀潮，客氣地說：「勞您費心了。」

「沒什麼。」秦觀潮又喝下一口茶，問如初說：『我剛才在修復室裡轉了轉，怎麼沒瞧見工作日誌？』

「公司規定上網打卡，所以我每天打卡的時候，就順便把進度記在雲端。」如初解釋。

她取出手機，滑開工作日誌遞上前。秦觀潮接過來看了一小段後將手機還給如初，從隨身的包裡取出一本封面已經發黃、類似二十多年前中學生寫作業用的制式筆記本，遞給如初，說：

「工作日誌不光是寫每天完成的事，還包括所有遇到的問題，以及解決問題的思路跟感悟。修古物有時候跟破懸案一樣，起初摸不著頭緒，你不斷探索、日積月累，哪天謎底水落石出，還能替傳承之地添磚加瓦，也說不定。這是我早期的工作日誌，妳拿去參考，格式可以抄，內容自己來，好記性不如爛筆頭。」

這席話秦觀潮娓娓道來，聽得如初直點頭。她輕聲道謝後接過舊筆記本，不確定地問：「老師，您的意思是，我的工作心得，以後可能會成爲傳承的一部分？」

她跟蕭練開過類似的玩笑，卻沒想到居然眞有其事。

「當然，所謂傳承，本來就是一代傳一代的累積，妳練出本領値得後人學習，就該收錄進傳承。」秦觀潮斬釘截鐵答覆後，再問：「練過打磨複製品沒有？」

剛鑄出來的青銅器物上有一層氧化殼，須以手工或機器將這層殼磨去，方顯光澤。這項手藝如初大學實習時練了不少，她忙點頭，答：「練過。」

秦觀潮再問：「作舊呢？」

「學過一點點……」如初心虛地回答。

作舊是一般複製古青銅器最關鍵的步驟，要將銅鏽仿得微妙微肖，難辨眞假，相當考驗功力。然而不忘齋專門修復古刀劍，一般客戶通常期待看到的完成品，都是神兵利器吹毛斷髮的樣子，劍鞘可能還有少數人喜歡作舊處理，但刀身劍身卻絕對不能染鏽，因此她之前在這方面的訓練極少，來到雨令之後沒有接到這類型的案子，心裡則老惦記著如何幫蕭練除去禁制，因此徹底忽略了作舊這項青銅修復師的基本功。

秦觀潮又問了幾個問題，語氣並不尖銳，卻接二連三地點出她的訓練不足。如初回答後低下頭瞧著鞋尖，忍不住地沮喪——過去半年多的確發生了許多事，但歸根究柢，她忘了沉下心，在修復工作裡尋找安身立命之處。

偏離目標已經夠糟糕了，缺乏自知，還需要旁人來點醒，這實在對不起自己的初衷。

杜長風自覺也有責任，他輕咳一聲，插話說：「如初的情況我剛剛解釋過了，我們的疏忽，不能怪她。」

「沒人怪她，以後照表操課就是了。」

秦觀潮平平淡淡回了這麼一句，緊接著，瓷器碎裂與重物墜地的聲音隱隱自隔壁響起。杜長風臉色大變，率先衝出門外。

大家都紛紛站起身走出會客室，如初不知所措地跟在秦觀潮身後，走進鼎姐的辦公室。只見桌腳附近有個碎成好幾塊的豆青色瓷杯，木頭畫架橫在地上，彩色鉛筆散了滿地，鼎姐則倒在畫架旁邊，雙眼緊閉，胸口一動也不動，彷彿已失去呼吸，在頭頂燈光的照映之下，整個身體竟隱約有些透明。

杜長風小心翼翼地將鼎姐抱起來，放在一旁的沙發上，秦觀潮走上前，打量了幾眼，問：「她又動用異能了？」

杜長風瞥了地上的畫架一眼，嘆口氣，點頭不語。

秦觀潮沒好氣地又說：「我不是說過，她那隻耳朵在找到補料徹底修復之前，只能靠保養，最好乖乖回本體待著。化成人形已經夠勉強了，還動用異能，加速傷勢惡化，這不是存心找死嗎？」

這還是如初第一次看到有人用如此不客氣的態度對杜長風說話，然而杜長風卻沒流露出任何不滿神色，只再嘆了口氣，喃喃地說：「等鼎鼎醒來，我一定好好說她。」

「失去意識也好，省事，她醒過來可未必聽你的。」

秦觀潮冷冷說完這句之後，從包裡取出一本半新不舊的筆記本翻閱，不再理會眾人。杜長風與含光、承影商議了一會兒，決定先將鼎姐帶回老家，於是承影抱起鼎姐，與含光一起離開辦公室，重環拿了掃帚畚箕過來，開始清潔整理室內，杜長風則雙手抱胸，凝視著空蕩蕩的沙發出神。

氣氛雖然沮喪，卻並沒有一般人受傷昏迷時家屬的慌亂。如初無事可做，站在秦觀潮身旁一會兒後小聲問：「老師，現在我能做什麼？」

秦觀潮闔上筆記本，盯著她，問：「妳真心想幫她？」

他的語氣赤裸裸地顯示不信任，如初實在不懂為什麼秦觀潮一見面就對她抱有如此大的偏見，卻也只能壓下怒氣，答：「當然。」

「那行。」秦觀潮頷首，問：「半年不進傳承之地，不學新招，扎扎實實把打磨的功夫練好，做不做得到？」

如初僵住了，秦觀潮闔上筆記本，又說：「日子一天天過去，妳每天做了什麼，累積起來，緊要關頭自然見真章。」

他轉向杜長風，繼續說：「我得再看幾次荊州鼎，才能著手擬定修復方案。你之前說，她本體的庫房就在這棟大廈裡頭？」

「十四樓。」杜長風解釋：「十四樓是我個人名下的倉儲物業，不屬於雨令。」

「好了，我們一起去看看，問題到底出在哪裡。」秦觀潮一槌定音，他瞥一眼如初，問：「妳也去？」

如初猛然醒過來，趕忙應了一聲是。她的神色還帶著一股惶惑不安，秦觀潮嘆了口氣，轉向她，語重心長地說：「傳承並不是一個死板板的工具，那是歷世歷代匠人『擇一事、終一生』的心血結晶。正因如此，傳承在典藏智慧的同時，也典藏了人心，所有的風波，因此而起。」

「我要妳先別進去，並非阻撓妳學習，而是希望妳先壯大自己。能夠做到不以物喜，不以己悲之後，再踏進去，才不至於走歪路，失了本心。」

秦觀潮是用標準的老師教導學生的口吻講出這番話，如初於是下意識地先點頭，然後才說：「我其實不太懂，但是……」她頓了頓，下定決心，又說：「從現在起，我不會再進傳承了。」

半年爲期。

她需要在這半年之內，好好提升自己。

自踏進雨令公司以來，秦觀潮頭一回流露出笑意，他說：「好。我們先下去看看荊州鼎，各自回去思考，明天起開始討論該怎麼進行。」

就在杜長風領著青銅組的師徒倆來到廣廈十四樓時，一道修長的身影大步跨出另一部電梯，走進鼎姐的辦公室。

室內已清理得七七八八，只剩畫架還倒在地上，重環拎著一架輕型吸塵器剛離開房間，來人扶起畫架，順手撿起被架子壓住的含棉美術紙放好，就著窗外陽光細細打量。

畫紙上只用鉛筆打出粗略的草稿，勉強能看出上面畫著一柄繫有劍穗的長劍飛舞在空中，以雷霆萬鈞之勢衝往倒在地上的女孩。

背景一片空白，看不出來事件發生的時間與地點，女孩也只勾勒出一個輪廓，線條還很粗，只勉強能看得出來她有一張鵝蛋臉，神情驚惶，眉目之間神似如初。

蕭練盯著這幅畫半晌才走出房門。他直接下到二樓，來到杜長風的辦公室門前，伸手敲了敲門。

無人應答，他面對門板靜默一會兒，從長褲口袋裡掏出一只信封，塞進門板底下與地面之間的縫隙，轉身，離去。

8. 曲終

夜已深，月半圓，今夜的月光尤其皎潔，一泓銀光穿過窗前的木蘭樹灑落在地板上，影影綽綽，彷彿那人隨時會出現。

如初蓋著毛毯趴在床上，用手肘撐起上半身，拿出大學時代衝刺期末考的精神，讀書做筆記。

她面前的枕頭上有兩冊筆記本，一本全新，連標籤都還沒撕下，另一本則是今天秦觀潮借她的，裡面用漂亮的鋼筆字寫得密密麻麻，每一頁右上角除了標明日期之外還有節氣，根據秦老師的說法，氣候也是影響修復進程的重要因素之一。

今天下班後，她留在修復室，跟秦觀潮聊了將近一個小時。離開公司時如初下定決心放棄在雲端寫工作日誌的習慣，重新回到手寫記事。

回家路過超商時她順手買了筆記本，吃完晚飯便開始寫。起初不太適應，寫字老是忘了筆畫，需要不時上網路查字典，一直寫到半夜漸漸習慣，筆下行雲流水，思緒也跟著順暢。

就在某一刻，她又停下來查字典時，紗窗忽然被撬開一條小縫，一柄黑色長劍靈活地從縫隙中鑽進來，無聲無息地飛到牆邊。下一秒，蕭練瞬間出現在她床尾處，身上只穿著一條長褲，手上則抓著一件襯衫。

他背對如初，迅速套上襯衫，手剛放到鈕扣上準備扣扣子，背部忽地一僵，慢慢轉過身，就見如初抱著毛毯坐在被窩裡，一雙眼睛大而閃亮。

蕭練動了動嘴唇，尷尬地解釋：「我不想吵醒妳……」

「你沒有，我根本沒睡著。」如初偏頭打量著他，又說：「這是你第一次在我面前化形了。」

第一次還是在半年多年前，蕭練因封狼的突襲而受傷，她修復好他的本體，而他不顧一切，讓她知道他的祕密。

想到這段往事，如初一顆心就像泡在糖水裡，止不住地甜蜜。她的心情全寫在臉上，蕭練沉默片刻，調開視線望向窗外，艱澀地說：「除非必要，否則我們絕不在人前化形。」

他頓了頓，轉過臉若無其事地問：「怎麼還沒睡？」

倘若注意聽，便會發現他的語氣沉鬱，跟平常很不一樣。但如初還沉浸在自己的世界裡，完全沒留心他的異狀。

她喜孜孜地告訴蕭練：「我在整理老師的筆記，噢，對了，有件很重要的事要跟你講。」

「正好，我也有件事。」蕭練朝前跨了一步，說：「妳先講。」

他的襯衫還是敞開的，淺棕色肌膚在月光的映照之下紋理清晰，漂亮的腹肌輪廓分明。如初忽然感覺到臉頰有些燙，她垂下眼睛，輕聲問：「你們起初覺醒……化形成人的時候，也沒穿衣服吧？」

「是，我們跟人類一樣，都是赤裸裸地來到這個世間。」

他的聲音有些嘶啞，如初晃了下神，趕緊將心思扯回來，說：「但是，你現在穿衣服的速度簡直像變魔術……啊，我懂了，你在化成人形的那一刻，直接站回到長褲裡面了，對不對？」

她自認猜到正確答案，興奮地仰起頭等待回應。四道視線相撞，蕭練的眼神不自覺地變得柔和。他頷首，回答：「練出來的。剛化形的那幾年常常爲此搞得手忙腳亂，現在，只要知道衣物的位置，我差不多都能在化形當下立刻穿好。」

她果然猜對了。如初眨眨眼，追問：「所以你才在我房裡放了一套衣服？」

蕭練再點頭，有點窘地說：「以備不時之需……我也怕妳尷尬。」

「噢，我才不尷尬。其實我第一次看你化形的時候就想問了，可是那時候發生太多事，之後也發生太多事，這問題就一直拖下來，拖延症眞的毀人生……」

如初說到一半發現自己根本在胡言亂語，趕緊打住，既羞澀又歡喜地向蕭練伸出手，問：「你要過來跟我一起讀筆記嗎？」

蕭練只掙扎了半秒，便踏前一步，認命地握住她的手，說：「小心，我的手很冰。」

「早知道了啦。」如初一副完全不在乎的模樣，與他十指相扣，又說：「對了，我要跟你說的是，我今天剛跟秦老師保證過，半年之內，絕對不進傳承。所以你可以安心啦。」

她頓了頓，追問：「半年，等我半年，我們再一起努力破解禁制，好不好？」

她的眼睛亮晶晶地，在這麼一個無風的夜裡，像有千萬星辰墜入其間，每一顆星星都閃爍著喜悅，對他突如其來的造訪，沒有一絲抗拒。

面對這樣的眼神，蕭練腦子突然一片空白，等清醒過來時，他已握緊她的小手，平飛躍過床尾的欄杆，坐到她面前。

失控？他心一驚，眼底頓時跳出兩簇淡青色小火燄。

如初維持原姿勢，傾身向前，一雙大眼睛好奇地望著他，毫無警戒，也沒有任何防備之意。

不能再這樣下去。

蕭練定了定神，眼底的火燄瞬間熄滅。他看向她，不動聲色地說：「再說。」

他的反應出乎如初意料之外，她搖搖蕭練的手，問：「你不高興嗎？」

「怎麼會，妳肯避開危險，我非常歡喜。」

雖然他臉上看不出任何喜色，但蕭練從來不對她說謊，因此如初安心下來，又問：「對了，你剛剛要跟我講什麼？」

「我……」準備了許久的臺詞，卻忽然間一個字都說不出來，蕭練半張著嘴，幾秒後，只頹然說：「關於樓下那幅畫，鼎姐她……送錯了。」

他一副難以啓齒的模樣，落在如初眼底，卻有了另一番解釋。她想起蕭練老家起居室牆上掛的那幾幅國寶等級的作品，頓時一驚——樓下那幅山水卷軸，筆法工整細膩，頗有大將之風，不會過去這幾個月，在她小公寓的牆上，就掛著一幅馬之遠忘記落款的逸品吧？

她忙推推蕭練，說：「那你趕快拿回去還給鼎姐吧。」

話是他起的頭，但聽到如初這麼說，蕭練心底又微微澀然。他嗯了一聲，忍不住問：「我再拿一幅掛上，妳喜歡什麼？山水、花鳥、還是明宣宗畫的貓？」

如初怕蕭練眞的拿一幅貴重的畫作過來，馬上搖頭，說：「其實牆上不掛畫也挺好的。你去過我家，我家牆上就沒有畫，全部掛照片，我從幼兒園到大學的畢業照都掛在走廊牆壁上，還有每隔幾年就要重拍一次的全家福，有一年黃上還穿了衣服跟我們合拍，你記得嗎？」

想起那隻穿了件蕾絲裙，滿臉不樂意的大黃貓，以及穿著幼兒園制服戴著學士帽、笑起來缺了兩顆牙的小如初，蕭練忍不住微笑，說：「永誌不忘。」

如初以爲他在打趣，嘟了嘟嘴，認眞解釋：「都是我爸的主意，他老說藝術品他看上眼的買不起，買得起的全都看不上眼，還不如看家人，最順眼……怎麼了？」

蕭練突然一把將她摟進懷中，緊抱住不放。

「沒什麼……全家福很好，妳值得這樣的照片。」

他鬆開手，神情豁然開朗，凝視她的眼神溫柔繾綣，無比專注，像是要把她的模樣印在心底一樣。

如初沒聽清楚後半句，仰起頭問：「什麼？」

「沒事，妳先睡，我陪妳一會兒再把畫拿走。」他柔聲這麼說。

陪？

躺在她身邊嗎？

雖然成爲男女朋友好幾個月，這還是蕭練第一次做出如此親蜜的提議。如初心慌意亂地咬了咬嘴唇，不是不願意，卻又不知道該如何回應。

不會回答就不要回答。她將整個身子縮進毛毯裡，面朝他，臉卻埋進枕頭，含糊地說：「那，晚安了？」

「晚安。」

蕭練也躺了下來，面向她伸出手將她摟進懷裡。

兩人緊緊貼在一起，如初感覺自己的心臟砰砰跳得好用力……

他一定聽見了。他在想什麼？爲什麼今天給人的感覺特別具有侵略性，卻也特別退縮、充滿矛盾？

如初忽然有點害怕。她偷偷睜開眼睛，正好看到蕭練闔上雙眼，他濃密纖長的睫毛輕輕動了幾下才靜止，猶如蝴蝶無聲降落在花瓣上，他的呼吸綿延悠長，像陣涼風般拂過她的臉頰……

「蕭練。」她低低喚了他一聲。

他沒睜開眼，只將她摟得更緊些，說：「我在。」

「你不會很快就離開吧？」她追問。

「不會。」他用冰涼的嘴唇輕觸她的唇瓣，說：「我永遠不離開。」

這太不像他會講的話，卻太像她想聽到的話。

如初簡直不敢相信自己的耳朵，她忍不住蹭蹭他，小聲問：「眞的？」

「絕對。」蕭練調整了一下姿勢，將如初牢牢固定在懷裡，又問：「月底妳生日，有沒有特別想要的禮物？」

「兩打貓罐頭？」

他輕笑出聲，說：「我訂製了一個小東西，只可惜設計圖一直修改，怕是趕不上……」

如初不記得自己回答了什麼，只記得那種被巨大的幸福所環繞、緩緩陷入夢鄉的感受。

第二天早上醒來的時候蕭練已經不見蹤跡，同樣消失的還有那幅畫。如初一下樓，便瞧見喬巴對著空空如也的牆喵喵叫，一副告狀的小模樣，她安撫了喬巴一陣子，拿起一個貓罐頭，卻在拉拉環時不小心被鋒利的邊緣割到手，指腹頓時冒出一串血珠……

眞奇怪，明明昨晚沒做惡夢，爲什麼卻莫名感到有些心慌？

喬巴不斷在腳邊繞，如初定了定神，將罐頭放進碗裡遞給牠，用商量的語氣問：「不然我們在牆上掛貓抓板好不好？」

喬巴嫌棄地看了她一眼，埋下頭大吃，如初匆匆梳洗後，出門上班去。

秦觀潮比她晚一小時進入修復室，他翻閱過如初昨晚完成的筆記，指點了幾句便又離開。於是，有師父的第一天，如初整個早上只做兩件事：磨銅鏡、練習寫工作日誌。

約莫中午時秦觀潮回到修復室，老莊師父帶領徐方與碧心主動來敲門，五名修復師組隊進入餐廳。吃飯的時候老莊師父誇了碧心兩句，秦觀潮馬上接話，轉而讚美如初。一頓飯下來，如初發現自家師父雖然在第一次見面時給足她下馬威，但對上外人時卻頗為護短，同時還很講究吃，餐廳的伙食對如初來說已經很好了，但秦觀潮硬是挑出不少毛病，嚷著有機會大家一起去外頭打牙祭，他知道市區有家私宅餐廳，大廚手藝特好，硬是能把家常菜燒出國宴水準來……

「你請客？」老莊師父逮著機會就不放過。

「行，你少喝兩杯，小心胃痛。」秦觀潮嗆了回去。

老莊師父早年從裝裱古畫出身，在所有修復師裡，古書畫的修復工作最令人戰戰兢兢、如履薄冰，深怕手上一個不小心，千年名作便毀於一旦。因為壓力太大，胃病幾乎成了所有古畫修復師的職業病，秦觀潮這句話的語氣雖然嗆，卻也顯示出他與老莊師父不一般的情誼。

飯後秦觀潮獨自一人去到十四樓，回到修復室時手上捧著一只三足的青銅爵杯。他慎重地將爵杯放在桌上，告訴如初：「妳未來一個月的功課，就是打磨這只青銅爵。」

這只爵杯的杯沿上有一根鉤狀的小立柱，腹部裝飾了簡單的獸面紋，線條纖細，形制淳樸。

如初偏頭打量半晌，問：「這是哪個朝代鑄的？」

「妳說呢？」秦觀潮反問。

「器形跟花紋都像商代前期，就是……」如初也不曉得該如何形容那種不對勁的感覺，她遲疑半晌，說：「太拘謹了。」

夏與商的青銅器都帶著野性美，她雖然看得不多，卻深有體驗。

秦觀潮莞爾一笑，說：「可不是。這是宋徽宗專門派人仿造的，技術有餘，神韻不足。」

他順口講解宋代仿製夏商周三代青銅器的歷史，如初一邊聽，一邊忙著打開筆記本，寫下「三月二十一，春分：打磨宋代仿古爵杯」。

既然是仿品，也許有本尊可供參考。如初想了想，又在自己的筆記上加註：「查資料，《宣和博古圖》。」

她寫字時一板一眼，字不特別好看，卻方正易讀。都說字如其人，秦觀潮有些意外地抬了抬眼皮，問：「妳也知道《宣和博古圖》？」

這是一部由宋徽宗親自敕撰，收錄北宋皇室所收藏自商代至唐朝，總共八百三十九件青銅器的譜錄。每一件青銅器都繪有圖樣，勾勒出銘文，記錄下尺寸、容量、重量等，有些還附上歷史與傳說，考證十分精審，是古代金石學的重要著作。

如初不好意思地點點頭，答：「還沒念完。不過我在傳承裡看到他們官方大規模仿製青銅器的工廠，壯觀極了。考證做得超認眞，從皇帝到學者到工匠，全都一絲不苟……不過爲什麼他們要費那麼大力氣去仿造夏商周三代的青銅呢？」

秦觀潮沒回答，只看著她淡淡說：「不錯，還記得傳承是自己安身立命的根本，沒被那些化形的傢伙給迷得七葷八素。」

原來這才是老師對自己最有意見的點？

可是蕭練雖然帥，跟「迷人」兩字卻差了十萬八千里，老師怎麼把他講得像個魅惑力十足的妖姬？

如初很想問，卻不知如何開口，秦觀潮也沒再多提，轉而指揮她將爵杯移到工作桌中央，開始指導她如何打磨。

下午三點整，如初正式進入打磨的工序。不用機器車床，只憑一把小小的鋼銼，再加上砂紙跟木炭，純粹手工活。好一陣子沒練基本功，她花了點時間才進入狀況，磨了兩個多小時，臨近下班時間，如初正直起腰準備收拾桌面，修復室的電話鈴聲忽地響起。

如初接起電話，聽杜長風問：「如初嗎？妳現在有沒有空？」

他很少這樣問，總是直接吩咐待辦事項。如初簡短地答了聲「有」，便聽杜長風又說：「那妳離開修復室後來我辦公室一趟，有些事需要跟你討論一下。」

「好的，我收拾好就下去。」

一整天忙下來，如初已經累壞了。五點三十五分，她站在主任辦公桌前，表面上看起來精神還算集中，思緒卻早已飛出公司，想著晚上該吃什麼。

杜長風先問了她跟秦觀潮相處的狀況，勉勵了幾句叫她別心急、慢慢來之類的話，接著清了清喉嚨，用不太自然的口吻說：「老三辭職了。」

腦子裡忽地嗡了一聲，手腳在剎那間變冰冷，如初暈暈地抬起頭，懷疑自己是否聽錯了，或者杜主任搞錯了？

總之，不可能。

杜長風拉開抽屜，拎出一張信紙放在桌面上推向她，又說：「他昨天送出辭呈，我因爲鼎鼎出事，沒留意，今天進辦公室才看見。」

如初木然地伸手拿起辭呈，上面只有一行字，寫著：「因個人因素請准自即日起辭去現職」。

落款「蕭練 謹呈」，毛筆字，鐵畫銀鉤瘦金體，字跡是他的，文字風格也是他的。

視野忽地一陣又一陣模糊，如初努力站穩腳步，指著辭呈問：「我能知道，這『個人因素』是什麼嗎？」

「老問題。他的異能恢復太快，擔心自己壓不住。」

如果仔細聽便會發覺杜長風說起這話的口吻與平時略有不同，顯得言不由衷。如初其實聽出來了，但她突然發現自己並不關心眞相是什麼，她只關心一件事……

「那，蕭練辭職以後，會去哪裡呢？」她問，聲音飄飄的，聽起來相當陌生，彷彿並不出於自己的口中。

「出國吧。」杜長風眼神飄了飄：「他一直考慮回倫敦的佳士得工作。」

「對，他以前說過。」如初說著，無意識地退後半步，勉強集中目光焦點，看著杜長風問：「那他……已經走了嗎？」

「應該是吧。」

也就是說，他擅自決定了一切，而她只是被通知的那一方而已。

又想哭又想冷笑的心情，讓如初臉上的表情有些扭曲。杜長風瞧著她，用特別和藹可親的口吻問：「妳明天需不需要放半天假？」

「不需要。」她馬上反應：「有很多事要做呢，沒空放假。」

她講得很急，口氣有點粗魯，自己卻沒察覺分毫。

「行，沒事就回去吧。」

杜長風發話之後，如初胡亂點點頭，轉身便往外走，然而她走到門邊時卻又回過頭，開口問：「蕭練有說他什麼時候會回來嗎？」

「沒有。活那麼久了，我們通常並不過問彼此的行蹤。」杜長風溫和地如此回應。

「當然，當然應該要這樣。」如初語無倫次地喃喃說：「抱歉，打擾了……」

她對杜長風一鞠躬，扭頭繼續往外走，然而才走出兩步路，左腳便絆到右腳，狠狠拐了一跤，幸虧即時扶住牆，才不至於整個人都撲倒。不過爬起身之後走路的樣子變得相當笨拙，像是驟然喪失平衡感，隨便一個動作都能讓整個世界天旋地轉、不辨西東。

杜長風目送如初離去，背往後靠，蹺起二郎腿，說：「去，把門關上。」

他語聲方落，旁邊小衣櫃的門應聲而開，一柄黑色長劍從裡頭騰空飛起，轉瞬間化形成人，雙腳穩穩落在衣櫃前方的地面上。

蕭練從抽屜裡取出T恤套在身上，走過去關上門，坐進沙發裡，低聲開口：「杜哥，謝謝。」

「沒什麼。」杜長風又拉開抽屜，盯著裡頭的鉛筆素描，若有所思地說：「我還是傾向直接讓如初看這幅畫，反正躲不過。」

「然後呢，讓她每天活在死亡的陰影當中？」蕭練啞著嗓子問。

「她堅持要跟你在一起的時候，就應當知道這裡頭的風險……好，不說了。」

看到蕭練眼底跳出淡青色的小火燄，杜長風適時打住，他想想又說：「如果照含光的推測，你用本體劍追殺如初這檔子事，也許並非發生在現實當中，而是發生在傳承裡頭，那有沒有可能，這幅畫已經發生過了？」

「有可能。大哥甚至懷疑如初反反覆覆做惡夢，夢到的都是這一幕。如果她在夢裡沒有記憶，那每次發生都是她第一次面對追殺，正好符合預見之畫的精神。」蕭練頓了頓，沉聲說：「因此，我更必須走。」

用最決絕的方式離開，傷痛可以讓她在短期間不再想到解開禁制。日子一久，當他完全淡出她的生命之後，即使她再進出傳承，也不至於受到威脅。

杜長風不以爲然地搖頭，說：「你的去留你自己決定，但禁制，以及所有會跟傳承扯上關係的事，我建議最好都開誠布公，如初是傳承者，有資格知道一切，包括我們的推測。更何況老秦都說了，在傳承裡只要仔細謹慎，保命還是不難的。」

「崔氏不是一般的修復師。」蕭練沉聲說。

「如初也不是。」杜長風用指尖輪流敲打桌面，沉吟著說：「天賦對上天賦，勝負還在未知之數。」

「因此我們要拿她的命來賭，拿鼎姐復原的機率來賭？」

被蕭練這麼一問，杜長風頓時停下手。他沉默片刻，苦笑說：「賭不起。」

「那就照原定計畫，雖然保守，起碼安全。」蕭練斷然這麼說。

「相對安全而已。」杜長風關上抽屜，皺起眉頭，過了片刻又說：「奇怪，我從來沒印象鼎鼎能預見傳承裡的事，會不會我們都搞錯了？」

蕭練的臉色陡然變蒼白，眼神卻益發鋒利。他注視著杜長風，說：「如果搞錯，就意味那幅畫將發生在現實之中。」

「果眞如此……到了那時候，杜哥，你能讓我長眠嗎？」

夜晚再度降臨，如初躺在床上，雖然一點睡意也沒有，卻感覺自己彷彿已然陷入惡夢，而且這一次，將永遠也無法清醒。

對，這只是夢，不會是現實，不可能是現實……

天花板突然傳來腳步聲，如初從床上彈了起來，抓了外套來不及穿便衝出門，直奔三樓。

一路狂奔，雖然沒看見任何人，但如初還是跑到蕭練的房門口才停下，她喘著氣、舉起手，赫然發現自己的手居然在發抖。

不管了。她橫下心，用力敲了敲門，一兩分鐘後，又隔著門輕聲喊：「蕭練？」

無人回應，她提高聲音再喊一次，心裡卻清楚知道，他不在。

她從來沒見過蕭練緊閉的房門，他聽力太好，每一次，她還沒跑上樓，他就已經打開門等她了。

如初在門前站了好一會兒才回到自己房間，整個人縮成一團，用羊毛被蒙住頭。

她沒有哭，也沒有做夢，閉著雙眼失眠直至天亮。

第二天，蕭練沒有回來，手機也沒有打開。

如初逼自己什麼都不想，機械式地打磨一整天，晚上拎著便當回到住處，用無聊的綜藝節目下飯，抱著喬巴坐在床上，等待，直至夜深。

她一直知道，總有一天他會離開她，但她從來沒想過，蕭練居然選擇用這種方式離開。連一聲再見也沒有。

第三天，情況沒有絲毫改變，她想，她恨他。

第四天，如初早上出門前鎮定地告訴自己這不是真的，晚上回家後開始上網搜尋有沒有刪除記憶的腦部手術。

她要忘掉他。

每天每天，情緒都在悲傷與憤怒之間大幅擺盪，越擺心越荒涼。

隔週的週末是如初生日，莊茗、大熊跟嘉木買了蛋糕過來幫她慶生，碧心、悅然與徐方也帶了手工現做的牛軋餅來訪。兩批人馬幾乎同時抵達，將小公寓給擠得滿滿，沙發不夠坐，大家鬧哄哄地從廚房搬椅子、拿板凳，開冰箱找氣泡水，輪流抱貓或者抗議有人抱太久不肯放手。

就在唱完生日快樂歌，大家起鬨要如初許願吹蠟燭的時候，驟然間，樓上隱約傳來兩三顆不成調的音符。

下一秒，如初光腳衝出門。

她一直有蕭練公寓的鑰匙，卻從來沒用過，沒想到，在二十四歲生日這天，居然用上了。如初抖著手抽出鑰匙，試了兩三次才插入鎖孔，才推開門，就看見一個大型防塵罩套住了他房間裡唯一的一張沙發。

她跌跌撞撞地爬上樓梯，跌跌撞撞地進入臥房，只見一片空蕩蕩，沒有笛盒，沒有譜，沒有隨手扔的外套，只有一個彈簧床墊擱在床板上。

但她剛剛明明聽到了笛聲！

如初抖著嘴唇，輕聲開口：「蕭練？」

聲音在空曠的屋子裡擴散開來，隱約引起了一點回響，她張開嘴，再大聲一點：「蕭練？」

他會不會因爲受傷，所以雖然聽到了，卻無力回應？

她打開衣櫃，搜了一圈，又跑下樓，掀開蓋在沙發上的防塵罩，拉開廚房裡的每一個抽屜，不放棄任何一個能藏得下一柄長劍的角落。

上上下下跑了兩遍都一無所獲之後，如初跪在地上，不放棄地往床底張望。

胸口劇烈疼痛，無法呼吸，她得做點什麼對抗這種痛……

對，做夢吧。

反正她記不住夢境，況且，夢能糟過現實嗎？

她跪在原地，閉上雙眼，想著禁制，想著他。

心痛到極點時會轉變成麻木，無知無感，像緩緩沉入深淵，而她已放棄掙扎，任憑黑暗拖著她往下沉淪，直至滅頂……

當朋友們在樓上的公寓找到如初時，她已陷入昏睡狀態，醫生表示，這是長期睡眠不足的結果，經注射點滴補充水分後情況已然好轉，並不需要住院治療。

四月五日，清明

清洗出十六塊方鼎殘片，變形嚴重，有兩塊被沙土與鏽包覆，不辨形態，其他部位保存得都還可以。

宋徽宗的收藏品，這是個熱愛仿造古青銅器的皇帝，硬把首都開封搞成了仿古基地。老師說等修復好了要帶著我仿製一尊一模一樣的，底部就鑄上「開封兩令造」，權當紀念品。

當場聯想到瘦金體，壞習慣，要改，但是沒哭，有進步。

四月二十，穀雨

除去碎片表面土垢，有一塊差點洗過頭，被罵了。

需要集中注意力，需要學會遺忘，越快越好。

五月五，立夏

荊州鼎修復計畫正式啟動，主任買了好幾部電腦做連線，掃描後使用３Ｄ建模，並用立體投影分析數據。難得輪到我教老師操作，他不停追問人工智慧是否能取代修復師？

取代了也不錯，ＡＩ不會心痛，適合與化形者相處。

六月五，芒種

３Ｄ建模完畢，大部分區域都可以用鈑金法處理。但立耳處腐蝕太過嚴重，胎壁又厚，延展性與彈性都差，經評估後我們決定鋸開分拆再組焊。

這個作法若能成功，荊州鼎的傷就有七成把握，主任因此特別緊張，全程在旁邊默默觀看。

八月七，立秋

電腦模擬顯示，修復成功的關鍵在於鋸開的位置。邁入下一個階段，主任請吃飯，預算無上限，隨便點大餐。國野驛新來的大廚手藝超棒，甜點尤其厲害，姜尋上菜一次可以端十個盤子，他說是在美國唐人街練出來的身手，被邊鐘瞧見，說像馬戲團，破壞酒店風格，罰半個月薪俸。

在我有生之年，他真能賺夠錢還債嗎？

大家都放開來喝，臨走時只剩我跟主任、鏡子沒醉。

第一次痛恨自己的酒精過敏體質，能喝醉真幸福，一醉解千愁。

9. 白露為霜

時序來到九月，月曆上的某天被畫了一個惹眼的紅圈，上頭寫著認識一週年紀念。

剛開始如初經過月曆時會假裝沒看見，然而效果並不好。於是，在一個細雨濛濛的早上，當如初發現自己又站在月曆前盯著那個紅圈看時，她果斷地扯下整張月曆，揉成一團並扔進垃圾桶裡。

那是她去年年底買下月曆時畫上去的，當時還偷偷想著時間到了該怎麼慶祝，如今只覺得諷刺到了極點。

吃完自己做的簡單三明治，如初在八點十分準時踏出門，轉身下樓梯。

自從三月底生日當天發生意外之後，她就刻意調整生活習慣，在手機裡設定了一堆鬧鐘，每天按時起床、吃飯、工作、睡覺，半年下來身體沒再出過任何問題，生活則變得枯燥呆板，猶如一灘死水。

這樣很好，起碼漸漸地她不再感到心痛，只是偶爾會在夜半時分驚醒，睡不著時躺在床上望著天花板，懷疑這世界是否眞實，蕭練是否只是她想像出來的人物，又或者連她自己都不存在？

好在這種情況最近一兩個月已經幾乎不曾發作，今早如初的心情十分平靜，她循著每日的必經途徑走到公寓一樓，打開信箱，看到一個絳紅色瓦愣紙的長條盒在裡面，盒上貼有「百年好合」的剪紙，用同色系的棉繩綑了幾圈，繩子尾端還綁了一個雙喜字樣的金屬墜子，像小禮物一般等人開啓。

如初從紙盒裡取出一張捲成圓筒狀的牛皮紙，紙上劈頭就寫著「送呈 應如初女士 臺啓」，接著一行一行標明時間、地點、新郎與新娘大名，敬備薄酌，恭候光臨，信末手繪了象徵綿延不絕的纏枝蔓草紋，設計典雅而喜慶。

愣了好一會兒，如初才意識到這是一張喜帖——莊茗跟大熊要結婚了，秋天，十月新娘。

這世上還是有人願意冒險，牽手共同挑戰王子與公主在一起永遠幸福快樂的傳說？

太好了。

懷著祝福的心情，如初掏出手機，先給莊茗發了「恭喜」兩字。她還想再多寫點什麼，驟眼瞥見時間，趕緊收起手機，大步踏出公寓大門。

早上八點三十分，如初準時進入修復室。

按照公司規定，秦觀潮並不需要打卡，甚至連辦公室都不用每天來，只要在期限內完成所交付的任務即可。但他作息素來規律，總是定時來到修復室，定時離開，半年相處下來，如初也習慣了，她先整理工作日誌，將昨天沒完成的工作收尾，一個小時後，秦觀潮推著一個小推車，上面擺了一個正方形的大錦盒，緩緩踏進修復室。

「老師早安。」她站起身，接手將推車放到定位。

如果過去這半年有任何地方值得安慰，那就是她打磨的功夫終於上手，而秦觀潮也修正了對她的偏見，師徒兩人處得越來越有默契了。如初雖然足足有半年時間沒踏進傳承之地，卻感覺自己在現實生活中找到活的傳承，眼界依舊擴展，所學比之前更廣更深。

秦觀潮打開錦盒，說：「我去杜主任的庫房裡搜了一圈，找出這個，妳瞧瞧，有沒有印象？」

擺在盒子裡的是一尊造型奇詭的三足鼎，腹部大約跟一個十二人份的電鍋同樣大小，形狀則像個略爲扁平的小香爐，平底束腰，鼎足與鼎耳處雕滿立體的卷尾夔龍紋飾，密密麻麻擠在一起，像是幾百條小蛇在鼎上游走，尖尖的尾巴如尖刺般豎立著，碰上去肯定會扎到手。

鼎腹內部鑄滿銘文，外部則環繞著六只長條狀的立體雕塑，如初起先看不懂那是什麼，研究了一陣子才發現每條雕塑其實是由兩條大型夔龍蜷曲盤繞而成。龍的前爪緊緊攀爬在鼎邊上緣，後爪則蹬著鼎的腰部，眼睛睜得老大往鼎內探視，有幾條龍還吐出舌頭，彷彿正覬覦鼎內所烹煮的美食。

夔龍紋飾為皇室表徵，這尊鼎的來歷必然不凡，偏偏造型如此陰森怪異，跟如初以往所見過的鼎大不相同。她仔細觀察了一圈後抬起頭，率直地說：「沒看過，這是哪個皇帝鑄出來的啊？」

「宋代仿夏朝鑄的刑名鼎。我查了查，它右耳部位的傷跟荊州鼎的傷幾乎一模一樣。我們先拿這尊鼎當實驗，一邊修復一邊記錄，成功的話就用同一套流程，正式把荊州鼎的修復計畫定案，準備開工。」

秦觀潮解釋到這理，望了望正忙著寫筆記的如初一眼，嘴角微翹，又吩咐：「妳記得，以後幫化形者做大型修復，都需要拿一般的青銅器做實驗，千萬不能隨便動手。」

「好，我記下了。」如初一邊寫一邊問：「腐蝕部分的補料問題怎麼辦呢？一般青銅器用的補料不可能用在鼎姐的本體上吧？」

「這是杜長風該操心的問題，我們不必管。」

又來了，如初筆下一頓。

相處半年，她可以感受到秦觀潮對古物與其背後所代表的歷史文化，充滿熱愛，然而只要一牽扯到化形者，這份感情便迅速消散，態度馬上轉變為公事公辦，不是不盡責，但那份情感蕩然無存，冷漠而客觀。

如初懷疑秦觀潮曾被化形者傷害過，但他幾乎不提過去的事，她也不好多問。

寫到一個段落，如初舉起手機幫這尊鼎拍了幾張檔案照，順口又問：「夏朝眞的鑄出過這尊鼎嗎？」

「有，比這大得多，也算是傳說中的神器了。」秦觀潮簡短回答。

雖然用上「神器」兩字，他的口氣卻似乎帶著不以爲然。如初見秦觀潮無意解釋，於是繼續就所需資料發問：「這尊鼎的分類算禮器吧，在什麼場合使用，宗廟祭祀？」

難道也跟鼎姐一樣，是記載了重要約定的信物？

如初等了片刻，沒聽到答覆，於是抬起頭，只見秦觀潮神色複雜地說：「這尊比較特別，雖然也進了廟堂，被傳承分類在禮器之中，不過妳還是備註一下，刑名鼎最初的用途……是刑具。」

「處罰犯人的刑具？」如初一頭霧水：「鼎要怎麼當刑具使用？」

「聽說過伯邑考沒有？」秦觀潮問。

想起小時候看過的電視劇，如初不確定地點點頭，反問：「封神榜？」

「歷史上眞有其人，周文王的長子。」秦觀潮緩緩解釋：「當年文王被商紂王囚禁在羑里，伯邑考帶了禮物去求紂王放了他爹，紂王沒答應，反而用鼎將伯邑考先蒸後煮，做成肉羹給文王吃。」

他指著錦盒裡的鼎，又說：「蒸煮伯邑考所用的鼎，據說，就是刑名鼎。鼎鑊刀鋸，本來就是上古時期流傳下來的酷刑，不過傳承分類裡沒有刑具這一類，才把刑名鼎分到了禮器，其實我的傳承裡也沒記載，倒是我師父的筆記裡頭有些線索。」

「師父的師父，算我師祖？」如初大爲好奇。

「高人，兵禮雙修。」秦觀潮感嘆地說：「我剛進這行的時候，滿心以爲禮器就是揖讓而昇下而飲，其爭也君子。師父那時候笑我天眞，他說，兵器殺人，不過白刀子進紅刀子出，禮器殺人，那才叫一個吃人不吐骨頭……」

他打住，朝如初揮了揮手，說：「好了，不聊了，這些不是重點，開工，開工。」

師徒兩人穿上工作衣，合力將仿製的刑名鼎從錦盒搬上工作檯，修復室日常的一天就此展開。忙到將近中午，如初才剛停下手，門板忽地傳來叩叩叩三聲。

她走過去打開門，只見碧心手上握著一卷牛皮紙，壓低聲音問：「妳現在有沒有空？」

那張牛皮紙看起來很像她今早收到的喜帖，如初點頭，跟著碧心走到電梯旁邊的窗戶前方，聽對方清了清嗓子，有點緊張地開口，問：「莊茗下個月結婚，妳知道了吧？」

如初再點頭：「今天接到喜帖。」

碧心尷尬地笑笑，朝她搖搖手上的紙，說：「我也是今天早上才接到，不過之前就聽嘉木提過。」

如初摸不著頭腦地「嗯」了一聲，見碧心將手上的喜帖對折再對折，折成一個厚厚的小方塊，眼睛盯著地板又問：「那，妳會去嗎？」

「會啊。」如初有點感慨：「這還是我畢業之後接到的第一份喜帖。」

「我也會去。」碧心馬上接著說，語氣堅定。

如初又「噢」了一聲，正有點不耐煩，卻見碧心抬起頭，吞了一口口水，說：「是這樣的，妳生日那天，我跟嘉木第一次見面……」

「噢。」

「不是妳想像的那樣。」碧心急急開口解釋：「那天妳衝上樓，我們一直等不到妳切蛋糕，大熊說他餓了，就先開牛軋餅吃。我有個習慣，吃牛軋餅一向喜歡掰兩半，先把裡頭的餡吃了，再啃餅乾。這樣吃相不太好看，我就縮在角落裡一個人慢慢吃。沒料到居然被莊茗逮著了，說我的吃法跟嘉木一模一樣！」

她一口氣講到這裡，眼睛不自覺亮了起來，又說：「然後我們就聊了起來，挺好笑，什麼都不講，只講牛軋餅，甜的、鹹的、香蔥口味、蔓越莓口味，一直講。真的很奇怪，明明言不及義，可偏偏有種世界那麼大，終於找到那個人的感覺……」

她說到這裡又打住，望向如初，用一種破釜沈舟的語氣再說：「我打算找嘉木一起去參加婚禮。」

如初聽完前兩句就懂了，後面大半段根本沒仔細聽，只麻木地想著自己怎麼會變得如此遲頓，彷彿蕭練一走，把她的感知能力也全都給帶走似地。

等碧心說完，她回過神，趕緊答：「那很好啊。」

「真的，妳沒問題？」碧心一副不怎麼相信的模樣。

如初心裡有點煩躁，不過還是耐著性子答說：「當然。我跟嘉木只是普通朋友，妳應該直接問他，不用管我。」

碧心迅速接話，說：「我等下就問，不過他一定可以的。我先找妳只是想說，嗯，妳跟蕭練分手也快半年了——」

「我們沒分手。」

在大腦發揮思考能力之前，話已脫口而出。

如初對上碧心狐疑的眼神，想了想，勉強又說：「對我而言，一段感情，要有個清楚的了斷，才算分手。」

碧心眼珠子轉了轉，試探地問：「你們……沒分乾淨？」

「……沒分。」不願解釋，如初只能重複說詞，同時祈禱對方就此打住。

然而碧心睢了睢眼，冷不防開口，再問：「他不告而別嗎？」

心上好像又被戳了一刀，但大概因爲早就千瘡百孔了，因此只鈍鈍地痛著，並不特別難以忍受。

如初「嗯」了一聲，面無表情地佇在原地，碧心看向她的目光帶上一絲同情，斟酌片刻又說：「但，就一般認知來說，這樣算分手了。」

「我知道、我知道……」胸口悶到喘不過氣來，如初深呼吸，維持臉上木然的神色，說：「我沒在等他，只是需要一個信號，讓自己清醒。」

「……我懂。」碧心對如初乾笑了一下，說：「我也傻過。」

「我不覺得自己傻。」

「當然，當然……」

碧心連講了好幾個「當然」，然後頓住，想想又說：「那我去約嘉木，妳，自己保重。」

如初草率地點點頭，碧心打量了她兩眼，呑呑吐吐地又說：「這話也許不該我講，不過，妳要參加婚禮的話，一定得買套新衣服，錢夠的話，去之前先護膚理髮，不夠起碼也請人幫忙化個妝……」

她對上如初不敢置信的眼神，攤攤手說：「最重要的是，找個男的陪妳一起去，千萬不要單刀赴會。」

「爲什麼？」如初瞪著碧心。

「拜託，婚禮是全世界對單身女性最不友善的場合，妳不會不知道吧？」

手機鈴聲響起，打斷了談話，碧心取出還在震動的手機瞧了一眼，告訴如初老莊師父找她，便落荒而逃般地快步離開。她走之後，如初的氣勢頓時弱了下去，站在原地好一會兒，才慢慢轉過頭，面向窗外。

今天的天空很美，是那種略帶透明的蒂芬尼淺藍，上頭抹了一絲半縷粉絮般的微雲，讓人充滿幸福感，夢幻而浪漫。

然而如初並不欣賞，只覺得陽光太亮，照得人眼睛發疼。她退後一步，整個人靠在牆角裡，思索片刻後掏出手機，打開通訊錄，一頁一頁搜尋。

通訊錄上的名字很少，而且幾乎都是半年前就已經加入的人。過去半年，除了兩名公司的新同事之外，她沒認識任何新朋友，社交圈的拓展爲零，一整個作繭自縛，活該一個人去面對全世界的不友善。

她用一種自暴自棄的心情，迅速將通訊錄從頭到尾翻了兩遍，等看到第三遍時，如初的目光停在一個有點熟又不太熟的名字上頭。

與其單刀赴會，不如帶把刀去赴會？

這個有點諷刺的說法在心中響起，有效沖淡了如初對「找個伴」的抗拒感。她將要說的話簡單打了一遍草稿，然後按下陌生的號碼。

鈴響數聲之後，一個爽朗的聲音在耳邊響起，他說：「哈囉，應如初小朋友？」

這個稱呼讓如初噎了一下，不過上個月大家一起去國野驛吃了兩次飯，雖然沒跟姜尋多聊什麼，但感覺越來越熟。她懶得客氣，直截了當地問：「喂，姜尋嗎？你十月中有沒有空，能不能陪我去參加一場婚禮？地方不遠，就在森林公園的飯店裡頭。」

姜尋第一時間沒反應，過了幾秒才慢悠悠地問：「然後呢？」

「沒了。」如初想了想，補充：「紅包我會出。」

她講完就閉上嘴等回覆，心中毫無期待，只感覺有點煩——如果姜尋不答應，她還能找誰？

手機另一端，姜尋沉默片刻，問：「就這樣，只是陪妳去婚禮一趟？」

「不然呢？」

「沒有人渣需要教訓？山頭需要夷平？或者一整個銀行的金庫需要挖條地道搬空？」

聽到最後一句，如初才確定姜尋是在開玩笑，她彎了彎嘴角，忍不住也用自嘲的語氣回答說：「都沒有耶，大材小用，不好意思啊。」

她頓了頓，補充說：「我只是需要一個伴，好讓自己看起來不至於太慘，如此而已。」

眞相說出口了，如初才赫然發覺自己心頭微酸。她還正掙扎著要不要任性一次，跟莊茗道聲歉，禮到人不到算了，就聽姜尋說：「抱歉。」

「爲什麼？」

「自以爲幽默，卻讓妳不得不講出實話。」他長嘆一聲，說：「我的老毛病，講笑話永遠不經大腦。」

「沒有，眞的，實話很好，實話讓人不得不面對現實，實話……」如初打住，想了想又說：「實話也把任務交代清楚了，所以你覺得怎麼樣？」

「深感重責大任。」姜尋一本正經回答：「到時候不但需要當好護花使者，還需要帥過場上百分之九十九的雄性。」

「後一個條件其實沒有必要。」如初忍不住吐槽。

「但是滿足的話會讓人很有面子，對吧？」姜尋反問。

「我不需要面子，我只需要平平安安度過那幾個小時，如果能夠的話，不被打擾，甚至於沒人注意到我的存在最好……」

停，不要再無窮無止境地陷在感傷裡。

如初深吸一口氣，閉上眼睛，清楚地說：「那是我朋友的婚禮，我很想去，但不想一個人去，你說你可以幫我一次的，所以，拜託？」

「當然沒問題。」

她如釋重負地呼出一口氣，姜尋用帶了笑意的語氣說：「我去借輛車，再買套衣服，保證讓妳風風光光進場，快快樂樂離開。」

「謝謝。」雖然是小事，卻讓她整顆心都暖了起來。

耳朵邊，姜尋淡淡地又說：「不過我當初說要幫妳，指的是生死關頭、千金一諾。這個忙太小了，不算數。」

曾經，也有人說過，會在生死存亡之際，護她平安。

如初忽地激動起來，她問：「那萬一我一輩子都沒遇上什麼生死關頭呢？萬一我遇上了卻並不想自己一個人獲救呢？萬一我根本不在乎活多久，也不需要什麼千金一諾，只希望在活著的時候有個伴，感冒的時候有人遞杯熱開水就好呢？」

她一口氣講到這裡，才猛然意識到講太多，還講錯了對象。正尷尬得不知該如何是好時，耳朵邊，姜尋帶著笑意的聲音清楚傳出，他說：「了解，既然如此，我也得拜託妳一件事。」

「什麼事？」如初趕緊問。

「婚禮前一天提醒我刮鬍子。」

「一定！」如初喘了口氣，又說：「還需要請你理個髮，可以嗎？」

上次看到姜尋時，他又恢復了流浪漢造型，雖然不修邊幅的他也好看，但在婚禮這種場合，乾淨整齊反而最不惹眼，如初只想安安靜靜給出祝福，一點都不想被人注目。

姜尋「嘿」了一聲，感慨地說：「行啊。反正我現也改行了，以前的造型早扔早了事，莫留戀。」

如初無言片刻，問：「所以你那個邋遢樣子還是因應工作需要？你之前做什麼的啊？」

「妳猜？」

這太難了，如初問：「給點提示？」

「跟刀有關，不過千萬不要猜什麼古刀鑑定、古物買賣之類，太沒有創意了。」

這突然跩起來的口氣是怎麼回事？

如初無言片刻，說：「你也可以把你自己的本體拿去賣，算是賣刀？」

姜尋唔了一聲，說：「妳這話倒提醒我，還真有一群傢伙專門玩這招，先出賣本體，再不動聲色逃跑，狠一點的順便把金主家都洗劫一空……不過我們一向本本分分，從不沾惹這些。」

「本分兩字從你嘴巴裡說出來，特別缺乏說服力。」

「要對刀類有信心啊，小姑娘。我們熱愛暴力美學，詐騙有違本性。」

「那胡說八道跟亂開玩笑呢？」

「幽默感可以征服全世界，我雖然天分不足，但絕不輕言放棄。」

「……辛苦了。」

雖然跟姜尋講話總是會陷入吐槽他兩句又被反吐回來的無限循環中，如初還是跟他聊了好一陣子，才結束這通電話。互道再見之後，如初收起手機，往前踏出一步，無意間又瞥了窗外一眼，忽地發現天空還是同樣湛藍，但陽光沒有剛剛那麼刺眼了。

應該還是不會下雨。她這麼想著，隨手把好久沒剪的半長髮紮成一個亂七八糟的馬尾，踏著輕快的步伐離開。

在她走進電梯之後，「無差別搶救中心」放置封狼本體的櫃子下方，一個抽屜悄然無聲開啓。

10. 踏入

九月中旬的某個上午，杜長風再度率領兩名壯碩的警衛，風風火火地踏進十五樓，將耗時半年，終於修復完畢的藏文佛經放上推車，運送出門。

全體修復師包括並未參與修復工作的如初與秦觀潮，都在修復室大門前站成一排，恭送佛經出門。

當電梯門關上的那一剎那，老莊師父雙手合十，沉聲說：「若眾生心，憶佛念佛，現前當來，必定見佛。」

大家跟著老莊一起合十爲禮。行完禮，如初放下手，碧心轉頭對她說：「欸，妳的書，修出了點問題。」

「有話好好講，我們的團隊特強，怎麼可能修出問題，是修出了驚天機密。」徐方舉手敲了一下碧心的頭。

如初被這兩位的舉動給搞得一頭霧水，她先問：「什麼問題？」想想不對，又加一句：「什麼機密？」

秦觀潮在一旁看得有趣，插嘴問：「什麼書？」

碧心正跳起來想打徐方，沒空回答，如初於是飛快轉向秦觀潮，說：「一本修復青銅兵器的古書……傳承。」

最後兩字她刻意不發出聲音，只用口型，然而不巧撞上老莊師父正好回頭，一切盡收眼底，他狐疑地問：「你們師徒倆講悄悄話呢這是？」

「沒事。我剛進公司的時候跟如初談過，不准她亂看雜書，怕分心，現在差不多半年，正好解禁，來，一起看看那本書是怎麼回事。」

秦觀潮態若自然地這麼說著，抬起腳便往織品修復室走。如初跟在他身後，一行人魚貫入內。

碧心捧起擺在桌上的一個透明防潮箱，平舉至眼睛的高度，指著放在箱子裡的古書，問如初：「看到沒？裡面藏了東西。」

老莊師父在旁邊補充：「妳看封面脫線的部位。」

如初將頭湊近，只看到脫線處被微微撐開，露出好幾層裡布。她不解地問：「做書封通常都要用到這麼多層布嗎？」

「不一定，不過這裡頭的布是故意放進去的，等等，我們放內視鏡給你們看。」

碧心解釋的時候徐方已搬出一個口徑非常細小、類似醫療用的內視鏡，兩人輕手輕腳地將古書從防潮箱內取出，將接好鏡頭的軟管一點一點從封面脫線處塞進去。隨著內視鏡管的不斷深入，連接內視鏡的螢幕上開始出現書衣裡布的布料紋路。

老莊師父指著螢幕上的影像解釋：「這本書的書衣還算常見，裡布卻有點意思，總共三層，上下兩層都是同一塊綢布剪開來的，夾在中間的卻是一層非常薄的白綾，跟我以前修過的一塊白綾織法很像。那塊布是作弊用品，清朝鄉試考秀才，考生在白綾上寫了字，夾帶入考場當小抄，這塊上頭也有字……喏，出來了。」

隨著內視鏡左右移動，螢幕上晃過一排如圖騰般長條狀的花紋，如初完全看不懂那是什麼，秦觀潮湊近看了看，問：「藏文？」

「應該是梵文，佛經的通用語言。」老莊師父欣然說：「剛剛運走的那批經書，也是用梵文寫出來的，不過妳這本書，書頁寫的全是漢字，書封裡面卻夾帶了一張梵文小抄，有意思。」

如初猛然想起來，青龍古鎮建於隋唐年間，是佛經大量流入中國的時代。白綾上的文字，會跟古鎮有關嗎？

心跳不由自主地加速，她問：「可以拆出來看嗎？」

老莊師父篤定回答：「可以，這事有過先例。當年故宮博物院修康熙的龍藏經，把包覆經書的經衣織錦給拆了，發現裡頭跟妳這本書一樣，有一道夾層，再拆下去，結果看到夾層的緞子上繡了七團龍紋。」

「龍紋，不會是康熙的傳位密詔吧？」碧心眼睛一亮。

老莊師父白了她一眼：「妳電視劇看太多。」

碧心嘟起嘴，徐方抓抓頭說：「沒道理無緣無故弄一塊龍紋布塞進書衣裡頭，這一定代表了什麼意義……故宮那邊有沒有繼續拆下去？搞不好繡線底下壓了重要訊息。」

「當時是有人這麼猜，但不敢動手，怕破壞了修不回來。」老莊師父悠然捻起一根針，說：「幹我們這一行的，平常一針一線像修行，可是遇上這種意外，一針一線就是在探索真相，特別有意思。」

碧心規規矩矩點頭稱是，徐方拿起一個燒杯跟老莊師父探討起補線的染色問題，眼看著場面頓時轉變成愉快的師徒交流，如初於是硬著頭皮打斷，指著古書問碧心：「我們什麼時候可以開始把白綾拆出來？」

「不急。」接口的卻是秦觀潮，他轉頭對如初說：「妳總得先徵詢書主人的意見，看她肯不肯修。要特別注意把流程解釋清楚。」

她差點忘了這一環。

如初猛點頭，老莊師父笑著對碧心說：「要是原主同意，妳就負責動手修這本書，我來指導，徐方監工。」

碧心歡呼一聲，將古書放回防潮箱，連箱子一起遞回給如初，用充滿期待的語氣說：「加油，一定要說服書的主人，妳成功的話，這本書就是我進公司以來第一件主修的古物。」

「我努力。」想到又要跟楊娟娟打交道，如初頓時有點苦惱，抱著箱子喃喃說：「她之前出國，還不知道現在人在哪裡。」

「那就先發訊息聯絡。」碧心拍拍如初的肩膀，用強硬的口吻說：「盡快啊，我等妳的好消息了。」

是夜，如初先發了一段簡短訊息給楊娟娟，然後再花半個多小時寫下長長的新婚祝福，發給莊茗與大熊。她接著傳給爸媽一句「我身體好、精神好、錢也夠用」，然後回覆大學同學對於來四方市工作的問題。等所有訊息都發出去之後，她抱著喬巴坐在床上出神了一會兒，忽地跳下床，赤腳咚咚地跑下樓，打開茶几上的防潮箱，取出古書。

如初抱著書奔回樓上，先將還窩在床上不肯動的喬巴放進貓窩，然後打開書櫃裡的另一個防潮箱，取出嘉木借她的古書，將兩本書平放在枕頭上，盤起腿坐在書前，仔細比較。

這兩本都是線裝書，一模一樣的平紋織錦書衣，除了四周不間斷的卍字紋之外，中央處還以寶藍、絳紅、草綠、明黃跟純白等五種顏色的經線，織出星紋、雲紋、孔雀、仙鶴、辟邪和虎紋，十分精緻。

去年幫她開啓傳承的那本古書書封上，用白線織出「精誠錄」三個大字做爲書名，典故顯然來自漢朝王充的「精誠所至，金石爲開」。而楊娟娟借她的那本書，則是在「精誠錄」底下又增添了字體較小的「補遺」兩字，織法相同，據老莊師父推測，兩個書封的製造年代與匠人也應該一樣。

兩本書擺在一起，要非常仔細觀察，才能發現補遺之書的書封比較厚實。但倘若沒人指點，如初自問無論如何也無法想像，書封裡居然還有夾層。

是怎樣的訊息需要藏得如此隱密？

如初滿心不解地翻開補遺之書，任憑內容一頁一頁從眼底滑過，忽然間，她眼前一黑，身體開始不斷往下墜落。

這跟她初次開啓傳承時的情況頗爲類似，因此如初並不驚慌，沒過多久，腳底碰觸到堅實的地面，周遭慢慢變亮，照出頭頂上弧形的建築。

很顯然，她站在一座石橋底下，橋墩的石磚嶄新潔淨，似曾相識。

如初跨前一步，仰起頭，視線不斷往上搜尋，只見每塊青石磚上都有歐陽詢一絲不苟的楷書，與印象中一般方潤齊整，卻鮮明百倍，密密麻麻全刻印著「陸仁安並妻孟十娘捨八萬四千片」的字樣。

傳承將她送到這座橋剛蓋好的年代！

傳承不會收錄與修復無關的事物，禁制的祕密一定就藏在古鎮裡，問題是，她該從何處著手？

傳承並未再給出提示，如初等了一會兒，決定沿著石階往上爬，先回到地平面再說。以往在傳承中，倘若她要學習任何技藝，推開門之後直接便是修復現場，她可以一次又一次反覆實地觀摩，頂多在開始之前需要看一段類似虛擬實境的影像，了解歷史背景與修復師的來歷。情況從來不曾像這次一樣，沒有門，也沒有提示，場景如此廣闊，一切卻都要她自己摸索。

想起半年前被惡夢折磨的經驗，如初不由得提高警覺。爬上地面之後，她先不急著探路，卻站在河堤旁一株高大的柳樹下，舉目四顧。

一彎新月低低掛在夜空，星光璀璨，與月色相映成輝。在她右手邊，記憶裡古鎮周遭的荒田被寬敞的江面所覆蓋，水流一路奔騰，於不遠處匯入大海，海天交會處一望無際，星垂平野闊、月湧大江流。

這幅景象跟千年後的古鎮遺址完全不同，倒是很像之前掛在她牆上的那幅卷軸，只不過真正置身其中，才知道實景比繪畫壯麗千萬倍。

然千年後，滄海成了桑田，浮雲變做蒼狗。

如初默默地凝視著海與天好一陣子，才轉過身，打量這座陌生又熟悉的城鎮。

離她約三步外的橋邊，豎有一塊「萬柳堤坊」的石碑，對照河岸旁栽種的整排楊柳樹，倒是十分貼切。河岸對面綿延有許多戶人家，大部分是兩層樓高的房舍，青磚黛瓦，雅緻中透著繁華。

離她最近的房子是一間茶館，人進人出，裡頭還夾雜著兩三名用布巾纏頭，穿著類似阿拉伯民族的商人。茶館對面則是一間酒坊，絲竹之聲盈耳，外面有個小巧玲瓏的碼頭，幾艘烏蓬船就停泊在岸邊，裡頭還透著燈火，棹歌飄飄渺渺，酒香隱隱約約，將夜裡的河面點綴得分外婀娜。

酒的香氣有點熟，很像蕭練在麵店裡喝過的那種黃酒。如初往船的方向邁了兩步路，卻又停下腳——

雖然不知道為什麼能夠進來，但既然來了，尋找禁制的線索才是唯一要務。

這個鎮如此之大，一間一間房子看過去太浪費時間，找人問更不可行。如初左顧右盼了好一會兒，最後決定依照上次探索青龍古鎮的路線，往作坊遺址的方向前進。

她私心總希望能再遇見一次當年的蕭練，就算無法互動，只看一眼他過去的模樣，也讓人感到安慰。

然而她只走了一小段路，便瞧見前方有一隊二三十人的兵馬，護送一輛牛拉的板車，緩緩迎面向石橋方向行來。

這隊兵馬莫名讓如初有點眼熟。她於是往路旁挪移了幾步，站在一株高大的木蘭樹下，好奇地瞧著這一隊身著黑色盔甲的重裝騎兵。

唐代鎧甲的型態已經很完備，跟後代的差異不大，這隊士兵胸前背後都帶了圓形的金屬護心鏡，背著弓與箭筒，腰上掛了大刀，連馬都披上護具，看上去殺氣騰騰、氣勢昂揚，好像才打了一場勝仗歸來似地，跟整個鎮歌舞昇平的情況完全不搭。

板車搖搖晃晃來到她前方。車上載有兩個人，一名男子被粗重的鐵鍊五花大綁在板車上，還有一名四十來歲的婦人，身著華服，頭上雲髻高聳，插了一朵碗口大的血紅色牡丹花，半坐半臥斜倚在男子身旁，俯身看著男子，整個情景瀰漫著一股難以言喻的詭異曖昧氛圍。

如初一看見那朵牡丹花，整顆心便提了起來，就在牛車與她擦身而過之際，車子顛了顛，露出男子的小半張臉。如初隨即倒抽一口冷氣，用手摀住嘴，嚥下差點出口的驚呼聲。

蕭練！

他還是穿著之前如初在古鎮遺址看到過的那身衣裳，但現在披頭散髮，雙眼緊閉，身體彷彿失去意識似地隨著牛車的走動而搖晃。

如初從來沒看過蕭練如此狼狽，她咬了咬嘴唇，忍不住低聲喊：「蕭練？」

所有人都像沒聽見似地繼續往前走，但坐在牛車上的婦人卻倏然抬起頭，左右張望。她的眼神銳利，神色陰鬱，雖然化著濃濃的妝，卻依然遮不住臉上深深的法令紋。

按照如初以往的經驗，在傳承裡，除了曾經幫助她將宵練劍開鋒的那名女子之外，其他人都更像是循環播放的立體投影，自顧自做著重覆的事。雖然有時候上一次跟下一次的行動細節不盡然完全相同，但總括而言，他們感受不到如初的存在，更無法跟她互動。

但這名婦人的模樣太鮮活，也太怪異了，如初有點害怕，不敢過於靠近。她索性躲進大樹後方，等整隊兵馬都過去了才出來，隔著一段距離，躡手躡腳開始跟蹤。

兵馬領著板車慢慢踏上石橋，穿過一個周圍屋舍環繞的小廣場，繼續往前走。如初跟在後頭小跑步兼躲躲藏藏，一路經過了官府、鎮上公辦的學校、倉庫等建築，最後只見路的盡頭處有一座明亮的高塔，而在高塔前方，赫然聳立了一座雄偉的寺廟，朱紅色影壁上用行草狂放地書寫了「鎮北寺」三個大字。

光，在遠方……

如初像被雷擊中般僵在原地，無法動彈。

唯一記得的夢境畫面湧入腦海，與眼前景象完美重合，再加上空氣中鹹腥的海水味，再再證明了此地，便是她惡夢發生之地。

她在夢中來過這裡，而等下會發生的事，讓她明知道這只是一段過去，卻依然抑制不住錐心刺骨的傷痛……

那還能是什麼？

腦中隱隱有了答案，如初氣血上湧，顧不得後果，拔腿便狂奔到板車旁，也不管那婦人的凶狠眼神，伸手抓住蕭練的袍角，哀聲再喊：「蕭練！」

她連續喊了他好幾聲，卻沒能得到任何回應，車馬繼續前行，再走一段路，來到寺廟山門之前，士兵紛紛下馬，訓練有素地將板車拆到只剩一塊板子。

蕭練依舊動也不動地被綑在板上，但那些士兵似乎對他頗爲忌憚，誰都不願意碰觸到他，只將板子加固後整理成一個擔架，四名壯漢扛起擔架便往寺裡走，那名婦人整理了一下身上鑲著白狐狸毛的厚重斗篷，也施施然踏上臺階。

如初急得團團轉，不斷伸手想要破壞他們的行動，然而每當她做了任何事，比方說解開綁在蕭練手上的鐵鍊之類的，時間便靜止不動，所有人都凝固在那一刻，隨便她愛做什麼就做什麼，但只要她鬆手，一切就回復原狀。

她只能是個旁觀者，與這個時空無涉，與他的過去完全沒有交集。

唯一的例外就是那名婦人，她看如初的眼神起初充滿忌憚狐疑，中途慢慢轉爲審慎憎惡，直到現在，她的眼神簡直就像淬了毒的刀子，瘋狂地刺向如初。然而無論她的眼神再怎麼變化多端，除了瞪人，似乎也拿如初無可奈何，幾次下來，如初也就放下心，不再理會那名婦人。

胡亂忙了一圈之後，如初累得坐在地上直喘氣，其他人卻無知無覺地繼續行動，眼看幾乎所有人都進入寺廟，如初一咬牙，埋頭跟著衝了進去。

穿過山門，眼前豁然開朗。碩大的斗拱下方頂著雄偉的圓柱，往上承接有如飛鷹展翅般的大挑檐，雖然僅有一座正殿完工，兩旁的佛堂才蓋了一半不到，看不出全貌，可是每一處細節都彰顯出大唐盛世的氣魄。

士兵抬起蕭練，迅速穿過庭園往上走，準備進入正殿。正殿的地基極高，像是用人工硬堆起一座小山丘似地，臺階的角度近乎垂直，十分陡峭。

婦人坐上滑竿，被兩名士兵抬著走，倒是一點也不吃力。可是如初就麻煩了，她手腳並用往上爬，好不容易爬到頂端，還沒來得及喘口氣，就見婦人好整以暇地站在正殿門檻前，面向她詭異地一笑，說：「瞧，有隻小老鼠混進來了呢。」

她在跟誰說話？

如初下意識地往後瞧。後方空無一物，然而婦人又開口，柔聲問：「既然來了，就別回去，好不好？」

她在跟自己說話？

如初悚然一驚，扭回頭瞪著婦人問：「妳是誰？」

婦人得意地瞧了如初一眼，翩然轉身，舉腳跨進門。門接著砰地一聲合攏，如初急忙衝上前，但無論她多使勁，雙手用力推，肩膀頂住，甚至全身的力量都壓了上去，大門硬是紋風不動，連一絲縫隙都擠不開。

瘋狂拍打門板好一陣子之後，如初頹然放下手，轉過身，準備走回鎮上再找其他線索。就在她回轉的那一剎那，青龍鎮的燈火自遠而近，一大片一大片驟然熄滅，才一眨眼的功夫，黑暗吞噬了整片大地，直撲鎮北寺而來。

如初連忙往前衝，想先離開寺廟再說。然而黑暗來襲的速度實在太快，庭園裡點燃著的石燈一盞接著一盞熄滅，她只爬下數階樓梯，周圍已伸手不見五指。

如初頓時僵在原地，動都不敢動一下。階梯太陡，只要一個沒踏穩，就有可能從三層樓高的地方摔下去，非常危險。

不過話說回來，她畢竟只是在意識層面來到傳承之地，眞實的身體還躺在床上。即使在這裡受傷，只要能回到現實世界，也許根本沒事也說不一定？

如初躊躇地邁開腳，卻又縮了回來。

萬一受傷了卻還是被困在這裡怎麼辦？這樣不行，應該有辦法直接離開傳承才對。

以前她都是怎麼做的？

印象中，每次只要心裡一動念，自然而然就離開了。有些時候因爲精神不集中，學習效果欠佳，傳承還會主動將她送回現實，根本不需要特別想什麼或做什麼……

然而，她對傳承的所有認知，卻在這座廟裡完全失靈。

如初試著在腦中不斷狂喊「我要出去」，無效。故意打呵欠放空，無效。更糟糕的是，不知從何時起，身後不時傳來一兩下呻吟，像是有人在被酷刑折磨，聽得她心慌意亂……

「初初，初初？」

頭頂天空傳來若有似無的輕聲呼喚，聽起來像是蕭練。然而這個時空的蕭練又不認識她，天曉得會不會是那個婦人的詭計。

如初仰頭，謹慎地問：「蕭練，你在哪裡？」

「初初，醒來。」頭頂的聲音更清晰了些，隱隱可聽得出焦急。

眞實世界的蕭練？

如初頓時激動了起來，她朝天空高聲問：「我要怎麼醒啊？」

對方彷彿聽不見她的問題，頓了頓，又說：「快醒來，不然，等崔氏控制住我，就來不及了。」

「她要怎麼控制你，下禁制？」如初喘了口氣，又問：「崔氏就是剛剛那個婦人？」

後方的門轟隆一聲開啓，彷彿就是要回答這個問題似的。如初猛回頭，只見數十尊彩塑佛像座落在長長的佛壇之上，滿室香火鼎盛，氣勢磅礴。而在香燭爐火的掩映之下，一柄懸掛著金黃色耀眼劍穗的純黑色長劍破空而出，向她刺了過來。

就在電光火石間，如初想都沒想，身體往後一仰，險險避開了這一劍。而後肩頭一涼，她整個人也在瞬間失去重心，直直往下落。

明明上來的階梯並不長，一路墜落下去卻彷彿沒有止境，佛像離她越來越遠，光明也離她越來越遠，身體則越來越沉，人越來越累，彷彿隨時可以睡過去，永遠也不必醒來，幸福地長眠。

就在如初意識逐漸模糊之際，一雙冰冷的嘴唇，重重地吻上了她。

墜落感停止，下一秒，如初猛地睜開雙眼。

身下是昨天才剛換過的米白色純棉床單，殘留著柔軟精的香氣，兩本古書也依然在枕頭上，房內沒有任何人來過的痕跡，那個絕望卻又充滿愛意的吻，像是她憑空幻想出來拯救自己的武器。

如初不相信。

她衝到半開的窗前，探出大半個身子張望。現在必然已經很晚了，街道上杳無人跡，只剩蒼白的街燈照著濕漉漉的地面，雨還在飄落，一絲一絲打在她的面頰上。

他一定在，他聽得到，她得說點什麼，什麼都好……

「這是一種懲罰嗎？」脫口而出的話，充滿悲傷。

「我們不能，面對面，起碼，說再見？」

「蕭練……」

低低喊了他的名字後，如初渾身的力氣彷彿瞬間被抽乾。她靠著牆，坐倒在地，將頭埋進雙膝之間。

那個吻的觸感依稀還留在唇齒間，她失神地抬起手，用食指輕輕擦過嘴唇，然後莫名感覺肩頸處微微刺痛。如初皺起眉頭，拉開了T恤察看，只見肩頭有一道狹長的血痕，正以肉眼可見的速率緩慢癒合中。

創口隨過隨合，兵不血刃。

在傳承裡攻擊她的，竟然是宵練劍？

這怎麼可能！

為什麼蕭練會在傳承裡攻擊自己？

擱在床頭櫃上的手機忽然響了兩聲。那是新訊息進來的提示音，如初用手撐著站起身，坐上床滑開手機，一行字冒了出來：「我已經回國了。」

目光往下移，署名是——楊娟娟。

如初驚魂甫定，注意力暫時還拉不回來，她遲緩地移動手指，腦子渾渾沌沌想不出來該怎麼回，對方就又發了第二行字：「關於修書的事，見面聊吧。」

緊接著，第三行字出現：「看妳什麼時候有空，一起吃頓飯，我請客。」

這行字的結尾附了一顆會眨眼睛的小星星，一副淘氣友善的模樣，跟她印象裡的楊娟娟，完全兩樣。

11. 線索

如初在傳承裡遇襲的隔天一大早，離上班時間還有半個多小時，殷承影便已進入廣廈。他抓著一個檔案夾，用快得不像人的步伐從電梯裡大步邁出，直奔殷含光的辦公室。

「過去半年，四方市起碼有五個人猝死，每個人死前都成了這樣。」

承影從檔案夾裡抽出五張照片，一張一張放在桌上。每張照片上的人都瘦到臉頰凹陷，乍看之下簡直跟五具骷髏一樣。

殷含光原本坐在辦公桌後，十指交叉，一副正在思考問題的模樣。承影說完之後他視線掃過照片，微微皺眉，問：「跟半年前搶劫如初的那個小賊有關？」

「死法太像了，而且很不自然。我問了醫生，一般過勞死的人並不會瘦到脫形成這樣。」承影沉聲說。

含光傾身向前，仔細看了照片一圈，再問：「這裡每個人的死亡原因都一樣？」

「不完全。」承影神情凝重地解釋：「五個人都在死前一個月突然拚命工作，然後暴瘦，最後因爲器官衰竭而死亡。但衰竭的器官不盡相同，兩個人是心臟，一個在肺部，另外兩個是胃腸。」

「解剖報告怎麼說？」

「沒有解剖報告。他們都算因病自然死亡，除非死者親屬對死亡原因有所疑慮，提出申請，不然法律機構不會主動要求驗屍。」

「這麼怪的病，又一連串死了好幾個人，醫院方面沒去查原因？」

「他們住在不同地區，去的醫院也不一樣，而且幾乎都是當身體急速衰敗時才趕緊就醫，進去沒多久便宣告不治。我還特意去做了調查，發現如今醫療分工高度專業，主治醫生通常只根據病人死前的最後狀況來填寫死亡證明，不會去管前因後果，因爲醫生也搞不清楚。」

承影一口氣講到這裡，才意識到含光雖然聽得頗爲專注，卻沒流露出半分意外神色。他打住，狐疑地看著含光。

含光坦然反問：「人類奇形怪狀的死亡方式，我們還看得不夠多嗎？」

「那、倒也是……」承影語塞片刻，喃喃說：「但不知怎的，我就是放不下。」

他頓了頓，又告訴含光：「要在短短三十天之內，從正常人的體型瘦成照片裡這副德性……你覺不覺得，像是有一股外力不停吸取他們的精力，把他們給吸乾了？」

含光點頭，若有所思地說：「合理推論，精力被吸乾導致身體裡最脆弱的器官先行崩潰，這才造成死亡……就是不知道這種抽取精力的法子是否只適用於人類，還是可以用在其他生物身上？」

「……在你的定義裡，我們算生物吧？」承影瞇起眼睛問。

「當然。」含光淡淡回答了兩個字，迅速又問：「這些人彼此之間有關係嗎？」

承影搖頭，有點洩氣地說：「死的人全都是升斗小民，有賣雞蛋灌餅的，有貨車司機，還有學校裡的清潔工，彼此之間互不認識，我也查不出來他們的死亡對任何人有任何好處，唯一的共同點就是他們都住在四方市，話說回來，我也沒去其他地方找案例，搞不有怪病即將流行也說不一定。」

「醫院有查出任何新型病毒，或者超級細菌？」含光問。

承影搖頭：「沒聽說。不過我剛剛忽然想到，黑死病當年在歐洲也是這麼流行起來的，剛開始就那麼零星幾個案例，忽然間一個城鎮感染過另　個城鎮……」

承影停下話，含光轉了轉椅子，忽地說：「不像。」

承影一下子沒反應過來，茫然問：「不像什麼？」

「跟疾病的傳染過程完全不像。」含光往後一躺，雙手十指交叉，回到承影進門前的悠然思考姿態，用一種純粹理性客觀的語氣說：「你給出的這些死亡案例，更像是一種人體實驗，刻意控制之下的結果。」

「你的意思是，有人促成了這些人的死亡？」承影向前跨了一步，連珠砲似地追問：「誰會想這麼幹？怎麼辦到的？圖的是什麼？」

含光攤手，說：「天曉得。我只能想像，觀察人類的死亡過程本身就是一種收穫。」他回答的口吻純粹就事論事，稍微帶著科學家討論研究時特有的愉悅感，彷彿這真的只是一個無傷大雅的實驗，而非數條人命。

承影盯著含光一會兒，忽地問：「這樁案子，你知道多少？」

「比你只少不多，大部分都是猜想。」含光毫不猶豫地回答。

含光對兄弟從不撒謊，承影放下一顆心，想想又問：「你覺得，這會是『我們』之一幹的嗎？」

「我懷疑。但問題在於，幹下這樁案子的人，對現代人類社會尤其是醫療體系的運作，知道得太過清楚。」說到這裡，含光不自覺搖頭說：「實在想不出來，我們之中，誰會費這個心思去研究——」

「咳。」承影裝模作樣地輕咳一聲，打斷含光，問：「大嫂？」

「她沒那麼喪心病狂！」含光的臉徹底黑掉。

承影撇了下嘴表示不同意，正要準備出去，一轉身，瞧見掛在牆壁的白板上，畫滿了雙股螺旋符號，頓時好奇地指著白板問含光：「這是什麼？」

「基因。」

「你研究這個幹嘛？」

含光輕描淡寫地答：「好奇我們的生命起源，還有，異能是否可以進化。」

承影挑眉，看著含光問：「人類的基因怎麼會跟我們的生命起源扯上關係——」

他忽地打住，而含光則在同一時間轉頭望向門口，臉上流露詫異的神情。緊接著，門外傳來有禮貌卻略顯急促的敲門聲，如初在門外提高了聲音說：「殷組長在嗎？」

兩兄弟對望一眼，含光扯過兩本雜誌蓋住桌上的死者照片，這才開口回答：「在，請進。」

他話還沒說完，如初便像一陣風似地衝了進來，劈頭就朝含光發問：「殷組長，之前掛在我公寓的那幅卷軸，畫的就是當年的青龍鎮嗎？」

承影反問：「妳的『當年』是指哪一年？那幅畫是唐代中期的作品。」

如初這才注意到承影也在，她對他點了點頭，急急地說：「蕭練被下禁制的那一年。」

「那差不多，起碼街道的方位一模一樣。」含光頓了頓，略帶歉意地說：「送妳這幅畫是我的主意，本來是希望能夠幫妳找到破解禁制的線索，沒想到反而讓妳做惡夢——」

「我的惡夢跟那幅畫無關。」如初口氣有點粗魯地打斷含光，想想又說：「難怪他走之前把那幅畫給收回去了……等一下，蕭練一開始沒認出那是青龍鎮？」

「沒有，他根本沒在那裡住多久。」含光答。

承影在旁邊補充：「老三從來不提當年事，我猜，他恨不得沒去過那個鎮子。」

「逃避現實的確是他的行事風格。」如初衝口而出，說完馬上就後悔了。

她咬咬嘴唇，轉向含光問：「那幅畫現在在哪？我有幾個問題，需要對照地圖才能跟你們討論。」

含光立刻拉開一個大抽屜，取出卷軸，攤開來放在桌面上，沉聲說：「妳講，當年鎮上大致的地形我都記得，如果有需要，我還能畫出兵力部署圖。」

殷組長不愧是殷組長。如初定了定神，指著圖中高塔旁的鎮北寺，說：「首先，我昨晚進入傳承，就在這裡，被宵練劍追殺。」

隔壁房間傳來椅子倒地的聲音，含光與承影的臉色同時劇變，承影轉向如初，急問：「老三持劍要殺妳？」

如初搖頭，答：「我只看到劍，沒看到蕭練。我猜他那時候已經被植入禁制了。」

「所以是他已經被植入禁制的本體要殺妳……迎面而來？」含光雙手按在桌子上，傾身向前問。

飛舞在空中的金絲帶晃過眼前，如初用力點頭，說：「對，就是這樣。」

她喘了口氣，又說：「我現在可以肯定，半年前的惡夢，其實不是夢，而是反反覆覆進入傳承，看到蕭練被植入禁制的經過。至於爲什麼醒來之後卻什麼都記不住，我懷疑……」她頓了頓，看著含光問：「崔氏就是給蕭練下禁制的修復師？」

「除了她沒其他人有這個能耐。崔氏是一流的修復師，不管是放在當年，還是現在。」含光迅速回答，同時身子往後仰，躺到了椅背上。

他的神情既像是鬆了口氣，又似乎有些迷惑，彷彿方才如初的話幫他解決了一個舊難題、卻又帶來一個新難題似的。

如初無法理解殷含光的反應，也沒興趣理解，她指著畫再問：「我看到崔氏把蕭練帶進鎮北寺，然後在廟裡面植入禁制……爲什麼要選這個地點？直接在作坊裡植入禁制不是更方便，工具也更齊備？」

含光皺起眉，沉吟不語，承影在一旁說：「她信佛，鎮北寺那時候剛迎來佛骨，也許崔氏認爲在佛骨旁邊幹虧心事比較有保佑。」

「如果崔氏只把蕭練當成一柄劍，那在他身上植入禁制爲什麼算虧心事？」如初馬上接著問。

她的語氣犀利，承影張了張嘴，含糊地回答：「她在那之前跟老三挺不錯的，老三幫過她不少忙。」

「他們是朋友？」如初輕聲問。

「崔氏沒有朋友，她自私自利至極，寧可我負天下人的典型。」含光冷冷地回答。聽得出來含光非常討厭崔氏，然而蕭練身爲當事人，卻沒講過崔氏一句壞話，如初沉默片刻，問：「崔氏她，究竟是個什麼樣的人？」

含光抿著嘴，一臉嫌惡，承影皺起眉，似乎不知該從何講起，就在如初準備再追問下去時，重環的聲音自門邊響起。

她說：「妳就別想著要理解崔氏了。她是一等士族出身，清河崔氏的名門貴女，妳就是個小老百姓，領薪水的上班族，兩人完全不同掛。」

重環端著兩杯熱騰騰的咖啡走進來，將其中一杯遞給如初，又說：「先喝一點再說話，我看妳嘴巴都裂開了。」

嘴唇上的確有個小裂口，舔上去刺刺的。如初喝下一大口咖啡，對重環說：「我得先了解崔氏，才能對付她。」

「怎麼對付？」重環反問：「崔氏十歲不到就開啓傳承了，她才是眞正的天才修復師。不是我看不起妳，只不過相較之下，呃，妳根本是半路出家……」

「我知道！」如初打斷鏡重環的話，握緊拳頭，勉強維持平靜，說：「我會想辦法，最起碼，我不是一個人。」

「哦？」重環偏頭，神色意味不明。

「我早上剛傳訊息給秦老師，他會跟我討論該怎麼辦。」如初頓了頓，忽地想到什麼，又朝重環發問：「鏡子，妳也認識崔氏嗎？」

「我認識她，她不認識我。」鏡重環仰頭喝了一口咖啡，說：「那幾十年正好我鏽過頭，沒法化形，只能待在本體裡。崔氏每次來都趁大家不注意，對牢我本體拚命往臉上撲粉，害得我鼻子也老想打噴嚏。」

這個描述太寫實，想起崔氏臉上厚厚的那層白粉，如初忍不住也露出一絲笑意，說：「她臉上的粉眞是超級厚。」

「人都怕老，不過崔氏特別怕，我懷疑這是認識蕭練太久的後遺症。」重環攤手：「我對崔氏的認識有限，大概就這樣了。」

她瞄了含光身後的牆壁一眼，又對如初說：「秦老師今天提早到，五分鐘前進電梯，現在八成已經到修復室了。」

「噢，那我要趕快上去，不能讓老師等我。」

如初站起身，指著畫，問含光：「這個我能先借用一下嗎？」

含光捲起卷軸遞給她，說：「送妳，有其他需要再告訴我。」

「謝謝。」

她朝他們揮揮手便往外走，用比來時更快的速度離開辦公室，完全沒留意到桌上被卷軸碰到而露出一角的死者檔案照片。

室內三人目送如初離開，等電梯門一闔上，重環便立刻收起笑容，轉頭對含光說：「我不是幫你，是希望趕快有人能破解禁制，不然那玩意兒要是被有心人挖了出來，還發揚光大，後果不堪設想。」

含光微笑回答：「多謝。」

「但醜話還是要說，你們三兄弟所做的一切，都讓我噁心，特別是蕭練。」重環轉頭，冷冷瞪著牆，又說：「拿不起放不下，千年前他被害，我就說活該，現在倒好，多活一千年，懂得怎麼反過來禍害人了？」

隔壁沒發出反駁的聲音，含光收起笑容，低聲對牆說：「你都聽見了，預見已然實現，可以安心離開。」

承影雙手抱胸正眯起眼研究白板上的基因符號，聽了這話，轉頭問：「威脅都過去了老三爲什麼還要離開？」

「鼎姐不在，我們無從得知下一波威脅從何而來。」含光面無表情地回答。

「照你這個邏輯，鼎姐不在乾脆我們大家都不化形，縮回本體冬眠算了。」承影毫不客氣地如此反駁。

「兄弟鬩牆呢。」重環興災樂禍地笑了起來：「打一架唄，誰贏聽誰的。」

隔了一間辦公室，兩堵牆外，蕭練佇劍而立，靜靜凝視窗外，對爭辯聲充耳不聞。

過了好一陣子，含光的辦公室都沒再傳來任何聲響，蕭練忽地開口說：「我剛剛訂好機票，飛倫敦，下個月。」

承影嘆了口氣，問：「確定？」

「你剛剛聽見了，她在傳承裡，反覆被我追殺。」蕭練的聲音平板空洞，毫無生氣。

「那不是你，別混爲一談。」含光不耐煩地插嘴。

「千年前的我不是我？」蕭練反問。

他頓了頓，又低聲說：「人總要爲自己的過去負責，我只是、我只是……」想再見她一面。

12. 關卡

「坐到我對面，從頭講，慢慢講，任何一點小細節，只要妳能記起來，無論重要的不重要的全都講，我們今早什麼都不做，專心研究這個崔氏。」

今天一大早如初就傳訊息給秦觀潮，簡單描述昨夜進入傳承的所見所聞，她並未收到秦觀潮的回覆，但一跨進修復室，秦觀潮便指著他面前的桌椅，神色凝重地如此吩咐。

如初應聲坐下，忍不住問：「老師，爲什麼崔氏可以把我拉進傳承，還能用宵練劍攻擊我？」

「傳承有傳承的規矩，妳先講，我慢慢解釋。」

如初於是靜下心，從頭說起，盡力還原昨晚在傳承裡的所見所聞。秦觀潮越聽眉頭皺得越緊，等如初說到崔氏要她留下來別走時，秦觀潮雙手抱胸，搖頭喃喃地說：「看起來這事兒山長管不到，麻煩大了。」

「山長是誰？」如初問

「傳承之地的管理者。」秦觀潮眉頭依舊緊皺，心不在焉地丟出這一句。

所以說，她遇到了連管理者也管不到的情況？

如初不解地問：「老師，倘若傳承只是重演歷史，好讓我們學習技藝，那我進了鎭北寺，就算看不到植入禁制的過程，接下來發生的也應該是蕭練掙脫禁制，逃離現場，爲什麼卻變成崔氏指揮宵練劍來攻擊我呢？」

「什麼是傳承之地？」秦觀潮反問。

如初一愣，秦觀潮又說：「讓先人心血得以延續，一代傳一代，生生不息的根源——這妳就算之前沒聽過，現在聽到了，也該能立刻心領神會。我再問妳，如何才能得到傳承？」

不久以前，她夢到過一對父女一問一答，討論同一個問題……

如初看著秦觀潮，緩緩說：「日常淬鍊工作用心，生死關頭頓悟明心。」

「這就是了。」秦觀潮苦笑說；「傳承之地大部分的設置，爲的都是讓後輩日常淬鍊、用心工作，但也有少許例外。妳遇上的，便是例外中的例外——前輩設下的生死關卡，頓悟方能明心，不破不立。」

「什麼生死關？」如初大驚：「爲什麼開啓傳承的時候沒人告訴我？」

秦觀潮無奈地解釋：「不告訴妳，是因爲程度差太多。打個比方吧，倘若傳承之地是一間從小學部到研究所統統包辦的學校，妳眼下就是個小學生，卻被拎進大學課堂的考場，不要說答題，連題目都看不懂。」

「老師您現在教我吧。」如初掏出手機，問：「可以錄音嗎？萬一一遍聽不懂，我回家還能複習。」

她這初生之犢不畏虎的架勢，令秦觀潮無語片刻才點頭說：「保持平常心也好，來，聽我說……」

原來，傳承之地規定，倘若開啓傳承的匠人發展出任何新技藝，傳承有權力收錄，無需經過當事人同意。而匠人則有權力在傳承之地設下關卡，考驗後輩，通關後方能進入門內學習技藝。

大部分的關卡都不蘊藏危險性，更像是一種拜師前的測試。比方說，有的匠人希望徒弟具備文化素養，因此闖關者需應答詩詞歌賦；也有匠人認爲美感才是修復師的根基，指定了題目要闖關者當場揮毫作畫。

但有少部分匠人以爲心性最重要，堅持要考驗一個人的心性……

「心性要如何測試？」秦觀潮自問自答：「只能從他面對生死關頭、名利場上的反應來觀察。這種關卡在本質上類似《封神榜》裡的幻陣，由一個人來守關，有人進去，守關者就發動陣法開始攻擊。闖關者在裡頭要是受傷過重，或者迷失了自己，都可能會導致在眞實世界的意識無法清醒。因此這種關卡會要求闖關者在扣關前先立下生死狀，死生自負——」

「我可沒簽過什麼生死狀！」聽到這裡，如初忍不住插嘴抗議。

「我知道，不然外面的聲音根本叫不醒妳。」秦觀潮拍拍她的手，說：「崔氏鑽了規矩的漏洞。我們進出傳承，全靠意念發動，妳必然是動念時想到禁制，一下子沒煞住車，直接落進關卡裡頭。守關者面對這樣的後輩，一般來說趕出去就得了，性格好一點的還會現身點撥幾句，讓有心人不至於空手而歸。但那崔氏非但沒這麼做，還硬逼妳闖關，居心險惡……」

秦觀潮不太習慣罵人，說到這裡便打住，沉吟片刻後對如初說：「怒也沒用，先求自保，想辦法在每次落入關卡的時候能平安脫身，以後的事以後再說。」

「所以我還要經歷這種情況很多次？」想起曾經讓她精神幾乎崩潰的惡夢，如初大失所望，問：「我不能立生死狀，直接闖關，一次了結嗎？」

「都告訴妳了程度差太多，妳想送死我還不想替妳收屍，聽到沒有？」秦觀潮的聲音驟然變嚴厲。

如初咬住嘴唇心不甘情不願地點點頭，秦觀潮臉色稍霽，打開隨身提包，從裡頭珍而重之地取出一本十分陳舊的筆記本，交給如初，又說：「我沒有闖生死關的經驗，幫不上妳的忙，但我師父闖過，心得都記在裡頭，今天正式移交給妳了。」

「祖師爺的筆記？」如初慎重接過，說：「這比傳承之地更有傳承意義。」

秦觀潮露出一絲微笑，語重心長地繼續說：「自保只是暫時之計，目標還是破關。不過妳聽著——我們身爲傳承者，都站在巨人的肩膀上看世界，成長之後理當也要成爲後輩的肩膀，扛起延續的責任。這個崔氏再怎麼厲害，心態都不可取，妳以後千萬不能變得跟她一樣。」

「我不會跟她一樣，也絕對不要跟她一樣。」如初堅決回應。

傳承裡的崔氏看上去不僅可怕，也異常可悲，她絕不要自己變成那樣。

這個早晨剩下來的時間，如初全花在鑽研筆記上頭。祖師爺的筆記用毛筆字寫簪花小楷，驟眼看去美不勝收，然而她無心欣賞，找到了闖關的段落便一行一行仔細閱讀下去。

根據祖師爺的紀錄，傳承規定，設下關卡的前輩可以選擇一樣古物來守關，同理，後人也能選擇一件古物當武器來闖關。攻防之際雙方都可以使用古物的異能，但能發揮到何種程度，則取決於修復師對這件古物的熟悉度。而祖師爺認爲，只有親手修復過一件古物，才能將其異能發揮到淋漓盡致……

看到這裡，如初抬頭問：「老師，我被宵練劍攻擊，也就是說，崔氏選擇宵練劍來守關？」

「有可能，但這邊有個盲點。」秦觀潮若有所思地說：「植入禁制不應該算是修復工作。也許正因如此，崔氏雖然能御劍，卻無法發揮宵練劍的異能，不然之前擊殺妳的就不會只是一柄飛劍，而是一整個劍陣了。」

如初眼睛一亮：「我是眞的修復過宵練劍——」

「別開玩笑。」秦觀潮打斷她：「崔氏對宵練劍的熟悉度肯定遠高過妳，使用同樣武器的妳對上崔氏毫無勝算，需要出奇制勝。讓我琢磨一下——杜主任情況特殊，帶進傳承怕出意外，含光承影沒開鋒，當武器肯定不堪用……大夏龍雀呢？」

「封狼？」想起劍廬對戰的情況，如初搖頭：「他打不過蕭練。」

「不是霍封狼跟蕭練對戰，而是使用大夏龍雀的妳對戰使用宵練劍的崔氏。」秦觀潮糾正她。

如初「喔」了一聲，狐疑地問：「如果我能使出瞬移的異能，就有機會偷襲成功嗎？」

不曉得爲什麼，她就是無法想像自己跟崔氏對戰的場景，總覺得有哪裡不對勁，傳承又不是遊戲，誰掌握的古物異能強大誰就能贏，這不合理。

跟她相反，秦觀潮卻覺得這計畫頗爲可行，他一拍大腿，說：「不求有功但求無過，學會瞬移起碼能讓妳在傳承裡保住性命。我們找個時間把大夏龍雀取出來，試著做點基礎修復，增加熟悉度。」

「那萬一修好以後封狼醒過來怎麼辦？」如初問。

「再說，妳先讀筆記，我去找主任談談。」

秦觀潮說著便離開了修復室，如初再度低下頭，一遍又一遍地讀筆記。

直到午飯過後，秦觀潮才抱著一個大到可以放下一個人頭，模樣方方正正的錦匣回到修復室。

他先告訴如初，杜長風十分贊同他的計畫，從此之後修復室可以任意取用封狼刀，不需要經過主任批准。接著他將錦匣交給如初，吩咐：「妳收拾收拾，我們出去一趟，接單。」

如初全副心神都還停留在筆記上頭，聽了這話後她呆呆地站起身，抱起錦匣跟在老師後頭就走出門。

等上車之後打開車窗，風一吹，人稍微清醒了點，她才不解地問：「我們不是應該先修復鼎姐嗎，為什麼會讓外面的單子插隊進來？」

「荊州鼎那邊暫時卡住了。姜拓送來一些新型材料，主任相當心動，還在考慮要不要採用。我是建議跟姜拓打交道千萬小心，他不聽我也沒辦法。」秦觀潮平平淡淡地說著，眼神卻閃過一絲深深的厭惡。

過去半年，如初聽到過好幾次姜拓這個名字，除了知道他是龍牙刀之外，也發現每個人對姜拓的態度都大不相同——含光視姜拓為可敬的對手，承影卻相當鄙視他，鏡重環怕姜拓，而顯然可見地，秦觀潮憎惡他。

眞是謎一樣的人物。

想到這裡，如初好奇問：「老師，你怎麼會認識姜拓？」

秦觀潮主攻禮器，按理不應該會跟龍牙刀扯上關係啊。

「打過一次交道。」秦觀潮不願多提，看著如初又說：「他們外表雖然年輕，但活得太久，都成精了。妳既然接受傳承，免不了跟他們相處，要懂得保護自己。」

如初不是很同意這個說法，但也不想反駁，她點點頭，遲疑片刻，試探著問：「老師，你……整體來說都不太喜歡化形者，是不是？」

過去半年，秦觀潮只要對上十三樓的所有人，永遠擺出一副拿錢辦事的模樣，沒有情面可講，更不打算建立任何關係。如初曾一度以爲他就是這樣，但後來發現他其實愛交朋友，也重感情，指導她更是盡心盡力，爲什麼對上化形成人的古物，態度就爲之丕變？

秦觀潮不置可否地唔了一聲，說：「反正妳記住，害人之心不可有，防人之心不可無。這話不只針對人，但凡長得像個人的就在防備的範圍裡頭。」

這幾句話聽起來居然有種順口溜的味道，如初笑出聲，說：「其實，我感覺活得久不一定會變精明，鏡子就一直保持著高中女生的心態。」

「那是。」秦觀潮不鹹不淡地答：「仗著不用吃飯，賺的錢全拿去買衣服跟化妝品，刷卡刷成月光族。」

「眞的？」如初從來不知道這件事，她瞪大眼，忍不住問：「老師，爲什麼你比我晚進公司，卻比我多知道那麼多八卦？」

「什麼八卦，收集情資是本事，學著點。」

「……」

經過半年訓練，如初深深體認到，論抬槓，她是絕對無法超越秦老師的，不過這種你一句我一句，天南地北地亂侃很紓壓，他們繼續聊了一陣子，車子開進國野驛進貨用的小停車場。

如初跟在秦觀潮的後頭下車，還沒走進建築物裡面，便見一名穿著雪白色廚師制服的男子，戴了一個黑布做的大口罩，遮得他整張臉幾乎只露出兩隻眼睛，用力推開廚房後門，急急朝他們走來。

男子走到他們兩人面前，站定，用略嫌嘶啞的聲音對秦觀潮說：「我本體放在樓上房間，現在上去看？」

「你誰啊，懂不懂禮貌？先自我介紹。」秦觀潮沒好氣地這麼回答。

對方噎了一下，心不甘情不願地說：「我叫楚冑，『楚雖三戶、亡秦必楚』的楚，甲冑的冑，現任國野驛大廚。」

頓了頓，楚冑再加一句：「秦老師，幸會。」

他說完就像根柱子似地立在原地，繃著臉瞪眼看人，搞得秦觀潮滿臉黑線。

如初從來沒見過如此不通人情世故的化形者，忍不住有點好笑。她指指自己，說：「應如初，青銅傳承，主攻兵器，您好。」

秦觀潮也指著她，補充介紹：「我徒弟，如果決定接你這張單，她會跟我一起執行修復工作。」

楚冑轉向如初，問：「妳也在雨令上班？」

他的口氣很不客氣，如初點頭，答：「助理修復師。」

楚冑頓時繃緊聲線，再問：「妳也認識鏡重環？」

「認識，早上才喝過她煮的咖啡。」他實在太沒禮貌，如初也收起笑容。

楚冑一副如臨大敵似地瞪著她好一會兒，忽地啞著嗓子說：「不要告訴她我在這裡……謝謝。」

這突如其來的道謝反而把如初嚇一跳，她狐疑地打量對方，問：「為什麼？」

「妳不用管，做就對了。」楚冑生硬地答。

如初掏出手機，在楚冑面前晃晃，說：「鏡子是我朋友，你不講清楚，我馬上打給她，告訴她國野驛有個戴口罩的大廚，對她不安好心。」

「我才不會對重環不利。」

楚冑瞪著她，忿忿取下口罩，只見他下半張臉刀疤縱橫，皮膚焦黑，用慘不忍睹來形容都嫌輕微。

如初倒抽了一口氣，秦觀潮卻湊上前，仔細看了一圈後問：「怎麼傷到的？」

「火燒圓明園。」楚冑答。

後方廚房的門忽然又被推開來，有個挑染了一撮紫色頭髮的年輕男子探出頭，朝楚冑喊：「楚哥，比目魚到貨了，你要不要來檢查看看新不新鮮？」

說時遲那時快，楚冑伸手往他下半張臉一抹，所有傷疤裂痕頓時消失得無影無蹤，露出一張方下巴的型男臉孔，不僅帥，還非常有性格。

這一手變臉的功夫太神奇，如初目瞪口呆地瞧著楚冑，他不習慣地偏了下臉，對紫髮小弟說：「馬上就去，你先把魚放冰箱。」

紫髮小弟縮回頭，廚房門重新關上，楚冑轉過身，酷酷地對如初說：「我的異能是改變物體在人眼中的外觀。」

如初「喔」了一聲，恍然大悟，問：「但在鏡子眼中，你就還是毀容了……你不想她看到你現在的樣子？」

「她喜歡看到事物美的那一面，治好了我自然會去找她。」楚冑不自在地撇開頭，繼續擺酷，說：「那之前，不要讓她知道我在這裡。」

他雖然極力遮掩，但不經意中依然流露出對鏡子的重視。如初原本想回敬一句「缺陷美也是美」，但楚冑的這份用心，讓她莫名心生感傷。

她低聲答：「放心，我口風很緊的。」

楚冑戴上口罩，秦觀潮接過如初手中的錦匣，對她說：「妳逛逛，別離太遠，手機記得開，等我檢查完要是確定接這張單，再一起帶上他的本體回公司。」

「好的，我就待在國野驛，老師你有事隨時叫我。」

目送老師跟楚冑離開，如初轉身，慢慢地繞過庭園，信步朝大廳走去。

國野驛的門板上貼了一張整修公告，大廳內則傳出敲敲打打的聲音。邊鐘穿著園藝圍裙，抱著一盆顏色黑中帶紫、姿態典雅古樸的菊花，站在臺階上扭頭朝裡面吼：「好好幹活，爭取這個月完工，我可不打算留你過冬。」

「邊哥好。」如初對邊鐘擺擺手。

邊鐘對她揚了揚手中的花，說：「墨菊，稀有品種，好不容易才弄到手。」

這盆花正在盛放，香味沁人心脾，如初湊近了深深吸上一大口，誠心誇讚了幾句，這才踏入門內。她一抬眼，便見到姜尋跨坐在一把A字型的工作梯上，手持一柄小刀，邊哼歌邊雕琢著刻在牆上的單足鳥畢方。

他今天只套了一條五分迷彩褲，裸著上半身，肌肉精壯，充滿爆發力卻又控制自如，周身瀰漫著一股輕鬆自在，顯然在做一件喜歡的事。

石屑隨著他的動作紛紛墜落，如初舉起手遮住眼睛，向前走兩步，開口打招呼：「午安。」

不成調的歌聲停止了。姜尋放下手，低頭看她，眼睛裡帶著笑意問：「怎麼有空過來，溜班？」

「跟老師一起來接單。」跟姜尋相處眞是毫無壓力，如初順口又問：「你暑假不是還在當服務生嗎，又改行了？」

「哪的話，這才是我老本行。」姜尋比比身後的石雕。

如初怔了怔，指著牆上栩栩如生的山海經神怪壁雕，問：「這些都是你雕的？」

「早期作品，比較寫實。」他怡然地環顧四周，又說：「過去二三十年我改變風格，往抽象方面發展，前陣子還找了一家經紀公司幫忙行銷，有藝評看到後說我是明日之星，線條流暢有型。」

如初的好奇心被徹底勾了起來，她問：「藝術家還需要行銷？」

「當然。」姜尋失笑：「獨一無二的東西難標價，妳以爲肯花錢的老闆個個都有眼光？還不是聽人吹捧。」

他說話時左手像轉筆似地轉著手中的小刀，璀璨的刀光在指間不斷閃爍，將整個人襯得像一名落魄江湖載酒行的刀客，而非是一名兼顧商業與藝術的雕刻家。

這是姜尋的另一面？是不是只要活得夠久，人都會發展出很多面向？

如初用一種嶄新的眼光看著姜尋，問：「那後來呢，行銷成功嗎？」

「挺不錯的，在一陣密集宣傳之後我開了一間工作室，聘了兩個小朋友幫忙打理行政雜務，我們一年工作六個月，剩下的六個月環遊世界。在小白出事之前，我有房有車沒貸款，訂單都排到明年了。」

姜尋講到這裡，從褲子的後口袋裡掏出手機，滑開來點了幾下，扔給如初，說：「我的網站，裡頭有實物照片。」

如初接過來，果然見到一個英文網站，排版方式類似線上藝廊，裡面放了好多雕塑品的照片。有些照片底下標明作品已被某某人收藏，有些則註明已捐贈作爲公共藝術使用。捐贈的地點散布世界各地，絕大部分都捐給了紀念戰爭的公園或圖書館，以及鄉下地方的學校。

滑過幾頁之後，如初仰起頭，由衷地說：「你眞的好厲害喔。」

「過去式了。」姜尋一臉不勝唏噓地說：「爲了小白，我只好忍痛放棄事業，跑來這破酒店當血汗工，小朋友只好回我老哥的公司打雜，三天兩頭發訊息抱怨工作無趣。」

講到這裡，他戲劇化地捧心哀嘆：「被兄弟坑到心都碎了啊。」

雖然明知道他在胡說八道，如初還是發自內心笑出聲，說：「當你兄弟眞好。」

而且，每一次看到姜尋，她心情都變得好好。

「妳沒有兄弟姐妹？」姜尋問。

如初搖頭：「獨生女，現代很常見。」

他凝神注視著她一會兒，說：「寂寞不分古今中外都常見。」

他很容易識破她的心情。如初苦笑一聲說：「習慣就好。」

姜尋摸了摸下巴，忽地身手矯健地從梯子上一躍而下，隨手抓起搭在梯子上的T恤套上，一手攬著如初的肩膀一手指向廚房說：「走，妳難得來一趟，我請客，邊鐘買單。」

切地一聲從門外傳來，顯然邊鐘聽到了，而且對此頗有意見。姜尋大笑，隨手將小刀往上一拋，刀光在空中畫出一道耀目的軌跡，於落地前瞬間消失得無影無蹤。

那道光雖然一閃即逝，氣勢卻恍若劃破天際的流星，絢爛無比。如初心一驚，轉過頭凝視姜尋。

姜尋將梯子拎到牆角安放，腳步輕盈，但舉手投足間不經意便散發出一種類似武術家的震懾力。

如果說，蕭練像是一隻盤旋在青空之上的孤鷹，隨時隨地銳利而緊繃，姜尋就像是草原上的花豹，大部分時間都懶洋洋地，沒事揮揮尾巴還有點萌，但一旦爆發，卻可以在瞬間撕破獵物的喉嚨。

兩者應敵的方式截然不同，強悍度卻難分高下，如果她能將虎翼刀帶進傳承幫忙闖關的話……

「虎翼刀對上宵練劍，有勝算嗎？」如初拉拉姜尋的衣服，有點緊張地這麼問。

姜尋唔了一聲，隨意地答：「五五波，我跟蕭練打過很多次——」

「不、不是你跟他打。」如初急急打斷他，解釋：「是我拿虎翼刀，另一個，嗯，應該也沒受過劍術專業訓練的婦人拿宵練劍，我們兩個對打這樣。」

姜尋端詳她的臉片刻，以誠懇的語氣回答：「根據我多年觀察的經驗，女生跟女生打，用指甲抓花對方的臉比較快，舞刀動劍肯定兩敗俱傷，還多半都是不小心自己傷到自己，不划算。」

如初半信半疑地問：「眞的嗎？」

「當然假的，誰去觀察這個？娘們打架我能躲多遠就躲多遠，不然肯定惹火上身。」姜尋哈哈大笑。

如初無語片刻，開始懷疑找姜尋幫忙是個餿主意。

說著說著，他們已走進廚房。姜尋熟門熟路地的摸到甜品師傅身旁，厚著臉皮問有什麼新鮮好吃的。甜品師父雖然一臉嫌棄，卻還是指揮紫頭髮的年輕人取出手工自製的伯爵紅茶冰淇淋、檸檬糖漬磅蛋糕、新鮮水果塔，還有切成小塊小塊的燻鮭魚三明治。

姜尋像變魔術似地從架上一排鍋子的後方撈出一個藤編的野餐籃，將所有點心都裝了進去，再拉著如初來到庭園樹下的石椅上，取出一個保溫瓶，打開來嗅了嗅，交給坐在他旁邊的如初，說：「哥斯大黎加，琵拉莊園的帝比卡日晒咖啡豆，中深烘焙。」

「我不懂咖啡豆，不過很香。」如初實話實說。

姜尋嘴角微揚，倒出兩杯咖啡，舉起杯說：「託你們的福，楚冑今天心情不錯，廚房特別好說話，」

「他眞的是大廚？」如初問。

「精通中式跟法式料理，甜品特強。」姜尋輕啜一口咖啡，饒有興味地瞧著她說：「說吧，爲什麼需要我出刀，傳承裡出事了？」

他眞聰明，一猜就中。如初點點頭，定下神，從惡夢講起，一路說到今早跟秦觀潮的討論。

聽到她屢屢被拉入生死關時，姜尋的神情起了變化。濃眉大眼的他嚴肅起來頓時顯得剽悍，他問：「妳想掌控禁制？」

如初搖頭：「我要學怎麼解除禁制。」

「這樣。」姜尋摸摸下巴，忽地再問：「蕭練同意嗎？」

「爲什麼需要他同意？」如初反問。

「他不肯配合，妳找出解法也沒有用。」姜尋語氣雖淡，話卻一針見血。

如初愣了片刻，忽地抗聲說：「不會沒有用。」

這一刻，思緒無比澄澈。她深吸一口氣，又說：「只要找出解法，就算蕭練現在不接受，我也可以把解法交給主任。之後，無論過了多少年，就算我已經不在人世間，只要他想，隨時都能找其他傳承者照著解法除去禁制……」

明明只是一個假設，但話說出口，感覺就好像已經成真，她成了黃土一坏，而他終於擺脫枷鎖，海闊天空。

那也是很好很好的。

眼眶忽地有些發熱，如初迅速低下頭，假裝若無其事地看著草地。姜尋看著她，放緩聲音說：「妳還有其他選擇。」

「怎麼說？」她不解地抬起頭。

「從現在起，不去想怎麼解除禁制。如此一來，崔氏也拿妳無可奈何。」他瞧著她的側臉，冷不防問：「我不信妳沒想過這個辦法。」

「嗯，我想過，很多遍。」

過去半年，一遍又一遍地想，一次又一次地徬徨。

頭上陰影一晃而過，如初仰起頭，才發現有兩隻皮毛光亮的大松鼠相繼一躍而過。她看著松鼠歡快地在樹枝上追來追去，緩緩說：「只是這麼一來，我不但不能想禁制，連他都不能想了。」

「很難？」姜尋吊兒郎當地反問。

「希望有一天，會變得一點都不難。」如初的視線穿過枝椏，投向縫隙中的藍天，繼續說：「在那天之前，我先做自己能夠做的，讓他記得我，我也可以毫無顧慮地記住他。」

姜尋漫不經心地瞄了不遠處的圍牆一眼，說：「活得夠久妳就會曉得，記憶是最靠不住的東西。」

不知為何，這口氣讓如初有點生氣。她轉向姜尋，認真地問：「是不是因為生命無限長，所以你們一點都不珍惜時光？」

姜尋挑眉，正要開口反駁，卻彷彿想起什麼似地全身一僵，死死盯著如初的臉不放。

如初沒注意到他的異狀，扭過頭直視前方繼續說：「我不只為蕭練，也為我自己。過去半年，對我來說像半個世紀一樣漫長。如果我逃避崔氏，會不會繼續度日如年？會不會後悔？會不會反而陷得更深，無法自拔？」

「會。」

姜尋的聲音忽地響起，將沉浸在自己思緒中的如初給拉了出來。她不解地望向姜尋，他對她露齒一笑，說：「而且我還可以告訴妳一件事——擁有無限生命，只會讓後悔更加刻骨銘心。」

他抽起插在小蛋糕上的巧克力棒，對她搖了搖，又說：「所以我決定幫妳。」

「謝謝。」如初雙眼驟然亮了起來。

「不客氣。」姜尋大剌剌地邊嚼巧克力邊說：「妳應該慶幸我一向信奉男女平等，對於打女人毫無心理障礙。」

「啊？」如初眨了眨眼睛，困惑地說：「可是眞正進去跟崔氏打的人是我，你不會有任何感覺。」

「對，差點忘了這個……」姜尋停下咀嚼，用吃了一半的巧克力棒指著如初問：「也就是說，妳出去打架，輸了丟的卻是我的臉？」

「輸了就輸了，有什麼好丟臉的？」她一說完，姜尋的臉色就變得有點難看，如初趕緊補充：「根本不會有人知道，你不要在乎啦。」

「開什麼玩笑？」姜尋瞪住她：「天知地知妳知我知，還有一個崔氏也知道。萬一傳承做成紀錄供後人參考，我的臉就丟大了，來，特訓。」

姜尋說著便站起來，在此同時，一把大刀自天而降，威風凜凜地落在如初眼前。

「我的異能運用法則很簡單，一力降十會，任憑他劍陣千千萬，我自一夫當關……」

隨著姜尋的話語聲，虎翼刀高高浮起，在如初面前逐漸變大，遮蔽住頭頂的陽光。

13. 玫瑰

那個下午，如初上了平生第一堂刀法課。

刀是名刀——虎翼刀可變大變小，大能大到飛舞在空中，堪比一架軍用轟炸機，有雷霆萬鈞之力，小則可以比針尖還細，靜悄悄扎入人體順血管而流，殺人於無聲無形。

師是名師——姜尋動起來身影如風，一套刀法從頭示範到尾，凌厲處猶如長虹貫日，輕靈時好比燕子點水，直到最後一招使完，抱刀歸位，刀意仍綿延不絕，讓人遙想遲遲鐘鼓初長夜，耿耿星河欲曙天。

名師不但自己強，也教得很用心，毫不藏私。姜尋教完刀法，又教如初如何與虎翼刀溝通，如此一來，不但刀的大小隨心，而且只要心念一動，刀指哪就打哪，靈動異常，比手臂還好用。

名師名刀，相輔相乘，完美。

如初興致勃勃地握住虎翼刀開始練習。半小時後，在一次意外中，刀柄砸到了她的腳趾頭，相當痛……

姜尋坐在樹蔭處，撿了一塊石頭低頭雕刻，似乎並未注意到她的窘況。如初於是抓著刀當拐杖，一跛一跛走到他身邊，發表意見：「我感覺得出來它想幫忙，但就是愛玩、好動、專注力薄弱，最糟的是桀驁不馴，完全不服從指揮。」

「不錯，這麼多年來，第一次有人把我本體的性格分析得如此透徹，妳跟刀有緣。」姜尋拍拍她的肩膀，又說：「好好練習，爭取成為本世紀最後的刀客。」

他說完後綳不住，哈哈大笑地仰躺在草地上，如初這才意識到姜尋什麼都看在眼裡。她瞪他一眼，也坐了下來，無聊地捧起刀細細觀察。

虎翼刀的刀身，厚脊薄刃，和刀柄一體鑄成，帶有濃厚的草原風格，造型雖然狂放不羈，但工藝十分精湛。

如初輕撫厚重的刀背，低聲問：「如果虎翼刀打贏宵練劍，我就算闖關成功嗎？」

「傳承是屬於修復師的領域，我沒法評估。」姜尋轉向她，用手撐起頭，說：「但眞遇上什麼對付不了的情況，善用我本體的異能，想辦法讓自己脫離險境再說。」

這並非如初想聽到的答案，卻足以證明當姜尋認眞起來，說話還是很靠譜的。

她對他笑笑說：「好，我記住了，謝謝。」

姜尋瀟灑地比了一個ＯＫ的手勢，如初用指尖滑過刀背，忽然覺得不太對勁。

夕陽餘暉不夠亮，她抱著刀奔到庭園水池邊的石燈之下，就著燈光來來回回查看刀背數次，抬起頭問也跟著走過來的姜尋說：「你之前是不是受過傷？」

「這麼多年了，傷總是有的，怎麼會想到問這個？」姜尋反問。

如初指著刀背說：「這邊有大片包覆的痕跡，不過手法不像修復，倒是比較像……」

她低頭又研究半晌，遲疑說：「金箔工藝？」

她講話時半偏著頭，模樣特別認真，姜尋心中忽地有所觸動，覺得彷彿在哪見過如初這樣。

他按下心中的疑惑，笑著問：「那是什麼？我連聽都沒聽過。」

「也是一種很古老的工藝，我不知道什麼時候發源的，不過到唐代已經相當普遍了，就是用比紙還薄的純金金箔貼在器物上面。不過金箔工藝大多用於裝飾效果，比方說幫佛像塑造金身之類的，我還沒看過用這種手法修復刀劍的例子。」

她將刀還給姜尋，又問：「誰幫你做修復的啊？」

一些零散的畫面閃過他腦海，姜尋握起拳頭，用指節抵住眉心，說：「我沒有印象。」

如初更不懂了，她追問：「怎麼可能呢？這種手法頂多只能補小傷，不至於是失去意識的重傷才對。」

姜尋放下手，隨手將只刻了幾刀的石頭扔出去，淡淡說：「無所謂，眞出大紕漏我自然能感應得到……對了，妳這個週末有沒有空？」

如初點頭，姜尋接著說：「那好，我要去買幾件衣服，需要個參謀。」

如初從來沒有陪男生買衣服的經驗，自認也提供不了任何幫助，她正想要婉拒，話到嘴邊，忽然一個念頭自腦海浮現。

她傾身向前，問：「你週末一整天都有空？」

「就買個衣服還需要一整天？」姜尋有點吃驚：「我就是懶得挑才找妳——」

「不是啦。」她打斷他，眼神閃亮：「我陪你買衣服，你陪我去青龍古鎮一趟，好不好？」

四目相對，姜尋摸不著頭緒地問：「那是哪裡？」

「青龍古鎮，古時候的青龍鎮，你還在那裡埋伏過蕭練的，怎麼就給忘了呢？」如初輕嚷。

「好像有這麼一回事。」姜尋一個鯉魚打挺躍起身，說：「行啊，我去看看能不能借輛車，到時候方便行動……妳去那裡幹嘛？」

「那是蕭練被植入禁制的地方。我之前在傳承裡，進到寺廟之後才開始被攻擊，之前都沒事，所以我想廟裡一定藏有關於禁制的線索，崔氏不願意讓我看到。既然在傳承裡進不去，我乾脆去實地找找看，搞不好能找到線索。」

如初一口氣說到這裡，頓了頓，又解釋：「不過那個考古現場現在不對外開放了，我們只能偷偷溜進去。」

「所以妳需要一個司機兼把風，懂。」姜尋睜著一雙深咖啡色瞳孔的眼睛望向如初，說：「問題是，感覺這趟行動我就是個小嘍囉，跟著老大滿地跑，沒什麼作用。」

「所以呢？」如初的聲音冷了下來。

姜尋拔起一根草叼在嘴裡，懶洋洋地說：「沒勁……」

她不該事先徵詢他的意見。

如初雙手握住刀柄，刀鋒對準姜尋，用威脅的口吻問：「你去不去？」

「去。」姜尋配合地舉雙手做投降貌，又說：「好可怕，這輩子第一次有人拿我的本體刀指我，妳有沒有感覺手裡的刀都在發抖了？」

他語聲方落，如初手中的虎翼刀就十分配合地抖動了兩下。

「……」

她也許應該聽秦老師的話，回去研究怎麼修復封狼算了。

今年十月的氣候不太穩定，明明下午驕陽似火，到了傍晚卻下起淅瀝瀝的小雨。到了禮拜五，如初下班後匆匆進超市買了一把傘，搭上前往市區的巴士，在一個名叫「古涵水門」的陌生車站下車，照著楊娟娟給的地址，踏進馬路旁邊的巷弄裡。

這一帶的房子相當老舊，住宅區，只有幾戶商家，街道雖不寬廣卻十分乾淨，庭園更是花木扶疏，不時可以看到學生背著書包三五成群回家，發出特屬於青春的歡樂喧譁。

也許是因爲獨自來到異地工作的關係，雖然她才從大學畢業沒多久，面對這種氣息，卻感覺恍若隔世。走著走著，等如初跟這群學生的距離逐漸拉遠之後，她也走到一扇像是普通人家的墨綠色鐵門前。

楊娟娟約她見面的地方是一家餐廳，然而這扇門上卻沒有任何招牌，如初狐疑地伸手按下電鈴，幾分鐘後，一名穿著淡青色唐衫的三十來歲女子開了門，笑語盈盈地問：「哪一位？」

「我姓應，請問這裡是永盛餐廳嗎？」

對方應了聲「是的」，抓起玄關桌上擱著的一個寫字板看了看，說：「楊女士已經到了，請跟我來。」

屋內空間不大，按著一般三房兩廳公寓的規畫，也沒有打通，走進來就跟走進別人家裡頭一模一樣，裝潢陳設簡單樸素，但很有味道，八仙桌上擺了小魚缸，牆上掛著行楷寫的《菜根譚》。每個房間都放有一到三張桌子不等，幾乎都坐滿了。

如初被帶進最裡頭的小房間，領班敲了下門，裡頭傳出一聲：「請進。」

如初推門而入，這間房只有一張圓桌，楊娟娟靠牆而坐，穿了一件針織套裝，脖子上依然掛著那串珍珠項鍊，手邊擺了一個粗茶杯，正低頭讀書。

見她進來，楊娟娟收起手中的書，指著身旁的椅子，微笑說：「妳好啊，請坐。」

她頭髮剪短了，臉上簡單地化了淡妝，看起來挺有精神，一雙眼睛長而媚，雖然人到中年，皮膚依然緊緻，一點都不顯老，反而讓人聯想到民國時代小巧玲瓏的古典美女。

今天的楊娟娟看上去挺正常的，如初鬆了一口氣，禮貌性地打完招呼，便要入座。椅子跟牆之間的距離有點窄，她取下背包，側著身子擠進去，與楊娟娟擦身而過時她瞄了一眼書封，忍不住好奇問：「妳也喜歡《小王子》？」

書的封面上畫著一名金髮的小男孩，站在一顆僅容他立足的小星球上，舉頭仰望灰藍色閃爍著星星的天空。這是如初所讀過關於孤獨、友誼與愛情，寫得最美的一本書。

楊娟娟的視線落在書封上，出神片刻才回答：「還好，我不是讀書的料，就愛翻翻裡面的插畫……先點菜吧。」

領班適時過來跟她們討論菜單。菜上得很快，兩人才言不及義地寒暄了幾句，鴨肉蛋黃捲跟糖藕就上桌了，冷盤之後再上熱炒，兩葷兩素，外加一道熱騰騰的沙鍋煲湯。分量不多，都是家常菜，勝在火候得宜，清淡爽口。

如初邊吃邊解釋修復織錦書封的流程。她迫切希望能爭取楊娟娟的同意，好早日知曉裡頭究竟藏有什麼機密，因此將全副心力都放在解說上，根本食不知味。楊娟娟則正好相反，她吃得不多，每一筷子都咀嚼很久，表情充滿懷念。

等如初講到一個段落，楊娟娟用優雅的姿態端起湯碗，緩聲問：「應小姐，妳想過，人有可能像器物般存在世上幾百年幾千年，甚至不老不死嗎？」

「啊？」如初瞪大眼睛，完全無法理解天外怎麼突然飛來這一筆。

楊娟娟見狀，眼神沉了沉，又說：「沒什麼，隨口問問。」

她拿起擱在桌面上的《小王子》，輕聲又說：「這本書也是先夫的收藏品，一九四三年的初版，他還在美國念書的時候有一次逛舊書店，正好看到，節衣縮食半年多，終於買了下來。」

如初這才注意到，這本《小王子》的書名是法文，封面泛黃，紙張也有幾處破損，書況不是太好。

楊娟娟的語氣充滿懷念，也許她眞正想修復的是這本書？

如初思索片刻，不太好意思地小聲說：「我們公司目前沒有修復古籍的專家……」

楊娟娟噗嗤笑出聲，又輕輕嘆了口氣說：「一個人可以很天眞簡單地活下去，必然是身邊有人用更大的代價守護而來。」

她的語氣毫無調侃意味，神情更像是在自言自語。如初很懷疑楊娟娟的精神狀態並不像表面般正常，於是謹愼地回應：「這是《小王子》裡的句子。」

「啊，妳也喜歡這本書，看得好熟。」楊娟娟悠然說出這句話後，重新將目光投向如初，說：「我得跟妳道歉。」

「爲什麼？」如初一頭霧水。

「弄壞了妳的背包。」

楊娟娟說著便從皮包裡取出一部手機，擱在桌面上。這部手機跟如初的手機不但外觀一模一樣，就連磨損的方式也如出一轍。如初趕緊抓起背包找手機，這才發現背包被人劃開一道口，她放在夾層裡的錢包還在，但手機卻不翼而飛。

想起剛剛擠進座位時，楊娟娟故意慢了幾秒才讓開的情形，如初沉下臉，抓住背包站起身就準備離開。

然而要出去的話，楊娟娟必須得讓路，但是她端坐在椅子上，一點動的意思都沒有，望著如初又說：「在墓園那天有外套遮住，比較方便下手，我偷了妳的手機看過，後來又找機會放回去，今天角度不好，只能靠刀片，落了下乘。」

楊娟娟說完，展示了一下她藏在手指夾縫裡的小刀片，又優雅地從長皮夾中取出幾張大面額鈔票擱在如初的手機上，連錢帶機一起推給如初，叮嚀說：「買個新包，牢固點的，以後跟陌生人擦身而過時，記得把包包背前面。」

她做的事情明明就很惡劣，態度卻像溫婉又爲人著想的長輩，如初心裡有氣，卻不知該如何發洩，只能收起手機，將鈔票留在桌上，冷著聲音問：「爲什麼？」

難怪去墓園那天楊娟娟跟她挨那麼近，原本還以爲是習慣，原來是別有居心。

「背景調查。我得確定妳不是跟……我懷疑的人一夥。」楊娟娟答得很快，神情也頗冷靜。

她瞄了站在原地猶豫不決的如初一眼，端起茶杯喝了一口，又說：「我不會爲我的行爲辯護，但妳要不要考慮留下來聽個故事，也許，我們有機會合作。」

如初實在想不出來她跟楊娟娟有什麼好合作的，然而她還是坐了下來，雙手抱緊背包，用充滿戒備的眼神看著對方。

楊娟娟態若自然地看著如初，感嘆地說：「我像妳這麼大的時候，人比妳機靈得多。」

「喔。」

「手指頭也比妳靈活得多。」

這話沒頭沒腦的，楊娟娟對上如初不解的眼神，輕笑一聲，說：「我是個孤兒，小學沒上完就進了扒手集團。」

這個轉折太過戲劇化，如初不太信，於是保持沉默。楊娟娟取過擺在椅子上的《小王子》，輕柔地撫摩著書封，繼續輕聲訴說：

「我第一次遇見鄒因，也就跟妳差不多年紀，在淺水灣的高檔酒店裡頭。那時候我剛去香港，人生地不熟，在酒店大堂裡晃了兩圈，挑了一個看上去愣頭愣腦的小夥子，心裡想就算失手，給他灌點迷湯也夠脫身了。誰想得到被逮住之後，居然是他給我灌迷湯，灌得我七葷八素，糊裡糊塗就把自己一輩子給賠了進去……」

楊娟娟的故事，是屬於上個世紀典型好男人遇上壞女孩的故事——奮發向上的理工男，愛上除了美貌一無所有的扒手女。

唯一不典型的部分在於男主角除了會念書，腦筋還一點都不死板，他說服扒手集團的老大放人，又幫女主角洗白了身分，最終結局稱得上皆大歡喜，有情人終成眷屬。

唯一的遺憾是沒有小孩，不過醫學檢驗報告指出，問題出在男方，因此婆婆雖然對出身低的媳婦頗有微詞，卻也並未鬧出什麼家庭風波。至於這份醫學報告是否又是由聰明癡情的男主角一手策畫，就連女主角也沒弄明白過……

「他會念書，可是一點都不書呆子，古靈精怪的。這本《小王子》就是他送我的。結婚那晚，他摟著我說，要把我寵成一朵玫瑰花，傻氣天真又潑辣，一樣不落。」

說到這裡，楊娟娟嘴角噙著笑，頭半偏，整個人像陷在甜蜜的往事之中，無法自拔。

如初聽得非常感慨，卻並未將情緒流露於外。過了好一會兒，楊娟娟都不出聲，如初於是直了直腰，問：「妳想找我合作什麼？」

「有沒有人說過妳像烏龜，瞄準目標咬住了就再也不鬆口？」楊娟娟說完，瞄到如初沉下臉，不慌不忙地飛了一個媚眼，又說：「開玩笑的，別介意。」

她這是把對付男人的手段拿來用在自己身上嗎？如初頓感無力，然而也只能硬邦邦地回答：「不好笑。」

「死心眼有時候不是壞事。」楊娟娟注視著她：「我說那麼多，只爲告訴妳，我跟鄒因，你情我願地一起過了二十多年。我不會事事都告訴他，他也不可能對我毫無祕密，但，我們算得上相知相契的夫妻。」

說到這裡，楊娟娟眼神忽地鋒利起來，她又開口，說：「當年鄒因買妳手上這些古書的時候，事業也才剛起步，手頭並不寬裕。我不知道他哪來的錢，但他買回來之後連翻都沒翻，連夜就送了出去，直到幾年前，一部分的書才陸續又回到我先生手上。」

「妳認爲妳先生只是中間人，有人託他買的？」如初問。

「除此之外，我想不出其它解釋。」楊娟娟態度篤定。

如初找不到懷疑的理由，卻也不打算輕信。她斟酌地說：「可是我聽說，妳先生在世的時候，很寶貝這批古書。」

楊娟娟眼神暗了暗，答：「這批書古怪得很，我看上去就一團墨，一個字都看不懂，我先生不肯講，我猜他也跟我一樣，看不懂。偏偏他守著這些書，就好像銀行幫客戶守著他們的保險箱一樣，至於保險箱裡頭到底藏了些什麼……應小姐，妳是知道的吧？」

如初愣了愣，才張嘴欲否認，就發現自己的表情已經出賣了自己。但傳承這件事無論如何不可能對外張揚，然而隨便扯謊也很難瞞得了楊娟娟。

如初想了想，答：「如果妳是想知道書的內容，我可以跟妳保證，完全只跟古物修復有關——」

「我不想知道。」楊娟娟打斷她的話，說：「我只要妳給我一個保證——無論任何人，要妳做任何事，會需要動用到書中內容的時候，知會我一聲。妳甚至於不需要說出完整情況，只要透露一個地點，一個人名，或者任何一點線索都好。」

這個要求完全出乎如初意料之外，她還正猶豫要不要答應，便又聽楊娟娟說：「鄒因的遺囑指定我做代理人，幫他捐出古書，卻沒指定要花多久時間捐完。妳若答應我的要求，不但那本書讓妳愛怎麼修就怎麼修，而且只要我活多久，妳就可以借多久，怎麼樣？」

這種討價還價的場面如初毫無經驗，她遲疑半晌，問：「爲什麼妳要調查這些？」

「妳知道我先生怎麼過世的嗎？」楊娟娟反問。

「被小偷失手打死的？」如初不確定地回答。

「被小偷打了一下，導致心臟病突發，猝死。」

「猝死」兩字勾起如初的一些模糊記憶，她皺起眉，還在思索，楊娟娟又說：「他在死前一個月，像變了個人似的，從早工作到晚，不要說休息，連飯也不太吃。最後的告別式，我看著他的臉，發現都不認識了……」

楊娟娟說到這裡眼眶泛紅，胸口不住起伏，如初心裡「戈登」一聲，忙問：「鄒先生過世的時候，是不是瘦到皮包骨，整個人像具骷髏？」

楊娟娟的臉變得慘白一片，眼中卻射出狂熱的光，直勾勾地看著她說：「妳怎麼曉得？」

暗巷遇襲雖然是半年前的事，但如初記憶猶新。她省略蕭練用飛劍制服搶匪那段，源源本本從背包被搶講到警察來，最後解釋：「我不確定這是不是巧合，或者是一種新型疾病？不過鄒先生過世的時候我還沒來四方市，所以——」

「我懂。跟妳無關，妳只是正好撞上。」楊娟娟淡淡打斷如初的話，思索片刻，又說：「我跟鄒因都沒去過青龍縣城，不過謝謝妳，總算有點線索，我會去查一下。」

「不客氣。」如初頓了頓，回想了楊娟娟方才的說詞，字斟句酌地問：「妳剛剛的提議，我同意。無論任何『人』，要求我做會需要動用到古書內容的事時，我一定通知妳。」

「人」字如初刻意加重音。畢竟蕭練他們不算人，而她身在公司，也不會隨便在外面接受古物修復的工作委託。如果居然還有「人」要求她做什麼事，會用上傳承裡才有的技藝，那實在太奇怪了，她絕對會告訴主任，多通知一個楊娟娟也無妨。

楊娟娟聽了她的回答，臉上露出一絲笑意。她給了如初另一支手機號碼，又交代了一些聯絡上的注意事項。此時領班端來甜湯，是軟滑細緻的桂花酒釀圓子，如初嘗了一口很喜歡，楊娟娟卻不太滿意，又點了兩盅蛋白杏仁茶。

等茶的時候如初順口問：「妳剛開始為什麼會提到長生不老呢？」

楊娟娟唔了一聲，反問：「妳聽過『金屬生命』這個名詞嗎？」

「嘉木說過，他之前修的一門課專門講這個。」如初回答時維持住神色不變，呼吸卻不由得變急促。

「莊嘉木？我記得他，很聰明的小男生。」楊娟娟拿小白瓷湯匙攪了攪湯，又說：「鄒因在將近兩年前進口了一批儀器來國內，他告訴我，倘若實驗成功，未來的人類將可以利用金屬生命，徹底改造人體基因，延長人類的壽命。」

「還有這種事？」如初嚇一跳。

「妳的反應跟我當時一樣。」楊娟娟笑出聲，徐徐又說：「我問過也就忘了，反正科學這種東西，對我來說比小說還來得異想天開。」

「可是儀器進口半年多之後，有一晚臨睡前我經過鄒因書房，看他對著筆電裡一張老照片猛抓頭髮，臉色很差，嘴裡唸唸有詞的，一會兒說不可能，一會又說怪物。隔天他出去一趟，回來就成了工作狂。」

「他死之後，筆電也不見了。我在字紙簍裡翻出一張廢紙，上面畫了一堆亂七八糟的圖，還有一個不斷重復的英文字，Immortality。後來有人告訴我，那些圖大致是基因的螺旋圖，至於

Immortality，還有一個含意，就是不老不死。」

杏仁茶送進來了，楊娟娟輕啜一口，抬頭問如初：「應小姐，妳說，人爲了不老不死，可以完全泯滅人性嗎？」

如初不知道，也不在乎，她問：「這跟古書有什麼關係嗎？」

「我不知道。但這一切都跟鄒因的死有關，所以我都得知道。」

楊娟娟最後這句話，伴隨著她冷靜中隱含狂熱的口吻，在那個夜晚，給如初留下深刻到無法抹滅的印象。

她是如此清醒，卻又如此瘋狂。

是不是愛得太深，最後都會變成這樣？

結束晚餐回到住處的時候，雨已經小到只剩下細細的雨絲，打在身上不會痛，反而有種異樣的溫柔。

如初懶得撐傘，一路從車站淋雨走回來，進房間的時候頭髮已經濕透，一縷一縷貼在臉上。貓食盆裡的乾糧還有不少，但喬巴卻從沙發底下鑽了出來，衝著她喵喵大叫。如初這才發現有扇窗開了一條小縫，好在風向不對，雨水並未飄進來。她關好窗，隨手拿了條乾毛巾正胡亂擦頭髮時，手機鈴聲響起。

她接起電話，聽姜尋說：「借到車了，明天去買衣服？」

然後，再一次進入青龍古鎮。

如初閉上眼睛，輕聲答：「明天見。」

14. 決絕

週末晚間七點半，逛完街買好衣服吃完飯，如初再度爬上小貨車的駕駛副座，望向還站在地面上的姜尋，眼神透露出緊張。

「準備好了？」他如此詢問。

如初一僵，緩緩搖頭。姜尋微笑，又問：「但還是決定去這一趟？」

「對。」

這斬釘截鐵的回答引發姜尋一陣大笑，如初等他笑夠了，才無可奈何地說：「你就不能給點鼓勵嗎？」

「放輕鬆，打不過就跑，我在外面會留意，情況不對隨時叫醒妳。」姜尋抓抓頭又問：「對了，要怎麼叫醒妳？把鄉村搖滾樂放到最大聲，等警察來取締噪音？」

她只有一次經驗，而且並不適用於其他人。如初摸摸嘴唇，說：「把我搖醒應該就夠了。」

姜尋收斂笑容，伸手拍拍她說：「不怕，但千萬別逞強。善用我本體刀的異能，虎翼刀雖然不能載人飛，但能瞬間變大百倍，等於立刻帶妳去到百倍距離之外，逃起來很好用的。」

這個她之前練習過，受限於地形，只能放大三五倍，效果很普通。如初猛點頭，忍不住問：「虎翼刀眞能變那麼大？你以前有試過嗎？」

「試過，一刀斬下，血流成河，之後立誓不用。」

姜尋語氣平平，但如初可以聽出來他的懊悔，她拉拉他的衣袖，故意帶點撒嬌地問：「那你還教我。」

「這不篤定妳發揮不出來才教的嘛。」姜尋快口答完，見如初臉黑了一半，忙說：「搞不好妳是臨場發揮型的，那更好，傳承之地沒有殺生的顧忌。」

「我從小考試只要臨場發揮分數都很慘。」

「那就繼續執行A計畫，全力奔逃。」

「……」

拜這段亂七八糟的對談之賜，車子發動的時候，如初已經不太緊張了。同樣是坐在國野驛運菜的小貨車上，開同樣一段公路，身邊坐著的姜尋居然還一路哼著同一首歌，讓如初起了錯覺——這只是一趟公事公辦的行程，拜訪難纏客戶而已，沒什麼。

雖然心底一直這麼告訴自己，等開到青龍古鎮遺址附近時，她還是在不知不覺中握緊拳頭，手心開始出汗。

姜尋關了車燈，讓車子在黑暗中緩緩滑行了一陣子，最後停在一塊空地上。如初跳下車，打開小手電筒四下查看一圈，這才發現他們就站在鎮北寺遺址的後方。

姜尋也下了車，四下打量後朝她問：「就這裡？」

如初點頭，忍不住往姜尋靠近一步。前陣子考古隊已經撤離了，據說之後要開發成博物館，但規畫還需要時間，目前此地暫時不對外開放，用鐵絲網粗略圍了一圈，裡頭在中央位置搭了一個小型的塑膠遮雨棚，其他地方七零八落散布著一些還沒拆除的棚架，連個看守的人都沒有。

高高的佛塔隔著一條河堤，聳立在身後，離他們最近有點燈的民宅還在百多公尺外，燈光遠遠照過來，並無法給人任何溫暖的感受。舉目所見，盡是一片荒涼，除了方位勉強相仿之外，跟如初在傳承裡所看到的雄偉佛寺，再無半分相似之處，周圍芒草叢生，風一吹，更顯陰氣森森。

姜尋顯然對這付破敗的景象毫無感觸，他指著鎮北寺的遺址，用無所謂的語氣問如初：「現在怎麼樣，直接進去？」

如初拉開含光送她的古畫，比對半天，遲疑地指著圖說：「我在傳承裡是從前面的山門進去，現在太黑了，我什麼都認不出來。」

其實就算天不黑，地也變平了。遺址上不要說門，連塊地基都沒有，放眼望去只能看到考古隊在挖掘時所規畫的一塊又一塊的探方。千年過去了，海岸線與河流都已移位，她要如何才能分辨出山門位於哪裡，正殿又在何方？

姜尋瞥了古畫一眼，忽地伸手摟住她的腰際。如初還來不及問出聲，便感覺腰間一緊，雙腳頓時離開地面。姜尋先足尖一點，輕輕鬆鬆跳過了比人還高的鐵絲網，他接著助跑、再跳，不時用腳側踢棚架做輔助，行動猶如電影中俠客施展輕功般俐落，幾下子兔起鶻落，便來到入口處。

姜尋放下如初，衝著她露齒一笑，問：「厲害不？」

「好厲害。」如初雙眼都發直了，她問：「這個，是傳說中的輕功嗎？」

「呼吸吐納結合跳躍動作，再加上平衡能力跟抓取借力，沒那麼傳說，體能好一點的普通人也行，我練得久而已。」姜尋再笑，看看如初又加一句：「妳的話我不建議。」

「謝謝……」如初嚥下「我也沒興趣」這幾個字，轉向遺跡，又說：「我還是想找山門。」

姜尋指指遠方的佛塔，說：「滄海能變桑田，但塔可不會移動，妳試著用這座塔來當方位指標，判斷該怎麼走。」

這倒是，虧他想得到。如初對姜尋點點頭，跨前一大步，對著眼前荒蕪的田野，在心中默默描繪千年前的此地。

今晚的月半圓，時而被雲朵遮掩，時而露出半邊照向地面。靠著這份時隱時現的月光，遠處尖頂的佛塔雖然不似傳承中發出璀璨的光華，卻也清晰可見。

她觀察好一會兒後告訴姜尋：「我想閉上眼睛走一會兒，看能不能找到更多線索。」

「放心，我會守著。記住了，對上宵練劍，求穩不求快。」

「好的，那、我開始了。」她闔上雙眼，瞎子般伸出手摸索著前進。

越是努力想要進入狀況，狀況反而越多。如初一開始便絆了兩跤，摸到好幾塊上頭印有文字的磚瓦，卻並未出現任何新線索。她跌跌撞撞，照著印象一路往前走。走到靠近遮雨棚時，姜尋出聲提醒，如初趕緊睜開眼睛，這才看到棚子底下並不似遺址其他地方都是規畫好的探方，卻有一座長寬各約一公尺左右、四方形古井般的建築物，往地底延伸。

她在傳承中並沒有看到任何地面下的建築，難道她已經通過正殿，來到寺廟的更深處？

如初謹慎靠近之後，探頭往下望，只見兩根釘成十字狀的粗大木頭梁柱，橫亙在地面下方約一人高處。梁柱下方還有空間往兩側延伸展開，顯然這古井般的建築只是入口，底下的空間更寬闊。十字木梁的正下方還殘留有數塊漢玉石版，應該便是當年用以封住入口的覆石。

這會是一座古墓嗎？誰的墓蓋在佛寺裡頭？

如初還在猜測，腦子忽地響起一道久違的聲音：「鎮北寺地宮，啓。」

隨著這道聲音，周圍物換星移，時空再次轉變，將她帶到了上一次進入傳承時的落腳處：楊柳河畔，石橋橋墩旁。

如初三步併作兩步走上地平面，小跑步來到路口，果然，她很快便見到牛車再次答答地自身前走過，而崔氏依舊濃妝豔抹，坐在牛車上凝視昏迷不醒的蕭練。但如初這次學乖了，她隔著遠遠一段距離跟在車馬後方，一路暢行無阻過了山門，來到佛像一字排開的前殿。

崔氏走在最前方，士兵扛著蕭練，從前殿的側門繞進中庭。如初偷偷摸摸地也跟著走了進去，縮在門後，探出半個頭探查。

只見眼前燈火通明，原本應該是平地的中庭處挖了一個長方形的大坑，她看不到坑有多深，只能看到衣衫襤褸的工人挑著扁擔，籮筐裡裝了嶄新的石磚，顫巍巍地踩著竹梯走下去，地底下咚咚聲響不斷，顯然正在連夜趕工。

不時有工人從她身旁匆匆走過，卻一副看不到她的模樣，如初於是壯起膽子自門後走出，走向庭園角落的大樹。士兵將蕭練綑了幾道鐵鏈，扔在樹底下。如初雖然不知道該怎麼做才能獲得更多關於禁制的線索，但跟著蕭練總沒錯，她小心翼翼地走著，一路盡量不發出聲音，也不斷告訴自己這只是過去的歷史重演，不要看他，更別心疼他。

就在如初即將走到蕭練身邊的時候，走廊的轉角處忽地開啓一道暗門，崔氏擺動著腰肢走了出來，停在如初前方。

她半偏頭，端著一張被古代化妝用鉛粉摧殘過度的臉蛋，用一種如同少女般嬌俏的姿態，盯著如初說：「瞧瞧，一不留神，就放進來一隻小老鼠。」

還是被發現了。

這也在意料之中，如初直起腰，在腦海中一遍又一遍繪出虎翼刀的模樣。隨著思緒牽引，一柄刀在她手裡悄然成形……

傳承與現實世界的時間流速並不對等，當如初在傳承裡正面對上崔氏時，現實世界中，她不過站在殘破的地宮遺址旁，緩緩閉上雙眼，呆立了不到十分鐘。

就在她身形定住不動的一剎那，長劍破空聲響起。姜尋發出一聲不屑的冷笑，緊接著，蕭練腳踩黑色長劍，自遠方的佛塔低飛越過鐵絲網，在如初後方降落至地面。

他慢慢地走向她，眼神複雜而掙扎，像是沙漠中快要渴死的旅人面對自天而降的清泉一般，既渴望又擔憂，深怕眼前的美景只是海市蜃樓，碰觸的當下便化做輕煙消散。

就在蕭練即將走到如初身旁時，原本斜靠在棚柱上的姜尋猛地睜開眼，手中刀光乍現，虎翼刀憑空現形，刀尖對準蕭練。

「安全距離一公尺，請勿越界。」

姜尋還是歪著身子站，人沒個正形，說起話來聲音也懶懶的，但月光映在刀上，刀鋒吞吐寒芒，竟硬生生將周遭溫度拉低許多，一縷縷冰霧頓時纏繞在刀身之上。

蕭練停下腳步，看向姜尋，問：「你爲什麼留在四方市？」

「打工，賺錢。」姜尋蠻不在乎地回答。

見姜尋不肯說實話，蕭練的怒氣也起來了。他用冰冷的語氣說：「離她遠點。沒有我們，她可以過上正常的生活。」

「如果『正常』代表一般人，那麼開啓了傳承的修復師，怎麼樣都不可能『正常』。」姜尋聳聳肩說：「她的生活早就被你打亂了，你不想負責任可以直說，不必找藉口。」

「你懂什麼！」蕭練把這幾個字的聲音壓得極低，胸膛卻不斷起伏，瞳孔中也跳躍出淡青色火燄。

他手一伸，握住突然出現的黑色長劍，腳下劍影翩然，驟然間騰空半尺，由上而下毫不客氣地一劍撥開大刀。

姜尋挑起眉，舉刀相迎，兩人無聲無息纏鬥了幾招，還沒分出高下，如初卻猛地抽了口氣，額間密密痲痲滲出一排汗珠。蕭練立即轉回頭，就要衝到她身旁，姜尋卻一刀斬來，擋在兩人之間，低聲問：「你要幹嘛？」

「叫醒她。」蕭練也壓低了聲音回答。

他的眼睛回到墨黑色，顯然情緒已得到控制，但同一時間空中卻多了數柄飛劍，每一柄的劍尖都對準姜尋，雖然尚未採取行動，卻發出陣陣輕吟，像是在威脅對方。

姜尋手中的虎翼刀頓時寒芒暴漲，但他人卻不理會劍陣威壓，轉過身，大方將後背暴露在蕭練面前，向如初靠近一步，仔細瞧了她一眼說：「還不到時候，她還扛得住。」

蕭練勃然大怒，跨前一大步，推開姜尋說：「她只需要安安穩穩過日子，有什麼好扛的——」

話還沒講完，如初忽地發出一聲驚呼，身體往後仰，雙手往空中亂抓。而幾乎在同一時間，所有長劍瞬間消失，蕭練衝上前，伸手抱住如初，正好迎上她驟然睜開的雙眼。

「蕭練？」她的眼神直愣愣的，語氣則充滿驚惶。

「是我。」他沉聲回答，同時溫柔地拭去她額上的汗珠。

「地宮，他們把你丟進地宮。」如初慌亂地抓住蕭練，喃喃說：「你再也沒出來過，她到底把你變成什麼……我出來了？」

如初站穩腳，左看右看之後再抬頭望向蕭練，以不敢置信的語氣問：「你回來救我？」

她眼神裡的欣喜太過鮮明，蕭練掉開眼，平靜地答：「我沒離開過。」

「可是杜主任說……」

如初猛地打住，許多之前注意到了卻沒追下去的細節倏地浮上心頭——那個將她從傳承拉回現實的粗暴又冰涼的吻、不時會打開一條縫隙的窗戶，以及喬巴老愛躲在沙發底下的怪異舉動……

她抓住蕭練的手，不可思議地問：「你一直在跟蹤我？」

他點頭，把手抽了回來，如初沒管那麼多，她緊緊看著蕭練，再問：「為什麼？」

「鼎姐最後的預見，顯示我捨棄人形，直接回到本體衝向妳。」

蕭練舉起手，彷彿要摸她的臉，然而那隻手停在半空中便縮了回去。他不著痕跡地將身體與她拉開一段距離，又說：「那是讓宵練劍行動最快的刺殺方式，速度接近封狼的瞬移，沒人能躲得——」

「哈，你要不要來刺我一劍試試？」

這聲忽如其來的插嘴，提醒了如初姜尋還在一旁。她喘著氣轉過頭，告訴姜尋：「我剛才用虎翼刀的異能脫離傳承。」

「哦，怎麼弄的？」姜尋問。

「崔氏放出劍陣，我擋不住——」

「崔氏在傳承中放出劍陣？」蕭練沙啞的聲音響起，打斷了如初。

他的眼底又冒出淡青色火光，冷下一張臉問她：「妳知不知道鼎姐失去意識之後，我們再也沒有預見之畫可供指引？」

「你他媽的開什麼玩笑？夏鼎鼎的預見不是早一秒就是晚半分鐘，從來沒有哪次能看到關鍵時刻，這種半瓶子醋的異能，生死關頭根本靠不仕好不好？」姜尋插嘴，語氣涼涼。

如初望望姜尋又看看蕭練鬆開的手，不太確定地問蕭練：「你是因爲鼎姐的預見，所以才不告而別？」

「那讓我下定決心。」

蕭練的神色嚴峻，如初注意到了，但選擇忽視。她伸出手想拉住他，同時喃喃說：「但是，預見已經實現，你可以回來了。」

「妳始終沒弄懂。」蕭練退後一步，皺起眉頭說：「鼎姐的預見只說明一件事——我又多出一個傷害妳的途徑，透過傳承。」

「那根本不是你，只是一個死人幻化出來的執念而已！」如初心慌得不得了，不假思索大聲抗議。

「我給了她機會利用我！」蕭練提高聲音：「我以爲我成功掙脫了，但其實不然，更糟的是，鼎姐的傷勢過重，將有很長的一段時間無法使用異能，妳明白這代表了什麼？」

「你又要……離開一段時間？」如初小小聲地問，心中拚命祈禱他會否認，或者最起碼，說他也會思念她。

然而蕭練卻說：「不是一段時間，是一輩子，『妳的』一輩子。」

在說到「妳的」兩字時，他的語氣不經意帶出一絲憤怒，如初只覺得耳朵旁有聲音轟隆作響，炸得她幾乎聽不到他的話。

她看著他，抖著嘴唇問：「爲什麼？」

「太累了。」

他說這話時給人一種打從心底透出來的疲憊，如初渾身都抖了起來，說：「我、我從來不想成爲你的負擔。」

「但事實上妳就是。比這更糟的是，妳沒有自覺，還希冀跟我在一起一生一世。」蕭練說到這裡，將手背在後頭，又問：「妳有沒有想過，妳的一生不過幾十年，如果我眞的愛上了妳，等妳離開這個世界，我該怎麼活下去？帶著跟妳相處的記憶，永生永世孤獨？」

如初從來沒往這方向想過，她慌亂地說：「你可以去找其他人，我沒有那麼自私，死了之後還要你惦記著我……」

「愛情的本質就是自私。」說出這句話時，蕭練背在身後的雙手劇烈顫抖，但神色一點也不改變，直視著她的雙眼，冷冷又說：「妳也夠自私的了。」

世界安靜了。

「我自私？」如初輕聲問。

沉默在兩人之間蔓延，蕭練偏過頭，避開她的視線，如初恍然大悟地啊了一聲，輕輕說：「我懂了。」

她其實只領悟了一件事。那就是挽回絕無可能，但她起碼能做到有尊嚴地離開，一個正式、決絕的分手。

蕭練動了動嘴唇，最後只吐出三個字：「那很好。」

他盯著她的臉，又說：「我只求妳遵守一個承諾。」

這是如初第一次聽見蕭練用上「求」這個字，她毫不猶豫地回：「我答應，不管你要什麼。」

蕭練顯然鬆了一口氣，他慢慢地說：「不要去接觸任何跟禁制有關的事物，不要再來這裡。」

「那是兩個要求。」沉默已久的姜尋忽然出聲，語氣飽含譏諷。

蕭練根本沒理他，只盯著如初看，她木然點頭，答：「我答應。」

「很好。」蕭練頓了頓，斟酌著又開口：「如果妳需要我為妳做任何事，我的意思是，任何跟禁制無關的事，我都樂意效勞。也許妳不知道，但我的財力跟能力都並不僅只於表面看上去的那麼簡單，所以妳盡可以提出任何要求，無論多難，我都會、設法……」

他住了口，神色莫名流露出一抹茫然，好像他其實也並不知道自己能做到什麼一樣。

這樣的蕭練非常陌生，事實上，今夜，整個世界都在她的眼前扭曲、變形，陌生異常。如初雖然努力張大雙眼，卻怎麼樣也無法將近在咫尺間的蕭練看清晰……

她沒有哭，只不過視線模糊，可能是因為太累太累。

對，累的不只是他而已。

這樣也好。

在心底慢慢從一數到十之後，如初開口說：「我的確有件事想請你幫忙。」

「請說。」蕭練提起精神看著她，眼底閃過一絲期盼。

如初忽然覺得這一切都很荒謬，什麼樣的要求，能幫她保住最後一絲自尊？

她望向蕭練，一字一句鄭重地說：「請你，不要再來找我，不要再跟蹤我，不要再照顧我……等一下，這樣太複雜了，就請你，當做從來沒有認識過我。」

她喘了口氣，加上兩個字：「拜託。」

蕭練的神色沒有變化，但雙眼卻彷彿在瞬間失去焦點，他不確定地看著她，問：「就這樣？」

他是眞心希望能爲我做些什麼。

如初這麼想著，然後就發現，這個想法並不能帶來任何安慰——她果然是個很自私的人，現在的她只能顧到自己，太痛了，她顧不了他的感受。

她直視蕭練，語氣疲憊但堅決：「既然要離開，就離開得徹底些，完完整整消失在我生命之中，這是我唯一的請求。」

「我會開車載她回去。」姜尋又插嘴。

「謝謝。」如初感激地朝他點了點頭。

虎翼刀不知道什麼時候變得跟人一樣高大，像根柱子般直立在地上，姜尋雙手抱胸，斜靠在刀上，對如初抬了抬下巴，問：「等會兒宵夜吃燒烤？」

「好。」如初努力對姜尋擠出一個微笑。

她一定什麼都吃不下，但需要有點事情分散注意力，撐過現在。

蕭練的視線在她與姜尋之間來回數遍，最後他看向如初，面無表情地說：「保重。」

「你也是。」如初用盡全身力氣控制臉部肌肉，對他展現了一個極其有禮貌而清淺的笑容，同時假裝沒感覺到自己的雙腿在發抖。

撐不下去了，她想。

姜尋忽地舉起手，用趕蒼蠅的手勢朝蕭練揮了揮，以嫌惡的語氣說：「要滾快滾，歹戲拖棚。」

這句話產生了效果。宵練劍倏地浮現在蕭練腳旁，他一言不發地跳上劍，扭頭便往佛塔的方向貼地直飛而去。

劍的去勢太猛，在經過圍著遺址的鐵絲網時沒能來得及拔高，連人帶劍都被絆倒摔落在地。如初即時摀住嘴，吞下幾乎衝口而出的驚叫，目送蕭練迅速跳回劍上，飛得離她越來越遠，在視野之中變成一個小黑點，與黑夜融成一片，無法辨識。

結束了。

再也見不到他了。

心已經痛到麻木，但身體卻很奇異地又湧出一股力量，支持著如初站在原地不倒下，目送蕭練消失在遠方。

不知道站了多久，眼前倏地變暗，在失去意識之前，一雙強而有力的臂膀及時扶住了她。

15. 婚禮

週日中午，有隻橘色斑紋的胖貓，「喵」了一聲跳上床，趾高氣揚地走在隆起的棉被堆上。牠昂首闊步，一路踩踩踏踏，從床尾走到床頭，最後停在枕頭旁，舉起貓掌，毫不客氣地拍了下去。

如初從棉被裡探出頭，跟金黃色的貓眼對看幾秒，又縮了回去，喃喃說：「沒有罐頭。」

喬巴歪歪頭，又拍了如初一掌，這次用力稍大，扯動頭髮，如初索性拉起棉被完全蒙住頭，在人爲製造的黑暗中閉上眼睛，聽自己的心臟一下又一下跳動。

她可以這樣窩一整天，麻木是一種享受。

手機鈴聲響起，如初從被窩裡伸出一隻手，往床頭櫃上摸了半天才摸到手機，關了繼續睡。

又過幾分鐘，對講機鈴聲響起，這次她連動都沒動，然而再過一陣子，居然有人敲門，高聲喊：「應如初，炸雞外送。」

她沒有訂炸雞吧？

如初渾渾噩噩地坐起身，穿著睡衣走下樓，默默打開門，只見姜尋捧著一個大大的炸雞桶站在外頭，問：「妳對酒精過敏是不是？」

如初茫然地點點頭，姜尋用鄭重其事的語氣又說：「不能一醉解千愁，只好擁抱垃圾食物。」

「我聽不懂你的邏輯。」

「我可以慢慢解釋。」他指指室內，問：「不請我進去坐？」

如初退後一步，比了個請的手勢，喃喃說：「我還需要洗臉、刷牙、餵貓……慘了，昨天沒清貓砂！」

她掉過頭就往陽臺跑，好在喬巴雖然不太高興，把貓砂踢得滿地都是，卻也沒亂尿。二十分鐘後，如初換了一套很舊但洗乾淨了的運動衣，紮起頭髮，捧著一杯冰牛奶坐在姜尋身邊，看他開始啃第二隻炸雞翅。

喬巴似乎對姜尋一見鍾情，如初清貓砂時牠還顧著監視她工作，等如初回到客廳，牠便也走出來，坐在地板上與姜尋隔了一張茶几對望。姜尋空出一隻手對喬巴招了招，說聲「過來，小貓」，喬巴竟然擺著尾巴靠近他，橘色小貓頭在姜尋的靴子上蹭了又蹭，十足諂媚模樣。

「牠在討吃，不可以餵。」如初交代完，想起初次見到姜尋時的情景，又問：「控制氣息，讓動物親近，也是一種異能嗎？」

姜尋搖頭，微笑：「跟輕功一樣，都是千年來練習呼吸吐納的成果，妳不吃一塊？」

「我不餓，真的。」如初啜一口牛奶，又自言自語似地說：「我很好。」

說完之後她打起精神，再度望向姜尋，猶豫片刻後說：「這種控制氣息的本領，很像小說裡的武功，我的意思是——」

「懂，我看金庸古龍梁羽生。」姜尋保持微笑打斷她：「還有，蕭練就算不用劍陣，在劍術上的造詣也屬於武俠高手的程度；還有，我一直知道他過去幾個月都在跟蹤妳；還有，他現在不在附近。」

姜尋打住，看著她再開口：「還有什麼問題，是妳想問卻不好意思說出口的？」

「沒有了。」

她避開他的目光，傾身想把杯子放在茶几上，卻灑出了幾滴牛奶。如初搖搖晃晃地走到流理臺旁，拿了一卷紙巾又走回來，跪在地上邊擦邊喃喃說：「對不起，我不是一定要知道答案，就是，控制不了……」

「可以想像，這也是我今天來看妳的理由。」

他接過紙巾，將如初按回沙發上，蹲在她身前說：「讓我告訴妳一件事，如果我是蕭練，就算沒有傳承裡的崔氏攪局，只要劍魂認定了妳是威脅，我一開始就不會敢對妳投注任何感情。當然，換成是我，那份攻擊本能叫刀魄。」

「你遇過同樣的情況？」她輕聲問。

「程度輕微得多。」姜尋揉了揉眉心，又說：「細節我記不清楚，大致就是有人在一次修復過程中弄出了點意外，雖然最後並未對我造成禁制的效果，刀魄還是起了防備之心，只能老死不相往來。」

他的口吻平和，但眼神卻驟然變得十分遙遠，在恍惚中透露出一抹悲涼，彷彿一顆心已然遺落在遠方，坐在這裡的只是一具軀殼罷了。

如初從來沒見過這樣的姜尋，她愣了愣，問：「再也……不見彼此嗎？」

「也許遠遠看幾眼，也許不。」姜尋將眼神拉回來，無奈地對她笑笑：「我說過我記不清楚細節。」

「可是你們是兵器，你們不在乎殺人的，不是嗎？」如初執拗地問。

她的聲音裡蘊藏了一股絕望，姜尋看著她，慢慢搖頭說：「妳知道我們在乎，遇上在乎的人，只會更在乎。」

「那爲什麼遇上在乎的人，卻選擇永遠分開？」

「因爲害怕。」姜尋看進她的眼底，又說：「不只是害怕一時失控殺錯人，更害怕意識清醒過來，將永生永世活在後悔當中——蕭練沒告訴過妳？我們連想自殺都不容易。」

如初猛搖頭，姜尋聳聳肩，說：「跳樓、上吊、服毒……人類找死的法子對我們沒半點作用。以我爲例，唯一有效的法子是超高溫，我打聽過，好幾座核子反應爐的溫度都夠，哪天活得不耐煩了就找一座往裡頭跳——」

「拜託，不要再說了。」如初慘白著一張臉開口打斷他：「我不要聽，你連想都不應該想。」

她頓了頓，低聲問：「你覺得，蕭練跟我在一起的時候，也會想到這些嗎？」

姜尋臉上露出一抹既似諷刺又像自嘲的笑意，答：「我只能說，從這個角度來看，他挺有種的，不過也可能只是沖昏頭，沒帶腦子就行動。」

在第一時間，如初衝動地想問：「那樣，會不會反而比較好？」

但她隨即發現，她雖然恨透了蕭練用這種方式離開，卻又無法忍受他從一開始就不接近她。不是只有她而已，他也衝動過。只要想到這一點，莫名地心裡會好過許多。

也許，現在的結局，對他、跟她，都是最好的結果。

她迎上姜尋的視線，努力擠出一個微笑，說：「謝謝。」

「不客氣。」姜尋坐回沙發，蹺起二郎腿，問：「妳昨晚沒說完，怎麼用上我本體刀脫險的？」

「噢，那個。」如初打起精神解釋：「我抱住刀柄，把刀放大到三層樓高，然後從上面跳下來，製造墜落感，就脫離傳承了。」

「這不是刀法，只能算借用了撐竿跳的概念，我可沒教過妳這個。」姜尋斷然說。

的確沒有。如初回想了一下昨晚與劍陣對打的經驗，忍不住說：「打不過啊，我從頭到尾都被劍陣追著跑，不過你的刀眞的很棒，我好幾次都把刀變大了當擋箭牌，超好用的。」

「擋劍牌……」姜尋遠目片刻，長嘆一聲說：「我的一世英名，終於毀得乾乾淨淨，連點渣都不剩了。」

「……對不起。」

「不必，認眞說起來還挺有創意的，起碼我自己想不出來這種操作……對了，考慮過我嗎？」

「呃？」

如初一臉錯愕地抬起頭，姜尋對她眨眨眼，又說：「我長得不錯，當然現在窮了點，但錢財身外物，很快就能賺回來。保證忠誠，起碼在妳有生之年，看都不看別的女人一眼。最重要的一點，我們的性格相當合——找個志同道合的，有商有量過一輩子，不是挺好？」

如初愣了一下，忽地問：「你的刀魄不討厭我？」

姜尋微笑：「我們的魂魄沒有情緒，但我知道妳想問什麼——說也奇怪，打從第一眼起，刀魄就把妳放進友善係數最高的層級，比對小白還親熱，簡直可以跟我老哥並肩。」

如初輕輕地「噢」了一聲，又問：「以後會改變嗎？」

「除非妳暗箭傷我，不然幾乎不可能。」姜尋看進她的眼底，用他特有的醇厚低沉嗓音，緩緩說：「我相信妳不是那種人，妳也可以相信，我能照顧妳一輩子。」

這個提議實在太誘人了，然而如初才張開嘴，蕭練的聲音忽地在耳邊響起。

他說：「世間人，情深緣淺，情淺緣深……」

如初頓了頓，面向姜尋認眞地說：「謝謝。」

「完整的句子是：『不用了，謝謝』？」姜尋挑眉，語氣有點驚訝，倒沒多少失望。

如初點頭，苦笑了一下，說：「你講的我都懂，但如果沒有愛上，我寧可一輩子一個人過。」

姜尋摸摸鼻子，放下腿，身體前傾，一正經地問：「拒絕得這麼快，妳不擔心我難過？」

他的表情還眞展現了一點小委屈，如初剛想搖頭，他又在她面前豎起一根食指，說：「先別急著否認，我會哭的。」

這根食指像陽光，穿透重重陰霾帶進來一線明亮。如初學著姜尋聳聳肩，拿起茶几上的面紙盒遞上去，說：「擦眼淚，順便擦手。」

她看不出來他會哭，但吃完炸雞的手眞是夠油的了。

姜尋嘖了一聲，抽起一張面紙，邊擦邊問：「妳今天想不想看電影？」

來到四方市之後如初還沒踏進過電影院，這一問還眞勾起一些大學時代的回憶，她正猶豫著，姜尋又從口袋裡抽出兩張電影票，說：「邊鐘送的，他跟朋友一起投資了這片，拿到一堆免費票。怎麼樣？沒心情也出去走走，強過窩在家裡發霉。」

最後這一句，讓如初下定決心換了衣服進戲院。

電影拍得很混亂，許多地方都是硬將老哏湊在一起，看得讓人眼睛都產生了不適感。開場十分鐘劇情進行到尷尬處，如初不忍卒睹，調開了視線，居然正好跟旁邊的年輕女生撞對眼。這種情況再發生了幾次，兩人在無言中竟生出一股惺惺相惜之感，看彼此的目光裡都透著同情。

燈亮起時女生主動跟如初揮了揮手，用口型無聲說：「好慘。」

走出戲院時姜尋問如初：「怎麼樣？」

「好慘。」她據實以答。

「喜劇片能得到這種評語，邊鐘這回八成要賠錢了。」姜尋拉了如初一把，免得她沒留神走偏路撞上行道樹，又說：「不過，我是問妳。」

問她？

悲傷並未加劇，但也沒有減輕。心底空落落的，如初望著對街酒店豎著的喜宴告示，重複說：「我很好。」

她頓了頓，加一句：「要去吃喜酒了。」

「別給自己壓力。」姜尋一隻手環住她的肩膀。

「我沒有，我只是在想紅包應該送多少。」

「我指的就是這個。」

「……」

十月的最後一個禮拜天，隔了將近半年，如初再次來到蕭練老家所在的森林公園。

上一次來，還是在今年春天。彼時有整整將近一個月左右，她跟蕭練幾乎每個禮拜都跑來踏青，討論著要往更深處探索。然而還來不及規畫，已然物是人非。車開進公園大門的時候，如初感覺時光不僅僅飛逝了半年，而是有半個世紀般悠遠。

再回首已百年身。

好在莊茗挑的婚禮酒店地點與老家距離很遠，如初一路上都拿著虎翼刀低頭研究，瞄都不瞄窗外一眼——楓紅與銀杏到處都有，觸景傷情只是一種心理作用，不要看，不要想，他已經先行離開，她也不能留在原處，畫地自限。

玩刀最忌諱分心，她這麼一胡思亂想，刀沒握穩，刀尖直直對準腳背砸了下來，如初還來不及驚呼出聲，就見虎翼刀即時停在她腳趾頭上方一公分處，懸空而立，完美避開一場血淋淋的悲劇⋯⋯

如初注視著搖來擺去、貌似頗爲得意的虎翼刀，忽然領悟過來，轉頭瞪向姜尋，問：「上一次在國野驛，你故意不管，放手讓刀砸我？」

姜尋眼神亂瞟，心虛地答：「當然不是故意，只是突然發現好多年都沒人在我面前耍大刀了，覺得挺好玩的。好，別氣別氣，等回去我讓妳砍十刀出氣⋯⋯」

他說到這裡，忽地腳踩煞車，小貨車在山路上猛然停住。如初嚇一跳，抓住座椅上方的把手，探頭往前看，有點緊張地問：「怎麼了？你撞上什麼了嗎？」

「沒事……」姜尋雙眼直勾勾地望向前方半晌，長長呼出一口氣，這才轉向如初說：「剛剛，是我們之間第一次有過這番對話，沒錯吧？」

他的神情顯現出前所未有的正經，如初先答了聲「絕對是」，然後不解地反問：「你覺得你跟我講過類似的話？」

姜尋苦笑：「不只今天，我常常跟妳講話講到一半，都會產生既視感，明明才剛發生，卻總覺得來自久遠的回憶。」

但是她絕無可能在更早之前與姜尋相處過，如初左看看右看看，指著窗外問：「蕭練的老家就在附近，有沒有可能你很久以前來過，也許還發生過一些衝突，然後……」

她也覺得說不通，迷茫地打住，姜尋爽朗一笑，說：「沒可能性，我對這裡的景物毫無感覺，倒是對這輛爛車也莫名其妙感覺熟悉……」

他低頭研究了一下儀表板，噗了一聲，說：「不是既視感，這眞是八七年產的車，居然到現在還能開，厲害。」

如初笑出聲，姜尋深深看了她一眼，腳踩油門，說：「上路。」

車繼續往前開，姜尋的態度也跟剛才停車之前沒兩樣，然而如初笑過了，卻開始感覺心不安。

她看著姜尋，忍不住問：「這件事很重要嗎？」

「真正重要的事，妳會遺忘嗎？」姜尋反問。

他語氣輕鬆，但眉宇之間卻浮現一股蒼茫，混合了無可言喻的悲傷。如初不曉得該說什麼來安慰他，只好笨拙地拍拍姜尋的肩膀。姜尋伸手揉了揉她的頭髮，灑脫地一笑，這一小段意外就好像沒發生過似地，被拋在路上。

他們抵達酒店時婚禮已經快開始了。此地號稱是莊園酒店，實際上更類似民宿的集合體，由一整片舊時留下來的房舍所組成。儀式辦在戶外，婚禮拱門面對整片綠盈盈的湖水，布置清新自然，給賓客坐的椅子每張都不一樣，有些還是手工打造的舊木頭板凳，乍看之下簡直像街坊鄰居每戶拎出一張椅子請佳賓入坐，一支支紅白酒冰凍在小巧的獨木舟裡，甜品桌上裝飾著屬於秋天的松果與楓葉，各種細節別具巧思，美不勝收。

草地上平空豎起一道柴門，嘉木西裝畢挺地站在門邊，一望可知是婚禮招待。他先對如初展開一個拘謹的笑容，然後視線落向站在她旁邊的姜尋身上，微微皺了下眉頭。

姜尋今天穿的還算正式，法蘭絨襯衫搭配駝色西裝外套，但襯衫扣子鬆開了兩顆不說，脖子上還繞了兩圈皮繩當裝飾，搭上平日的馬靴，從頭到腳一派粗獷紳士風，在眾多衣著精緻的賓客當中顯得十分另類。

面對嘉木的目光打量，姜尋面不改色地取下墨鏡，從懷中取出紅包，問：「交給誰？」

嘉木看看他又看看如初，反問：「兩位一起的嗎？」

如初點頭，嘉木狐疑地瞥了姜尋一眼，低聲再問她：「那、蕭練？」

該來的躲不掉，如初迎上他的視線，答：「我們分手了。」

「噢，我不——」

無論嘉木那個「不」字後面接的是什麼，他都沒機會說出口，因為碧心穿著淡綠色小禮服，手腕上戴了一朵白瓣黃蕊的牡丹花，踩著細跟的高跟鞋走過來，對嘉木頷首、微笑，客氣地說：「婚禮策畫人要我過來幫忙。」

「那好，這個就交給妳負責了。」姜尋將紅包袋轉了個方向，對準碧心，露出一排雪白閃亮的牙。

碧心接過紅包，嘉木看著碧心似乎有話要講的樣子。但碧心沒理他，自顧自引領如初與姜尋走到一旁的禮金桌前。

趁姜尋彎腰簽名的時候，碧心對如初低聲說：「莊茗有東西給妳。」

她拉著如初走到另一張桌前，指著桌上奼紫嫣紅的牡丹手腕花說：「選一朵戴，等下排隊搶新娘捧花。」

如初今天穿得單調而正式，長裙立領的咖啡色套裝，跟嬌豔的牡丹花其實很搭。不過她現在看到紅牡丹就想起崔氏，心裡堵得發慌，於是搖搖頭，答：「算了，還是把機會讓給別人吧。」

「好玩而已……真心不想搶捧花？」碧心問。

如初毫不遲疑地再搖一次頭，碧心果斷答：「好，我來處理。」

她瞄一眼姜尋，壓低了聲音又問：「新男朋友？」

「朋友而已。」如初也迅速瞄了一眼嘉木，問：「你們怎麼了？」看起來好像吵架了。

碧心低下頭，用腳尖踢走一粒松果，說：「我大他三歲。」

「那又怎樣？」

「最近兩次約會，他老心不在焉的，問他就說想研究上的事，再問他就支支吾吾，要說不說的。」碧心又踢了桌腳一下，說：「妳想他會嫌我年紀太大嗎？」

「我認識的那個莊嘉木不會。」如初語氣堅決。

「我認識的那個莊嘉木也不會。」

碧心盯著地面，像是還想找個什麼東西來踢一樣，但她並未舉起腳，過了片刻，又開口說：「萬一，還有個我們都不認識的莊嘉木存在呢？」

「那就當作不認識他。」如初迅速答完，想了想，又說：「不對，在那種情況下，我們本來就不認識他。」

碧心抬起頭，瞧著如初的臉，說：「妳變好多，失戀是不是容易讓人憤世嫉俗？」

這話稱不上友善，但碧心的口吻倒也不尖銳，反而帶了一絲恍惚，如初聳聳肩，答：「成長才會讓人變得憤世嫉俗，失戀只是容易讓人發胖。」

碧心笑出聲，看著如初纖細的腰身說：「那妳挺好的，肯定是陪妳來的那位的功勞……他是不是在國野驛工作？」

化形成人的古物長相都太好，很難讓人不注意到。如初避重就輕地答：「臨時工。」

碧心眼神朦朧了起來，又說：「我不知在哪本書裡讀過，找男人最好找個水電工，無論天涯海角兩個人都可以在一起，反正他去哪都不怕沒工作……」

她扯著如初絮絮叨叨講了幾句才鬆手，聽得出來跟嘉木之間的感情尚未徹底明朗，便已遇到亂流，但無論如何都是愛情，再苦也泛著甜。如初有一搭沒一搭地聽到一個段落才跟碧心分開，在悠揚的琴聲中回到姜尋身邊，兩人一起就座，典禮正式展開。

新娘挽著父親的手走進會場，配合著音樂滑行前進。莊茗今天穿著一襲修身的白紗魚尾長禮服，下擺一層層在紅地毯上展開來，裙紗隨著她的腳步輕輕晃動，宛如同童話裡的美人魚一般，優雅地游向幸福。

如初左手邊坐著姜尋，右手邊則坐了葉教授，楊娟娟就坐在葉教授的另一邊，她穿了一襲深寶藍色的民國旗袍，一雙紅唇勾勒得精緻而復古，精神還算好，只是臉上不時閃過一抹無聊，似乎對這種場合很沒興趣。

趁著嘉賓上台致詞，她索性將下巴擱在葉教授的肩膀上，低聲詢問如初古書的修復進度。

如初簡單地回答了幾句，便將視線移往一旁。她對楊娟娟的印象還停留在那次共進晚餐，楊娟娟悼念亡夫所展現的深情，因此對眼前這一幕有點適應不良，不自覺地感到尷尬。

葉教授坐得很正，目不斜視，卻也並不閃躲楊娟娟的親暱舉動。等楊娟娟說完，他才側過頭，抽出一張名片低聲對如初說：「我實驗室有些設備，用來修復青銅文物也不錯，應小姐若是有需要，可以跟我聯絡。」

第一次在墓園見到葉教授時，如初就感覺這名學者不太喜歡她。倒也並非厭惡，比較像是學校裡老師對差等生的不耐煩，雖然態度頗爲客氣，但掩飾不了骨子裡流露出來的嫌棄。

如初從小學科成績普通，因此遇過有些老師就是會這樣，倒沒多想。她客氣地道謝，收下葉教授遞來的名片，隨口問：「教授您怎麼會想要研究金屬生命啊？」

「起初只是好奇，後來發現對人類頗有助益，於是就一直深入下去。」葉教授如此回答。

「什麼樣的助益？」如初無法想像，語氣間不自覺帶上質疑。

葉云謙用「我就知道妳不可能懂」的高傲眼神瞥了她一眼，淡淡解釋：「人類的很多疾病，比方說癌症，都可以透過修補基因的缺憾來獲得治療，或起碼控制在一定範圍之內，不至於惡化，這就是所謂的基因療法。我主持的研究中心已經提煉出一種含有金屬硫蛋白的基因修補劑，等臨床實驗結果出來，就可以進一步推廣。」

專有名詞如初完全聽不懂，只能扯動嘴角，乾巴巴地誇了一句「好厲害」。她想了想，又問：「治療疾病也是物理系的研究範圍嗎？」

「學術無疆界。」葉教授以學者特有的矜持態度回應了之後，看看如初又說：「同樣原理，金屬生命的基因也可以應用在防止老化、延長人類壽命這方面。」

如初還是不懂，但這回她學乖了，只點頭不出聲。葉教授卻主動開口問：「應小姐對這方面的研究沒有興趣?」

的確沒有，一點都沒有。

但這話不方便直說，如初於是笑了笑，答：「我不太在乎可以活到幾歲，只希望面對死亡的時候，能保持尊嚴。」

葉教授唔了一聲，頷首答：「我起初也是這麼想的。」

但後來改變了主意?

如初好奇地等葉教授說下去，就在此時，舞臺出現一陣騷動，似乎是新郎講到興奮處，狠狠親了新娘一大口。在歡呼與尖叫聲中，葉教授沒再與如初說話，卻轉過身，低頭親了親楊娟娟的額角。

那一刻，從如初的角度正好可以同時看到葉云謙與楊娟娟兩個人。葉教授的神情繾綣，楊娟娟的臉上卻閃過片刻空白，搭配在一起，雖然郎才女貌，卻給人一種詭異的山雨欲來風滿樓的氣息。

好像看到了不該看的東西?。

如初趕緊移開眼，轉頭卻發現姜尋也饒有興味地打量著教授與楊娟娟。

他對上如初的視線，笑了笑，靠近她低聲問：「他們算一對?」

如初一愣，之前葉教授在墓園裡對楊娟娟百般照顧、甚至爲她打抱不平的景象晃過眼前。她遲疑地說：「應該吧，起碼……男方好像滿喜歡女方的。」

姜尋眨了眨眼睛，說：「有趣。」

「哪裡有趣？」

「摟著喜歡的女人，心跳卻如此之慢的男人，我還是第一次碰見。」姜尋又對如初眨眨眼，說：「妳的心跳都比他快得多，坐我身邊的緣故？」

如初無言片刻，伸出手指搭上自己的脈搏，量了一會兒後說：「一分鐘七十六下，正常。」

姜尋端出花花公子的架勢，吊兒郎當地將手環住她的肩頭，壓低了嗓音又問：「這樣呢？」

他把姿態擺得太誇張，如初非但沒受到蠱惑，反而有點想笑。她壓下嘴角，又數了數脈搏，答：「一分鐘快了三下，有進步。」

姜尋毫不留情地敲敲她的頭，說：「就妳皮。」

「真的呀，我又沒說謊。」如初摀著頭抗議後，伸手指向前方的大湖，猶豫片刻後小聲問：「那邊是不是……」

姜尋眼底滑過一絲了然，答：「劍廬的方向。」

只提地名不提人名真的太體貼了，在這種時候，能有這樣的一個朋友，她非常幸運。

婚禮已進行到尾聲，如初對姜尋彎了彎嘴角，將目光投向遠方。

16. 蝴蝶

湖的另一邊，老家所在的島上，蕭練穿了一件略嫌寬鬆的白襯衫，坐在碼頭邊低頭吹豎笛。音樂雖然流暢，卻毫無高低起伏，平靜到近乎死寂，他的眼神也平靜到近乎死寂。

一艘遊艇由遠而近駛來，還沒來得及靠岸，承影已自甲板一躍而下，雙腳穩穩落在碼頭上。他見到蕭練時一怔，問：「你不是搭今天早上的飛機？」

蕭練放下豎笛，抬起眼，答：「機場起濃霧，班機臨時取消，延到明天。」

他的神情漠然，承影瞇了瞇眼睛，又問：「這不是我的襯衫嗎，你自己的衣服呢？」

「都在行李箱裡。」

「這個天氣，到倫敦記得好歹加件外套，看起來像正常人一點。」

「會記得。」

乾巴巴的對話進行至此，一隻青銅麒麟叼了個大信封朝他們直奔而來，四隻蹄子打在地面上，發出不大不小的聲響。牠奔到承影身旁，即時停住腳，仰起頭，鬍鬚不斷抖動，顯然對他的歸來十分歡喜。

承影摸摸牠的頭，取下信封，問：「乖，異能有恢復，可以跑這麼遠了？」

麟兮像聽得懂似地點了點頭，此時船已停妥在岸邊，殷含光與杜長風並肩走下船，殷含光拿著一部平板電腦細看，杜長風則皺起眉頭低頭滑手機，滑到某頁時他手指頓了頓，抬起頭問含光：「你喜歡蝴蝶？」

「還可以。」含光隨口答。

杜長風再問：「那你爲什麼每年贊助上千萬研究蝴蝶？」

「不是研究蝴蝶，而是研究蛹如何羽化成蝶。」青銅麒麟跑到含光身旁，含光停下腳，隨手拍拍麟兮的頭，又對杜長風解釋：「在地球的生物裡，像蝴蝶這種幼蟲跟成蟲形態截然不同的蛻變方式，與我們的生命歷程最爲相似。」

「呃，打個岔。」承影走了過來：「我一直很不喜歡你老拿我們跟蟲子做比較。」

「你不想知道是什麼因素刺激到本體，讓我們能夠生出意識，乃至化形成人嗎？」含光反問。

承影攤手：「想是想，但如果你的研究結果證明我們跟毛毛蟲有血緣關係，我絕不認這門親戚。」

他將信封遞給杜長風，又說：「你的信，麟兮送過來的，牠越來越聰明了。」

「狗也會叼信。」含光在一旁涼涼地這麼講。

杜長風拍拍青銅麒麟的頭，說了聲「乖」，便迫不及待地撕開信封，開始閱讀。他讀了幾行，抬頭說：「關於修復鼎鼎的材料，姜拓願意免費提供，交換條件是，他想知道，老三什麼時候起能將劍芒跟本體分離，單獨使用劍芒？」

「姜拓怎麼會忽然對老三感興趣？」承影問。

含光沒理他，卻轉向坐在原地一動都不動的蕭練，說：「我們兄弟剛相認的那百來年，我不記得見你用過劍芒。」

「那時候還不會。」蕭練聲音平板地如此回答。

「然後在某一天，忽然就會了？」含光追問。

蕭練點頭，承影在旁邊一怔，脫口問：「什麼時候的事？」

「宋末元初，確切時間沒有印象。」蕭練回答。

「那年代有什麼特別之處？」承影轉向含光發問。

「未必與年代有關，也可能是……」含光皺了皺眉頭，才繼續說：「總而言之，根據我的了解，即使本體處於巔峰狀態，我們能使用異能的範圍可以更廣，力量可以更強大，但種類卻不會因此增加……」

「所以老三是特例。」承影接口，問杜長風：「杜哥，這符合你的觀察嗎？」

「差不多。」杜長風抬起頭，思索片刻後問殷含光：「先假設老三身上眞的有地方跟大家不一樣，姜拓爲什麼需要知道這個？你跟他一直有聯絡，你怎麼看？」

含光不太自在地清清嗓子，解釋：「我跟姜拓聯絡都是爲了交換資訊。我希望能找到我們生命的起源，他……自從確認不會再有新的化形者之後，就致力於研究如何讓我們進化。」

最後這句話，成功引起除了蕭練之外在場所有人的關注，就連青銅麒麟也昂起頭盯住含光，承影則搶先發問：「什麼樣的進化？」

含光的喉結上下滑動了一下，遲疑地說：「就我所知，他所追求的進化純屬生物學定義：基因變異，突破先天的限制，異能改變，形態改變，甚至於變成全新的物種……」

「誠心希望他徹底失敗。」承影給完評論，忽地想到什麼，用不可思議的眼光指著蕭練，問：「姜拓認爲老三進化了，變成全新的物種？」

「我無所謂，只要能救鼎姐，姜拓要什麼就給他吧。」蕭練忽地開口。

他維持坐姿不動，注視著湖面，語氣跟之前一樣平淡，彷彿爭執的焦點並非他身上的重大祕密，而是一則無關痛癢的訊息。

含光無可奈何地瞥了蕭練一眼，對承影解釋：「那倒沒有。我探過姜拓的口風，過去幾十年他必然在某些方面有了重大突破，而這項突破讓他相信，老三的情況跟刑銘有異曲同工之處……」

「誰？」承影掏掏耳朵。

同一時間，杜長風臉色一變，急問：「刑名鼎？」

「所以她眞的存在？」含光盯住杜長風，問：「杜哥，刑銘究竟是怎麼一回事？姜拓告訴我她跟鼎姐出自同一個隕星坑，稱得上姐妹——」

「我們進屋子裡慢慢聊。」杜長風打斷含光，扭頭問蕭練：「老三，你也來？」

「不了，你們決定就好。」蕭練依舊注視著湖水：「我等會兒想去機場試試運氣，看能不能隨便搭上一班，盡早離開。」

「那也好。」

杜長風說完便舉起腳往老家方向走去，含光與他並肩而行，承影拍拍蕭練的肩頭，吹了聲口哨，青銅麒麟興奮地揚起蹄子，圍著他跳上跳下，一路跳著朝老家奔去。

蕭練如一尊雕塑般坐在原地。

過了半晌，他將豎笛的吹嘴放在唇瓣，緩緩吹出在老街第一次相遇時的曲子。

「十八歲生日那天，我下定決心，要等那個對的人出現。每天每天，都像他今天就會來那樣地期待；每天每天，也像他永遠也不會來那樣地生活。可誰想得到，那個對的人，居然早就出現在我生命裡……」

婚禮進行至新人發表感言。臺上的莊茗講到眼睛濕透，臺下的姜尋丟了一粒口香糖進嘴巴裡，漫不經心地說：「好感動，她還要講多久？」

「她講的都是眞的。」如初無限感慨：「有些片段我還親眼見證過。」

她說了幾句關於莊茗如何與大熊相識相愛的過程，姜尋聽完，只淡淡說了聲「酷」，然後從口袋裡摸出口香糖，遞給如初：「來一粒。」

如初記不得她上次吃口香糖是哪一年了，但她拿了一粒淡綠色的口香糖丟進嘴巴，感覺薄荷的清涼蔓延開來，一點點地驅散了胸口的鬱悶。

姜尋的手機忽地震動起來，他取出手機點開，看到一則訊息：「錢已匯進你戶頭，別管小白，趕緊回來。」

署名是一個「拓」字，姜尋打了個呵欠，收起手機，頭靠近如初小聲地說：「我在國野驛的打工生涯要到頭了。」

「爲什麼？」如初問。

此時正好莊茗講完，換大熊上臺。他講得比較無聊，大部分時間都在感謝雙方親友，如初聽得興趣缺缺，於是湊近姜尋，又問：「你要回去把工作室重新開張？」

「大概也不能夠。我老哥替我還了債，我不好讓他白出錢。」姜尋苦著臉：「人在江湖身不由己哪。」

「你能幫你哥做什麼？」如初好奇問。

「每次不一定，不過基本上我的異能適合戰鬥，即使放到現代，用得好依然可以在戰場上達到扭轉性效果。」姜尋如此回答。

蕭練的異能也可以用同樣一句話來形容。如初默然片刻，忍不住說：「我知道殺戮是兵器的本性，但我還是要說，我討厭戰爭。」

「誰告訴妳我喜歡了？這世上最高端的戰場根本不見血，所謂無敵，只不過是做別人手中的一把刀而已，無趣至極。」

姜尋眺望遠方湛藍的天空，淡然地說出這句話，神情在漠然中帶著滄桑，跟平常的模樣差異相當大。

如初出神地望著他，姜尋轉過頭，四道視線相交，他摸摸下巴，問：「想好下份工作要換去哪裡了嗎？」

「你怎麼會知道我想換工作？」驚訝過後，如初壓低了聲音，再問：「很明顯嗎？」

姜尋淡淡地說：「妳連窗外的風景都不肯多看一眼，願意待到現在，已經算仁至義盡。」

「我有責任在身，起碼要等鼎姐康復了才能走……」如初喃喃說。

她最近開始考慮離開雨令，因爲還只是心裡頭模糊的想法，也就沒有跟任何人提起，沒想到這麼快就被姜尋看出來。

不過有人能一起討論也好，如初靠近姜尋，小聲說：「我想先出國進修一段時間，不一定要拿到學位，總之，充實自己，然後也讓離開看起來更自然一點，你覺得呢？」

「沒有差別，所有人，包括蕭練的解讀，都會是妳因爲失戀而離開傷心地。不過話說回來，妳都要走了幹嘛在乎別人怎麼看妳？又不是奧運體操，落地姿勢漂亮還可以加分。」

姜尋一針見血的評論，並未勾起如初任何情緒反應，也許是因爲他的語氣像是在說小白菜跟青江菜價錢都一樣，一把二十元，沒有任何差別，又或者因爲那場明明白白的分手，讓她終於走出來了？

她呆呆地看著姜尋，忽地問：「你以後可以跟今天一樣，對我說話都這麼坦白嗎？」

「我努力，但不能保證。」姜尋微笑，又說：「下定決心了就來找我，我認識一些身在國外的古物修復師，可以幫忙安排進修。」

「謝謝。」

禮成的音樂聲響起，新人退場後又從旁邊繞了進來，在情歌聲中，開始跳第一支舞。

一曲畢，現場又換了一首快節奏的音樂，賓客紛紛站起來加入，姜尋也跟著起身，對如初一彎腰，紳士地伸出右手，掌心朝上，問：「有這個榮幸嗎？」

如初向前望，只見會場前方的空地像個下餃子的湯鍋，被人潮迅速填滿。那天一起去墓園的兩名學生也在其中，沈超快活地搖來擺去，不像跳舞比較像在抽搐，馬思源的情況好一點，雖然看起來像是原地踏步，但是起碼都踩在節拍上，看久了還頗有韻律感。

如初有自知之明，她如果下場，跳舞的樣子大概就介於沈超與馬思源之間。她對姜尋搖搖頭，說：「我怕會踩到你。」

「我還怕妳踩？」

「我都說了呀，你不怕，我怕——」

如初話還沒說完，舞池中間忽地有人跳起了街舞，一個倒立後開始用身體的一處撐地當支點，兩條腿在空中不斷旋轉，動作幅度大而俐落，周圍眾人頓時停下腳，對舞者拍手叫好。

姜尋收回手，脫下西裝外套，交給如初說：「幫我拿一下。」

如初接過，還搞不清楚情況，就見他一個側翻又連續兩個筋斗，瞬間跳進了舞池。

群眾安靜不過半秒，爆發出一陣鼓譟，還有人狂喊「battle，battle！」

原本正在表演的舞者直起身，比出挑釁的手勢，但姜尋沒理會他，自顧自先一個漂亮的後空翻，然後順著音樂再來一輪風車轉，接著又側翻出舞池，以一個類似古典芭蕾的空中劈叉做結尾，優雅地跳回如初身旁，臉不紅氣不喘地再次對她伸出手，問：「這位女士，可願意賞光，陪我散個步？」

眼看舞池中的人潮有朝他們這邊跑來的趨勢，如初趕緊將手放到他手中，低聲說：「快逃！」

姜尋大笑，拉著她往湖邊衝，那爽朗的笑聲彷彿可以帶走一切煩惱憂傷。

他們跑到湖畔時，音樂又換上慢板的情歌，數隻湖鷗悠然飛掠水面，落在不遠處的岩石上，在湖上泛起一圈圈的波紋。

這一段路不長不遠的，一直跑也讓人心跳加速。如初停下腳，喘著氣轉頭望向迎面走過來的姜尋，冷不防提議：「我可以跟你玩一個遊戲嗎？」

「什麼遊戲？」

「快問快答。」如初不等姜尋回應，馬上又說：「第一題，你結過婚沒有？」

「沒有。」姜尋沒停頓半秒，迅速作答。

這份果斷倒讓如初卡住了，她狐疑地看著他，說：「可是你那麼老了……」

「『老』這個字怎麼今天聽起來特別不順耳？」姜尋掏掏耳朵，問：「妳還問不問？不然換我問了。」

「當然，還有，第二題，從衣櫃裡隨便抓一件衣服穿的時候，你會選什麼顏色的衣服？」

「絳紅，再來。」

「自認為生平做過最偉大的事蹟是？」

「年年繳稅……我恨這題，再來。」

「一直想去但始終沒去成的地方是哪？」

「火星。」

「收到過最詭異的禮物？」

「刀鞘，純金做的，上面還用一堆五顏六色的石頭給鑲得花里胡俏，直到現在想起來我還是忍不住要吐槽那傢伙的品味……再來？」

「我們可以再討論一下那個刀鞘嗎？」

「換我問吧，妳最胖的時候幾斤幾兩重？」

「我討厭快問快答。」

「下一題，先有雞還是先有蛋？」

「……我們可以不要在婚禮上討論哲學嗎？」

「行啊，下一場喪禮什麼時候舉行？我們再結伴參加。」

「……」

雖然跟姜尋亂聊永遠以她無言以對為結局，如初還是很享受今天的風，以及將人晒得暖烘烘的陽光。

他們走到角落時，音樂聲忽地中斷，司儀抓著麥克風，宣布新人要準備切蛋糕跟丟捧花，請大家移步集中到會場。

如初隔著一段距離，看不遠處有人推出了一個雪白的三層大蛋糕，原本四散的人群像螞蟻被香味吸引一般，紛紛聚攏過去，看得她也跟著開始嘴饞，卻又不想走過去，免得一不小心被拉進搶捧花的行列……

找男生陪著一起來，不就是為了這種時刻有人出手相助嗎？

她眨眨眼睛，甜甜地問姜尋：「你吃蛋糕嗎？」

「可吃可不吃……呃，他們還提供啤酒，什麼牌子的？」姜尋瞄一眼桌上的啤酒瓶，靠近如初問：「妳坐這兒，我去拿？」

「好！」如初遙望蛋糕，瞬間生出了點小心思。她拉拉姜尋的衣袖，又問：「如果蛋糕上面有櫻桃，你幫我拿一顆好不好？」

「拿一把。」姜尋摩拳擦掌：「要幹就幹大的。」

「我錯了，求你放過那個可憐的蛋糕吧！」

那場婚禮遠超過如初的事前期待，大湖一望無際，像一片青藍色的海洋，她坐在湖畔的岩石上，捧著紙盤大口大口將夾了水果的鮮奶油蛋糕往嘴裡塞，姜尋脫了西裝外套坐她身旁灌冰啤酒，興起就聊兩句，累了就閉上眼睛聽音樂……

也許，再過一陣子，她就可以嘴角噙著笑思念他，不帶一絲心痛。

17. 久違

婚禮之後是如初的特休假期，總共五天，連上週末週日算七天，她毫不遲疑地買了機票，第一天一大早就飛回家，最後一天晚上才回到四方市。

爸爸依舊精神抖擻，最近參加了社區旁邊的長青學苑，選修西洋文化史，被一起上課的同學說到心動，盤算著也許明年跟媽媽一起去法國玩一趟，重點在參觀羅浮宮。媽媽在陽臺擺上室內種菜機，天天澆水施肥，收割一批蔬菜就用來打精力湯，如初這次回家正好趕上，每天得喝一大杯，爸爸跟著她一起喝，捧起杯子就直嘆氣，面帶菜色。

總而言之，她不在家的這段時間，爸媽建立起女兒離巢後的新生活，不但自得其樂，還互相支援（虐待），十分享受。

這樣很好，如初感到特別心安——一年前離家工作的那個決定，沒有做錯。

這趟回家，她沒安排任何行程，每天抽點時間看看書，進傳承複習以前學過的東西。當然，她花最多時間的地方，還是在不忘齋。技藝沒有捷徑，她雖然有傳承，但手上的工夫還是跟父親、老師這一輩差得很遠。不過，在經歷這麼多事情之後，如初發現自己這次回家，心態變得相當穩，坐在以前的位置上打磨古劍，一坐就是兩個多小時，不急不徐、心無雜念，彷彿將自我也融進這種飽含韻律的無盡反復過程之中，任憑歲月悠悠，我心自堅。

剩下來的時間她陪媽媽上市場，陪爸爸看醫生等等。不時遇上熟人，但無論誰問起異鄉的風土民情與工作狀況，她都一律回答「還好」「還能適應」「還滿習慣的，有收穫」。

沒說謊，問心無愧。

直到要離開的那天早上，媽媽切了一大盤香瓜拿到客廳，如初左手摟著呼嚕嚕的老黃貓，右手拿著牙籤，才吃完第一塊準備戳第二塊的時候，就聽坐對面的媽媽以一種閒聊的口吻問：「蕭練呢？好久沒聽妳講到他了。」

準備很久的問題，終於來了。如初穩穩地戳起第二塊香瓜，迅速回答：「他去英國了。」

「什麼時候回來？」媽媽的口吻隱含著惋惜，倒沒太多驚訝。

她知道了什麼嗎？

如初疑惑地抬起頭，想了想，斟酌地說：「我不確定他還會不會回來，如果那邊公司要留他的話，妳懂的……」

這純屬鬼扯，但媽媽卻一本正經地點點頭，說：「懂啊，緣分就這樣，強求就不美了。」

所以媽媽究竟知道了什麼？

如初半張著嘴，還無法決定要不要問，又聽媽媽說：「喔，還有一件事。」

「什麼事？」

「妳這樣回來，那喬巴怎麼辦？」

「住貓旅館啊，不然呢？」如初迅速回答，在心裡暗自感激媽媽及時轉換話題。

「這麼乖？」媽媽大爲詫異：「以前黃上一到旅館門口就開始大聲嚎叫，怎麼樣也不肯進籠子。」

記憶裡似乎有這一段，如初再叉起一塊香瓜，好奇問：「那後來怎麼辦？」

「開罐頭騙她進去啊，不然咧？」

爸爸走進來，加入談話，中途有一次他險些問起蕭練，話到嘴邊被媽媽瞪了一眼，立即收了回去。如初感覺有點抱歉，卻只能假裝沒看見，繼續吃瓜。

吃完了爸爸送她去機場，父女一路閒聊家常，直到快抵達目的地了，爸爸才裝做無意地開口問：「初初，妳考不考慮，等雨令的合約到期之後，回來找工作？」

如初愣愣地沒接話，應錚等了一會兒，絮絮叨叨地又說：「我聽朋友說，現在的年輕人，第一份工作能做滿一年半就算及格，妳也做了快要一年半，差不多了。當然如果妳想多歷練個一兩年也沒問題，但長遠的規畫不能沒有……」

爸爸也知道了？合理，從小到大，關於她的事情一直就是，爸媽間只要一個人知道，另一個遲早會知道。

等應錚講到一個段落，如初定了定神，開始解釋她想出國進修的念頭。雖然她還沒開始做任何具體準備，但爸爸聽得很歡喜，期間搓著手說了兩三次學費他可以出，她賺的錢還是先存起來，以後不管是當嫁妝或者付房子的頭期款都不錯。

他們提早了一個多小時抵達機場，辦好手續托運了行李之後，父女兩人悠閒地坐下來喝咖啡。在等飛機的這段時間，如初不但將所有親戚的動態都聽了一遍，還可以肯定近期內家鄉十分平靜，沒有熟人結婚，她的大學母校正考慮跟另一間大學合併，據說可以節省人事費用，而長青學苑的教務主任則邀請應錚開一門課講解古物修復，他還在考慮，主要是怕招不到夠多的學生……

從來不知道，聊瑣事可以讓人如此愉悅。

懷著一顆平靜的心，如初回到四方市，隔天起個大早去上班。她抱著光可鑑人的銅鏡來到十三樓，才跨出電梯，重環就歡呼一聲，從前檯的座位裡跑出來，抱起如初轉了一大圈。

重環從來沒有展示出這般大的力氣，如初嚇了一跳，根本沒來得及抗議。雙腳落地時還有點重心不穩，她暈頭轉向地捧起銅鏡，朝打扮成美式足球啦啦隊員的重環解釋：「最後那點鏽最難清，我試過好多種研磨粉的配方，最後發現重點在擦布——」

她從口袋裡掏出一支手套，又解釋：「德國進口的一款柔長纖維的手套，摩擦係數小，不會傷到表面，我把牌子跟材質都記在檔案裡，以後如果其他修復師接手……」

講到這裡，如初忽然注意到重環的黑色瞳孔彷彿正緩緩放大。她懷疑自己是不是看錯了，不自覺眨了眨眼，再睜開時，赫然發覺她就站在她在四方市的住處，指尖上全是舊傷痕，懷裡還抱著失去呼吸的喬巴……

她內心深處最大的恐懼，依然如故，但爲什麼要讓她再看一次？

「如初？」

重環的聲音在耳邊響起。如初渾身一顫，發現自己赫然又回到現實，站在十三樓亮晶晶的大理石地板上面。

鏡重環依舊站在她面前，瞳孔十分正常，眼神比地板還閃亮。如初晃了晃比之前更暈的頭，問：「剛才是怎麼回事？」

「本體情況繼續進步，被動技能變主動技能。」重環對如初比了個勝利的V手勢，興奮地說：「我現在牙齒超健康，都可以上電視表演用牙開瓶蓋了，耶！」

「……妳高興就好。」

碧心發來簡訊，告訴如初她們準備要動手取出補遺之書書封夾層裡的那塊布了，問如初要不要來織品修復室看過程。如初於是將銅鏡交給重環，回頭就往電梯方向走去。

但她還沒按下電梯按鈕，腦子裡忽然傳來久違的聲音──那個曾經站在她身旁，手把手教她幫宵練劍開鋒的女子，用閒話家常的語氣說：「傳承若要有所進益，總不外乎兩條途徑──日常淬鍊工作用心，生死關頭頓悟明心。」她頓了頓，帶著笑意補充：「妳很用心。」

「還好，其實收穫挺豐富的。要不是為了調配研磨粉，我這輩子都不會知道除了《天工開物》，就連《呂氏春秋》跟《淮南子》都曾討論到如何磨亮銅鏡。磨鏡這份職業在古代到底有多重要啊？我後來再去看《聶隱娘》，都要懷疑她嫁的磨鏡少年才是絕世高手……」

如初講到這裡才發現對方完全沒反應，訕訕地住了口。

被她修復過的古物們，只要能得到成果就好，不需要知道過程，因此這些不斷的嘗試與失敗，她也從未對重環或甚至蕭練提起過。但面對傳承裡的女子，如初不自覺認定，對方一定能了解當中的辛苦，因此就說到忘形了。

「妳做得很好。」女子和悅的聲音再度響起，頓了頓，問：「妳想學禁制的鍛造之法，是不是？」

她的語氣稀鬆平常，但這簡簡單單的一句話，卻讓如初全身陡然緊繃。

「是。」她毫不猶豫地回答，頓了頓，反問：「我想學這個很久了，為什麼妳現在才出現？」

「水到渠成的事，早一分一秒都不行。」女子回答完，再問：「準備好了？」

「還沒有，我需要一點時間。」

「也是，晚個三五年再闖關，其實不遲——」

「我說，我需要『一點』時間。」如初打斷女子，加重語氣說：「二十四小時之內，我會進傳承找妳，可以嗎？」

跨進織品修復室時，如初還因爲太過震驚，神情反而比平日呆滯。好在沒人注意到，杜長風比她早來一步，正與秦觀潮說話。老莊師父與徐方站在碧心後方，看碧心一手拿放大鏡一手拿針，慢慢拆開古書的書封，準備取出裡頭暗藏的白綾布。

事前老莊師父就宣布，這項修復工作難度不高，就當做碧心進公司半年後的期末測驗，倘若出了差錯他會立刻接手，絕不至於讓古書有所損毀。因此如初倒是一點都不緊張，而碧心自然正好相反，拿針的手抖個不停，看得老莊師父直搖頭。

爲了保留書封原有的針路，每拆一個洞，就需要在原針孔處穿上一條新線，這樣等白綾被取出之後，還能按照原本的縫針路線縫合回去。起初碧心拆得磕磕碰碰，穿新線時針還險些戳到自己的指頭，幾針之後她穩定了下來，飛針運線，等開口處大到一個程度時，她將手中針換成一個小鑷子，小心翼翼地自書封裡夾出一張薄如蟬翼的白綾，放在桌上的不繡鋼托盤內，轉過頭，用既期待又緊張的眼神望著大家。

老莊師父矜持地微笑，點頭：「幹得不錯。」

碧心長長吐出一口氣，舉起一隻手，徐方嘿了一聲，跟她上前一擊掌。織品室三人組頓時愉快地圍在一起，開始討論接下來要如何修復古書書封。

絲絹上用蠅頭小楷寫了幾行字，看上去像梵文，但無人出聲詢問。

杜長風指著托盤，對一直沉默地站在房間角落的如初說：「帶上這個，我們去鼎鼎房間。」

18. 行動

是夜，如初盤腿而坐，將一幅薄到近乎半透明的白色綾布鋪展開來並放在床上，看月光透過紗窗，將枝椏舒展的木蘭樹影倒映在白綾之上。

心很靜，並無半分動搖。

她緩緩闔上眼簾，再度睜開雙眼時，如初發現自己站在一扇朱紅色的大門前，門板上整整齊齊排滿九行九列八十一顆鎏金的銅釘，門楣上高懸著一塊古舊的匾額，以唐代的狂草書法寫了兩個字：「禁制。」

白天在如初腦海中說話的女子翩然現身於臺階之上，她穿著一襲長袍，頭髮用一根材質不明的白色簪子挽起，長身而立，俯視進如初的眼底，以低沉而略帶沙啞的嗓音，慢慢地說：「這扇門背後便是他們的地盤，規則早已立定，我無從干預，妳下定決心了？」

如初點頭，舉起手：「我多了一條線索。」

她張開手掌，那塊在現實世界裡還擺在她床頭的白色綾布，如今赫然在她掌心之上。

今天下午，她跟著杜長風來到鼎姐辦公室，只見殷含光已坐在書架旁的沙發上。見他們進門，殷含光放下手中的書、站起身，上前取過白綾，注視著上面的文字，以如初聽不懂的語言喃喃唸了好幾遍，抬起頭說：「翻譯成中文，意思應該是『攻心爲上，心戰爲上，不戰而屈人之兵，勝之道也。』」

不難懂，但爲求謹慎，如初還是問：「有典故嗎？」

「前兩句出自《三國志》，不過早在《孫子兵法》就有這個概念了。」杜長風皺了皺眉頭，說：「顯然，在傳承裡要破生死關，得擊潰守關者的心防。」

「她有心嗎？」如初衝口問出多日以來的困惑。

杜長風與含光都看向她，如初組織了一下語言，又說：「遇到崔氏之前，我一直以爲我在傳承裡看到的所有人，都只是一段回憶的立體投影而已。頂多設計得很精巧，像大型電玩，我的行動會觸發某些故事支線，或是重點角色的情緒，如此而已。」

「崔氏有什麼不同？」含光問。

「所有地方都不同！」如初嚷出聲，喘了一口氣，又說：「同樣一段路，她穿著同樣的衣服，化一模一樣的妝，可是每次走過去，表情、動作，都會有些微的細節不一樣。然後，她記得我！不是遊戲主機記錄玩家登錄次數的那種機械式記憶，而是記得我對『她』做過些什麼，她的情緒會累積，我第二次進去時她明顯比第一次更討厭我，就好像……她活在傳承裡一樣，但是這怎麼可能呢？」

「爲什麼不可能？」含光反問完，淡淡又說：「如果由我來設計建構傳承之地，我也會截取歷世歷代名匠的回憶，放進一個虛擬的軀殼內，加上一定的限制，任其意識自由發展。現在妳所見到的傳承，差不多就是根據這個概念發展出來的。」

「這樣做有什麼好處？」如初問

「好處多著。首先，如果只是一遍遍重複當年的場景，那就跟放影片沒兩樣。後代進來學習時，即使加入互動式問答，所得到的助益也還是非常有限。但倘若裡頭的老師有自我意識，能在旁邊隨時指點，甚至因材施教，學習效果肯定會天差地別。」

含光氣定神閒地講到這裡，又對如初笑笑，補充說：「立意本來良善，只不過收進了一個墮落的靈魂而已。」

如初還是不太懂，她問：「你的意思是，崔氏在傳承裡活過來了？」

含光搖頭：「當然不，妳可以把她想像成擁有崔氏的部分記憶，可以模擬崔氏的思考方式跟行爲模式的人工智慧。這是我目前能找到最貼近的形容方式。」

「如果眞是這樣，那我怎麼可能去擊潰一個人工智慧的心防呢？」如初崩潰地問。

「當然可以。人工智慧要有核心驅動力才能運轉，以此類推，妳只要能找出崔氏活下去的理由，徹底摧毀，就肯定能夠破關。」

含光講到最後，眼睛都在發亮，其興奮顯而易見。如初沒見他如此情緒外露過，她狐疑地盯著含光半晌，忽地說：「我答應過蕭練，再也不碰任何跟禁制有關的事。」

含光微笑，反問：「妳打算遵守諾言？」

如初閉上了眼睛。

過了一會兒，她猛力搖頭，說：「不。」

睜開眼，目光沒有焦點，她用一種夢囈的方式，輕聲又說：「他失約在先。」

其實並沒有。蕭練認死理，他幾乎在每一條承諾之前都會先加但書：以她的安全爲第一優先考量。

但在某個飲過酒的夜晚，他沒有醉，卻無條件說出「我愛妳」這三個字。

愛是什麼？

凡事包容，凡事相信，凡事盼望，凡事忍耐。

愛是永不止息。

如初根本無所謂蕭練做到了多少，違背了幾樣。只要「我愛妳」這三個字給予她反悔的空間，已然足夠。

殷含光打量著她，像是在評估是否該多說兩句——他一直希望她能不顧一切解開禁制，想來今天也是得到了消息，故意在這裡等她。

若在以往，面對這種行爲，如初就算能控制住不當面反唇相譏，心裡總會生起一定程度以上的反感。但今天她什麼感覺都沒有，平靜地跟含光討論了幾句，便回到修復室，繼續工作。

下班前二十分鐘，杜長風端著她的大鋼杯跨進修復室，問：「有沒有空，我請妳喝杯咖啡？」

公司提供的咖啡很好，如初其實完全沒興趣跟主任喝咖啡，但她還是順從地站起身，跟著杜長風走出廣廈，來到半年多前承影帶她去的那家飲料店門口。

位置一模一樣，店門外也設了一個外賣的攤位，但裝潢與招牌卻改頭換面。點好飲料之後如初喃喃說：「原來這邊不是賣紅茶的嗎？」

「我印象裡這個地點已經換過五六家店了，沒一家做得久，快的三個月，最慢也就一年，肯定換。」

服務生就在眼前，杜長風眼觀鼻、鼻觀心地低聲這麼說。如初聽完覺得這情境好耳熟，想想說：「我家不忘齋附近好像也有一間這樣的店面。」

「依我的經驗，這種店剛開張的時候還行，開店一個月後品質保證一落千丈，要喝得趁早，逾期不候。」

如初再想想，果然是這個道理，忍不住笑出聲。兩人拿著咖啡走回街道上，杜長風喝了一口，說，「這陣子我忙鼎鼎的事，想著妳有秦師父帶，也沒多問……一切還好嗎？」

如初答了一聲「都好」，杜長風也沒追問，往前走出兩步，又說：「今天含光那些話，妳不用理會，做妳想做的就可以。」

「謝謝。」

「但如果妳鐵了心要闖關，我想先跟妳談談崔氏這個人……」杜長風忽地停下腳，轉頭問：「妳信不信吃得苦中苦，方為人上人？」

如初跟著停腳，搖頭答：「我沒特別想過這個問題。」

「沒想過要成為人上人？」杜長風一笑，緩緩又踏出步伐：「崔氏的前半生，算是把這句話發揮到極致。她咬牙練成一位頂尖的修復師，高嫁，憑一己之力擠進了權貴圈……」

「然後呢？」如初問。

「要改變人的成見本來就很困難，但更重要的是，崔氏完全沒有成為權貴圈內當家主母的能力。」杜長風又看向她，帶了點歉意說：「本質上，她跟妳很像，是一名徹頭徹尾的修復師，單純，不擅長跟外界打交道，遇到挫折有鑽牛角尖的傾向。」

「我沒有這樣。」如初反射性否認後，眨了眨眼睛又問：「你還是想勸退我嗎？」

「不，我說了，做妳想做的。」杜長風頓了頓，將目光望向遠方，說：「妳不知道崔氏怎麼死的吧？」

如初搖頭，杜長風淡淡說：「老三被下禁制又從崔氏手中掙脫後的隔天，她仰藥自盡，遺言只留下一句話：『悔不當初。』」

四目相視，杜長風赫然發現如初的眼神並未有任何觸動，她用一種冷靜到接近冷酷的語氣，說：「主任，無論崔氏怎麼死的，她都死一千年了。」

「至於傳承裡的那一位，我眞不覺得她會後悔替蕭練套上禁制。」

「所以問題來了，死前的那一刻，崔氏究竟在想什麼？」

傳承裡，同樣的問題，在如初在拿出白綾之後，又問了一次。

女子接過白綾，讀了一遍後聳聳肩，說：「別問我，我沒嘗試過理解崔氏。」

「爲什麼？」如初不滿意地問。

「我又不想學禁制。」女子理直氣壯地答完，又說：「想學的人自己想辦法破關，不然就擱在那兒，反正她也出不來，有什麼關係。」

如初瞪著她，冷不防問：「妳也打不贏崔氏？」

「誰的地盤誰做主，她敢越雷池一步，我用一隻手都能把她搓成灰。」女子攤手，如此回答。

如此霸氣又無賴的說法，由宵練劍的鑄造者口中說出來，如初徹底服氣了。

她收起白綾，面向女子，又開口：「請問，我該怎麼稱呼您才好？」

對方究竟是什麼——一個存在了數千年的人工智慧？一縷只存於此地的意識？一抹孤獨的靈

魂？

無論是什麼，都値得尊重。

女子灑脫地笑笑，答：「無所謂。不過妳都走到這裡了，稱我一聲『山長』，也無妨。」

古代書院的院長，即被稱之爲「山長」，傳承果然是一間學校。

也不曉得下次什麼時候能再見到她，如初把握時間，趕緊再問：「傳承之地，爲什麼會存在不歸山長管的領域？」

「泰山不讓土壤，故能成其大；河海不擇細流，故能就其深。」山長悠然說完這段，對如初一笑，又說：「只不過這麼一來，時間久了，難免混進土石流，秉持傳承之地奠基時的初衷，我不能主動清掃，只能給妳提示。」

如初精神一振，忙問：「什麼提示？」

「前面說過了。」

「啊？」

山長調皮地對如初眨眨眼，又說：「進去之前不需要勉強，進去之後不可以反悔。還有，從正門進去，妳有一刻鐘的隱身時間，所有人包括崔氏都看不見妳，代價是……」

山長原本幾乎快凝結成實體的影像又逐漸變淡，消散在空中，只留下最後一句：「這回失敗，不能重來。」

語聲方落，一座龐大的沙漏自天而降，重重砸在如初身後，流沙的聲音隨即響起，象徵計時開始。

沒時間思考提示究竟是什麼了。如初深吸一口氣，奔上臺階，用力推開大門。門內景物被一片濃霧遮蔽，完全看不出來是哪一個場景，她緩緩舉起腳，跨過門檻，下一步，再度置身於隋末唐初，鎮北寺的庭園內。

19.
相見

傳承裡的時間也是在夜晚，庭園處處插著火把點著燈籠，工人依舊忙著建造地宮，一切都跟她上次進來時大致相同。

只有十五分鐘，該如何找出崔氏活下去的動力所在，並且一舉摧毀？

先好好觀察崔氏再說。印象中，現在的崔氏應該正在……下工地？

如初大步走下臺階，穿過對她視而不見的工人與僧人，來到地宮的邊緣處，四下張望。

所謂地宮，其實就是在鎮北寺大門與正殿之間的庭園內，挖了一個約兩層樓高的地下室而已。但跟一般地下室不同的是，根據考古學家考證，這座地宮的使用狀況類似墓穴，雖然不清楚埋了什麼，但顯然蓋好後直接封死，並未留有給人走下去的階梯。

正因如此，施工期間地宮的每一面牆壁都放有竹梯供人上下，角落處則設置了一座類似井邊取水用的大型轆轤，沉重的建材就用大竹筐裝好，藉由轆轤的輪軸裝置用吊繩放下去。

如初只花了一點時間便找到崔氏。她站在轆轤旁，用披帛掩著口鼻，一臉嫌棄地跨進一個載貨用的竹筐內。四名工人小心翼翼地扛起竹筐掛上輪軸，再慢慢轉動軸心將崔氏垂直降落到地宮內。

轆轤旁邊就擺了一具竹梯，原本有工人正在使用，但崔氏進入竹筐之後，她的侍女便將那些衣衫襤褸的工人全趕走了，如初於是趁機溜過去，沿著竹梯往下爬，同時近距離觀察崔氏。

這具轆轤並非為載人而設計，因此雖然牢固，卻也十分粗糙，竹筐下降時搖搖晃晃，好幾次都差點撞到竹梯上。崔氏的臉在如初面前晃來晃去，她既看不到如初，周圍又沒有其他人，對崔氏而言，算是難得的獨處時間，她放下了一貫的矜貴儀態，神情在疲憊中流露出一絲茫然，濃妝的眼角充滿皺紋，卡住許多白粉，脖子皮膚更呈現出詭異的青灰色，看上去彷彿中了毒一樣。

古人化妝的白粉中含鉛量頗重，用多了的確會有金屬中毒的問題。如初看著崔氏的臉，忽然意識到對方雖然掌握了許多人的生殺之權，但實際上只是個身體很不好的中年婦人而已。

她最後是因為這個原因而自殺的嗎？

竹筐一路下降到離地宮底部還有一公尺高左右的地方，一群工人便蜂湧而上，接住竹筐，將崔氏穩妥地放在地面上，然後又像是怕她責罰般驚惶散去。兩名侍女走上前，一個扶著崔氏跨出竹筐，另一名侍女則在崔氏面前捧起一個附有銅鏡的化妝箱。

崔氏開了粉盒，自己動手，厚厚補了一次妝。原本扶著她的侍女繞到她後面幫忙整理頭髮，一邊低聲開口問：「夫人，世子也到了鎮上，不如今晚先罷手——」

「我沒管他的愛妾，他也別來管我的事。」崔氏冷冷打斷侍女，想了想，又說：「妳們先上去，拖過今晚，別讓他起疑心。」

她們說話時，如初一直站在崔氏身旁，邊聽邊打量四周。她上回一進入地宮便被宵練劍追殺，根本沒機會好好觀察環境，此時看清楚了，卻又覺得莫名其妙——放眼望去，這座所謂的地宮頂多五十來坪，地上鋪著跟寺內庭園相同的灰色石磚，空蕩蕩地沒有任何隔間或裝潢，只在中央位置，用漢白玉蓋了一間比人略高的小屋。

這間小屋沒有窗戶，也沒有門，乍看之下只像個四四方方的大型白玉盒，立在地宮中央。

爲什麼會在寺廟裡蓋這種東西？跟崔氏有關嗎？

侍女收了妝盒，對崔氏行禮後坐進竹筐被繩索拉上去，工人們也紛紛爬著竹梯離開，不一會兒，地宮裡只剩下崔氏與隱形的如初。崔氏環顧四周，確定無人後走到小屋前面，伸出手在牆上東摸西按了幾下，只見牆壁露出一絲縫隙，原來此處是一道暗門。

屋裡亮晃晃的，顯然點了燈，但崔氏卻彎腰拿起擱在地上的一盞黃銅燭臺，這才推門而入。如初深怕被擋在門外，硬著頭皮緊緊貼在崔氏身後也進入小屋。屋內除了一張單人木床，別無他物，蕭練就躺在木床上，面容平靜，雙眼緊閉。

他不需要睡眠，因此如初也從來沒看過如此模樣的蕭練。

雖然明明知道一刻鐘很快便會過去，時間所剩不多，如初還是忍不住走到蕭練身邊，注視著他那恍如雕塑般俊美而毫無瑕疵的容顏。

崔氏也施施然走到床邊，扭腰坐到玉枕旁，慢條斯理地從身上佩帶的荷包裡取出一條璀璨的金絲帶。

禁制！

如初握緊拳頭，跨前一步，想看清楚禁制究竟是如何植入蕭練身上。但崔氏只將金絲帶在手上繞了兩圈，卻又低下身，伸出手輕輕愛撫著蕭練的臉，嘴角噙著甜蜜的微笑，像在陪伴熟睡的情人。

他們之間，原來……是這種關係？

如初頓時僵在原地，還不知如何是好，崔氏忽地一手抄起擱在床邊的燭臺，狠狠擊在蕭練的太陽穴上！

如初嚇得倒退一大步，背抵在冰涼的牆壁上。

受到重創的蕭練並未如人類般流血，但身影卻開始漸漸變淡。崔氏舉起燭臺，又重重打了蕭練一下，床上的人影瞬間消散，床上卻出現一把純黑色的長劍，而方才門外看到過的那個超大沙漏再度從天而降，落到如初前方，頂端「一百」兩字不斷跳動。

隱形時間即將結束，倒數計時中？

如初跨前一步，沙漏上的數字也跳到「九十九」，證實了她的猜測。根據之前的經驗，不管劇情進行到哪裡，只要崔氏發現到她的存在，總能很快喚出被下了禁制的宵練劍，對她進行追殺，就好像這個小世界由崔氏所掌控一樣。

先躲起來，再見機行事。

還好崔氏進門時，並未將門關死，如初於是三步併做兩步衝出門，沿著竹梯往上爬。沙漏一跳一跳地跟了上來，流沙的聲音在如初耳邊越來越清晰。

回到地面時已剩不到三十秒，庭園還是跟她剛進來的時候一樣，像個熱火朝天的夜間工地。如初一咬牙，埋頭衝回大殿，在一字排開的菩薩裡隨便挑了一尊造型渾圓、可以遮得住她身體的佛像躲起來，心中默數：

五、四、三、二、一。

燈火驟然熄滅，整間大殿頓時陷入黑暗之中。緊接著，崔氏帶著惡意的聲音響起。她一邊咯咯輕笑，一邊歡快地唸著：「小老鼠，上燈臺，偷油吃，下不來，喵喵喵，貓來了，嘰哩咕嚕滾下來。」

一陣腳步聲由遠而近自殿外傳來，在大殿上繞了一圈。如初不敢探頭看，只聽崔氏用刻意撒嬌的聲音，說：「阿練，你幫我把老鼠抓出來好不好？」

蕭練？

如初怕自己叫出聲，忙用手緊緊摀住嘴，然而大殿上並無人給出回應，過了一會兒，崔氏似乎跺了下腳，用依然嗲聲嗲氣的講話方式，賭氣似地開口說：「不好玩，我要回去休息了。」

腳步聲再次響起，由近而遠消失在殿外，如初放下手，扶著佛像慢慢探出身子。

整間寺廟依舊燈火全滅，但今天是滿月，銀白色月光自窗外投射進來，照亮了半間大殿……

眞奇怪，前兩次崔氏要殺她的時候，夜幕無星無月，比墨還漆黑，爲什麼這次不同？

「妳，跟他們不一樣？」

身後突然出現熟悉的嗓音，如初渾身一抖，咬住嘴唇，慢慢轉過頭，看見蕭練就站在她身後，垂眼居高臨下望向她。

不對，不是她所認識的蕭練，雖然長得一模一樣。

這個蕭練的裝束也跟躺在地宮內的蕭練大不相同，他沒戴頭巾，髮上束著小玉冠，身上的衣服袖口緊窄，精瘦的腰身上綁著寬皮帶，一看就像是活動方便的胡服，而非可出席正式場合的袍衫。

但外表還其次，差異最大的，是氣質——眼前的蕭練殺氣雖重，卻帶著一股少年般的氣息，既青澀又生機勃勃，不似現代的他被一層深深的落寞所籠罩，看世間萬物都毫無興趣……

他在最美好的時候，遇到了崔氏。

刹那間，萬般思緒湧上如初心頭。蕭練跨前半步，一隻手按在腰間的長劍上，仔細打量了她一眼，又說：「妳跟我們也不一樣。」

這句話頓時帶走如初所有感慨，她滿懷戒備地瞪著他，問：「『我們』是指你跟崔氏？」

按照她所知道的事件發生順序，現在的崔氏應該正忙著在地宮爲蕭練下禁制，所以眼前這個人是誰？

崔氏掌控了傳承中的此地，也掌控了宵練劍。按照邏輯，傳承裡的蕭練並不像眞實世界一般衝破禁制，而是喪失神志，成爲一具沒有自我意識的傀儡。

眼前的這個蕭練，會不會也只是聽崔氏的命令行事？

「妳爲何跟此地所有人都不一樣？」

眼前的人再出聲詢問。如初對上他的視線，忽地發現他的瞳孔是純黑色，眼神清澈，帶著些微好奇，並無敵意，也沒有一點被人控制的跡象。

她忍不住指著地宮方向，壓低聲音問：「我剛才看到你躺在那邊……」

「妳看到的是劍魂。」眼前的蕭練皺了皺眉，不太肯定地補充：「我的劍魂。」

在崔氏的地盤裡，劍魂跟化形成人的蕭練一分爲二了？

因爲太過驚訝，如初半張著嘴，雙眼瞪得滾圓望向他。

蕭練所佩帶的劍，外形跟宵練劍如出一轍，但劍柄上卻沒有劍穗，劍身則散發著皎潔的光芒，與投射進殿內的銀白色月光相映成輝，同樣冷清瑩亮。

電光火石間，如初想起進入傳承之後，山長對她說的第一句話：「這扇門後頭便是他們的地盤……」

是「他們」，而不是「她」？

如果這句話是山長所給出的提示，難道，蕭練也擁有此地的掌控權？

她盯著他，指指窗外，耳語似地發問：「是你把月亮放上去的嗎？」

他皺起眉頭，說：「我只是讓它回到它應該在的位置……妳還沒回答我的問題。」

長劍破空的聲音在遠方響起，如初立刻驚覺，不能再浪費時間了。

她跨前一步，仰起頭看著蕭練說：「我從外面來的，你聽我說——」

「外面是什麼樣子？」對方打斷她的話反問：「我甦醒之後，無論怎麼走，都走不出青龍鎮。」

破空聲越來越響，分別來自好幾個不同方向，顯然崔氏已經能夠掌控劍陣。

她每一次進來，都讓崔氏變得更強！

如初急得抓住蕭練的手腕，說：「沒有時間解釋，你先跟我一起躲一下。」

「劍魂追殺的人是妳？」蕭練穩穩站在原地，垂頭看著她的手，一點移動的意思都沒有。

一柄飛劍陡然出現在斜前方，劍柄上的金絲帶微微晃動，劍尖上還帶了一滴露珠，尖銳的劍鋒破開氣流朝她直直刺了過來。

如初都還來不及感到恐懼，就見蕭練揮出一劍，來襲的飛劍頓時跌落在地，斷成兩截。

他的動作頗爲輕鬆寫意，彷彿只是隨手輕拂掉一片落葉而已，但在那一瞬間，如初感覺到蕭練整個人的氣質都變了——如同深淵般沉靜，卻又似高山般聳峙，傳說中的劍俠，應該就是這個樣子……

但是在現代社會裡，蕭練從來沒有展現過這一面。

如初怔怔地瞧著他，蕭練瞥了一眼那柄斷劍，扭頭又問：「這個世界是眞的嗎？」

如初僵了一下，頂著他的目光默默搖頭。蕭練看著她又說：「我感覺像做了一個很長很長的夢，睜開眼睛，發現自己在這裡。但如今我更懷疑，這裡也還是夢，我從來沒有醒來過——這樣，對嗎？」

如初張了張嘴，卻不知該如何回答。

蕭練老說他不聰明，書念得不好，也沒有任何藝術天分。但如初卻覺得他有所謂殺手般的直覺，能一眼看穿事物的本質。

果然，她沒看錯。

面對這樣的蕭練，試圖用謊言來安慰他毫無意義。如初咬了咬嘴唇，低聲說：「對。」

蕭練唔了一聲，注視著她，又問：「妳說妳從外面來……是來叫醒我的嗎？」

「……不是。」

眼睛酸酸的，喉頭也有些哽咽，如初掙扎地開口解釋：「外面也有一個你，已經清醒很多很多年，也因爲禁制痛苦了很多年，我想幫他解除禁制……」

她打住，不知該如何繼續。蕭練眼底先浮現些許困惑，接著將目光投向斷劍劍柄上拴著的金絲帶，若有所思地問：「那就是禁制？」

如初用力點頭，蕭練又問：「妳要怎麼幫？毀了這條絲帶就好，還是得連我一起銷毀？」

他問話的態度十分自然，甚至帶了一點漠然。如初瞪著他半晌，忍不住握緊拳頭問：「你一直這樣嗎？」

「怎麼樣？」

「無論遇上任何事，你提出來的解決方案一定是自我毀滅、離開、逃避到天涯海角！」

蕭練眨了眨纖長的睫毛，似乎無法理解這段話。如初忽然覺得脾氣發得很沒意義。她鬆開拳頭，喃喃說：「算了……」

「我從不逃避。」他突然出聲，一臉認眞地向她解釋：「剛剛的提議，是犧牲最少的解決之道，崔氏掌控了劍魂，妳不可能打得過她……妳爲什麼哭了？」

因爲你是個大笨蛋。

如初抹去臉上的淚珠，答：「因爲你錯了。」

她不確定蕭練在此地的角色，但該負起責任的是崔氏，而該被銷毀的，則是崔氏用她變態扭曲的心理所搞出來的禁制。

長劍低吟的聲音再度於寺門外響起，這次是一大群，嗡嗡嗡地，乍聽之下簡直就像蜂群來襲，令人頭皮發麻。

如初剛要再躲起來，忽然間，一個模糊的想法閃過腦海。她定了定神，不等蕭練回應，便搶著問：「你可以拖住劍魂，讓我去找崔氏嗎？不需要很久，一刻鐘就夠了。」

「拖住？」蕭練看看手中劍，認眞地反問：「不能贏，只能拖？」

「外面那個是劍陣……」

「又如何？」他隨手挽了個劍花，說：「劍在我手中。」

如此意氣風發的蕭練如初從來沒見過，她瞠目結舌片刻，只能喃喃說：「那你，小心。」

蕭練笑出聲，答了一句：「還眞不需要。」轉身便朝劍鳴方向走去。

如初望著他的背影，忍不住喊：「蕭練？」

「嗯？」他停下腳，不解地回頭。

「你喜歡過崔氏嗎？」她問得很快，深怕說慢了就會失去開口的勇氣。

蕭練眼底又出現困惑的神色，如初頓時想到他可能聽不懂，於是結結巴巴地解釋：「心悅，兩情相悅，差不多就這個意思。」

蕭練皺了皺眉頭，忽地解開頭巾，說：「我醒來之後，忘記許多事。崔氏給了我這個，告訴我『結髮爲夫妻，恩愛兩不疑』。」

他一把扯下原本綁在頭髮上的東西，遞到如初眼前。

看到那條眼熟的金絲帶時，如初嚇得連呼吸都停止了，蕭練卻一副完全不受影響似地，又說：「但我無論怎麼回憶，都想不起來給過誰『生當復來歸，死當長相思』的承諾——妳認識那個在外面的我？」

「認識……」

「倘若那個我，真給出了傾心相許的承諾，在什麼情況下，才會遺忘得如此徹底？」

在他坦然的注視之下，如初咬住嘴唇，緩緩搖頭，說：「我想不出來。」

蕭練微笑，又問：「如果妳成功，出去便會見到那個我？」

他問這個做什麼？

如初本想說不會了，但看到那張熟悉又陌生的面孔，長髮在風中飄揚，舉手投足間盡是不經意的灑脫靈動，陌上人如玉，公子世無雙。

鬼使神差地，她竟然點了點頭。

「那就不問妳的名字，另外一個世界再見。」

他說完後打了個響指，一柄長劍頓時浮現在腳邊。蕭練跳上長劍，低空躍過大殿的門檻，舉劍迎向集結而來的漫天劍陣。

月光下，他的姿態瀟灑至極，像一隻遨遊天際的雄鷹。那是尚未受到禁制所束縛的蕭練，自由、不羈、帶著傲氣卻也能體諒別人，還有點小任性。

劍俠與劍陣的比試令人目眩神迷，但她還有更重要的事要做。如初舉起袖子抹了把臉，轉過身，朝地宮方向大步走去。

才跨進庭園，夜幕上的星與月便驟然消失，只剩地宮下方透出些許微弱的火光。她走到邊緣處，學著古人行禮的模樣做了個揖，往下提高聲音喊：「崔夫人嗎？」

「我姓崔，可不是什麼崔夫人。」崔氏的聲音傳上來，漫不經心地說：「有話下來講，我又不是老虎，怕吃了妳？」

「我馬上下來。」如初答。

傳承之地不會幫她換衣服，如初穿的還是平常在公寓裡一個人時穿的連帽運動外套，左右各有一個大口袋。她將手伸進外套口袋裡，捏了捏剛剛突然出現在口袋裡的一樣東西，這才伸手握住竹梯，慢慢往下爬。

離地面還剩兩階時，忽地一陣怪風吹來，一把掀翻了竹梯。如初雖然每一步都踩得十分小心，但還是避免不了摔倒在地，跌了個極爲難堪的狗吃屎姿勢。

耳邊傳來崔氏暢意的笑聲，如初半邊臉在粗糙的地面上磨了一圈，傳來火辣辣的疼痛感，她爬起來拍掉手掌上的灰塵，抬頭向前望。那間漢白玉搭建的小屋前方多了一張坐榻，崔氏半躺在上面，一手支著頭，一手拿著團扇掩住嘴，正笑得花枝亂顫。

忍耐，只不過跌一跤而已，沒什麼。在這個時空之中，只要崔氏高興，隨時可以要了她的命。

在心中默默告誡自己後，如初舉腳往崔氏走近，邊走邊說：「您好，我今天來，是想跟您談一筆交易。」

「妳打哪兒過來的？不懂禮節，穿得也怪模怪樣，就是一張嘴厲害，把我家阿練都給說動了。」崔氏放下團扇，饒有興致地打量她。

儘管手心一直冒冷汗，如初還是繼續往前走，擺出冷淡卻不失禮的態度，說：「哪裡來的不重要，我支開他，爲的是不想讓第三者參與。」

「哦？」崔氏從鼻孔裡發出一聲冷笑，蹺起腳，一邊欣賞自己保養良好的手指甲，一邊問：「妳倒說說看，妳身上有什麼東西，是我現在殺了妳卻拿不到的？」

隨著崔氏的話語聲，一柄黑色長劍憑空出現，眨眼間便架在如初的頸間。

冰涼的劍身讓頸部肌膚起了一片雞皮疙瘩，如初腳步不由得一頓，崔氏頓時咯咯咯地又笑了起來。

這個女人，享受掌控一切的感覺。

如初閉上眼睛又睜開，不著痕跡地衡量著她與崔氏之間的距離後，又說：「如您所見，我也是一名修復師。所以，的確有件東西，需要我活著，才能發揮效力。」

還差幾步路，她得想辦法讓崔氏放下警戒。

「之前的那把刀？」崔氏輕蔑地說：「華而不實，花架子而已。」

「逼不得已自保用的普通兵器，當然入不了您的眼。」胡說八道貶低虎翼刀的同時，如初往前再跨一步，又說：「但倘若是可以窺見未來的器物呢？」

「未來？」崔氏嘴角下垂，露出深深的法令紋，說：「困在這鬼地方，我還能有什麼未來？」

頸邊的劍猛然壓進肉裡，如初心一驚，頓時意識到崔氏其實十分清醒，很可能也十分絕望，是以不在乎拖著所有人一起下地獄。

她離崔氏還有三公尺，太遠了。如初控制著自己的呼吸，停在原地緩聲問：「即使是您跟他的未來，也沒興趣？」

崔氏一怔，如初從口袋裡取出一面巴掌大小、背面鑄有重環紋的銅鏡，鎮定地再跨前一步，又說：「我修復的這面銅鏡，除了能照見未來，但凡心有所屬，還可以在鏡中心想事成、如意圓滿。」

渴望。

「鏡花水月，終虛所望，沒什麼好看的。」崔氏嘴上雖然這麼說，眼神卻在不經意間流露出

「不管是眞的假的，就當看場戲，解解悶，也是種殺時間的好方法……」

如初一邊說，一邊再往前邁一步，將銅鏡放到崔氏眼下。

銅鏡迎風而長，瞬間變成一面半人高的圓形大鏡，重重地壓在地上。如初用肩膀撐起鏡子，喘著氣對崔氏又說：「屏氣凝神，注視鏡面，心無雜念……」

她即時住了口，不再往下說，因爲崔氏眼珠子像是黏在鏡面上，再也移不開視線。

劍還架在脖子上，如初不敢動。只眼睜睜看著崔氏先沉迷地摸著自己的臉，然後眼神忽地出現驚懼之色，緊接著，大片大片的粉塊由崔氏臉上剝落，砸在地面上，碎成一灘灘塵屑。

下一秒，崔氏無法呼吸似地緊緊抓住胸口，開始喘氣，她越喘越大聲，最後嘴裡發出低沉的嗬嗬聲，而地宮四周狂風四起，如刀子般颳在人身上。如初咬緊牙關站在原地，過了好一陣子，風漸停，只剩下前方傳來粗重的喘息聲。

脖子上的冰涼感逐漸消失，如初往旁邊瞥了一眼，只見宵練劍已呈現半透明狀，正一點一點消散在空中。她再抬起頭，看到崔氏臉上重重疊疊都是皺紋，背也駝了，整個人既乾且瘦，衣裳鬆垮垮地掛在身上，頭髮不但變灰白，還變得稀稀落落，原本插在髮髻上的牡丹花失去支撐力，滑到她的長裙上，瞬間縮水枯萎。

崔氏張開乾癟的雙唇，吃力地將目光轉向如初，顫巍巍地問：「我的未來，就是這樣？」

銅鏡變回巴掌大小，噹一聲掉落在地面。如初彎腰撿起銅鏡，想了想，回答說：「我們的未來都一樣。生老病死，人生本來就是這樣。」

崔氏摸摸臉，再問：「可是我老了，要怎麼跟阿練在一起呢？」

「分開吧。」如初不太耐煩地答：「反正總有這麼一天。」

崔氏用一種奇異的眼神瞧著她，過了片刻，忽然瘋狂大笑，站起身指著如初說：「妳也傾心於他，別想騙我，我看得出來！」

一千年的代溝真大，如初聳聳肩，答：「我沒想騙誰，全世界都看出來了。」

崔氏沒理會這個回答，只伸出枯枝般的手，摸上如初的臉頰。她的眼神帶著眷戀，嘴裡含糊不清地說什麼年輕真好之類的話。

如初心一軟，沒在第一時間躲開，接著便感到臉上一陣刺痛。她趕緊退後一大步，伸手摸了摸，指尖上有一抹鮮血，顯然，剛剛崔氏用指甲在她臉上抓出了一道傷。

儘管覺得眼前這人絲毫不值得同情，如初也還是做不到惡言相向。她再退一步，無可奈何地問：「滿意了嗎？」

崔氏忽地彎腰笑了起來，她越笑越瘋狂，笑到整個身子都在打顫，卻又在忽然間停止發笑，直起身指著如初說：「朱顏今朝雖欺我，他日白髮不放君。」

她這句話說得極具氣勢，彷彿之前那個充滿力量的崔氏又回來了。但在下一刻，星月再度回到天空，一粒晶瑩的淚珠從她布滿魚尾紋的眼角滲了出來，周圍揚起陣陣清風，緩緩將崔氏肩膀上的披帛捲起，而她的身體也跟之前的宵練劍一般，變成半透明狀，隨風一點一點消散。

如初手插在外套口袋，望著無法動彈的崔氏，緩緩說：「時間對所有的人類都公平，我懂。」

星月在夜空中慢慢變透明，這個時空裡的蕭練，也即將消散了吧？

眼眶變得很熱，但如初不想哭。她握緊拳頭仰起臉，對著夜幕低吼：「可是我要的從來不是永遠，而是珍惜——你爲什麼不懂？」

崔氏在消失前最後的表情是一片茫然，然而如初一點勝利者的快感都沒有。

黑暗驟然將她籠罩，等周遭再度慢慢變亮時，如初發現自己置身於一座不知名的山林間。眼前數公尺處，身著古裝的蕭練一手持劍，另一手則抱著一名梳著垂髻的纖細少女，正與數名身著鎧甲的士兵相對峙。

少女呼吸急促，側面看來嘴唇蒼白得可怕，臉蛋輪廓依稀有些眼熟，如初再多看一眼，認出來她便是崔氏。

接下來，典型的虛擬實境教學場景一輪又一輪地出現，只不過在學習的過程中，如初順便看完了崔氏的前半生。

那天，蕭練以寡擊眾，救出了崔氏。他沒用劍陣，只憑一柄長劍，所到之處便如庖丁解牛般，人體在瞬間肢解，四分五裂。

雖然這絕非羅曼蒂克的初相遇，雖然知道他並非人類，少女崔氏還是對這名青年俠客產生了感情。

她用心鑽研刀劍修復之術，與他爲友，幫助他修復了本體的一些小傷，然後趁他不注意時取了他的一絲頭髮，再加上她自己的長髮，搭配七根與頭髮一般粗細的純金絲，總共九條扭成一股線，再運用唐代已成熟的花絲工藝，將炮製過的絲線編織成一條長長的髮帶，放在首飾盒的最底層。

跟所有情思萌動的少女一樣，製作髮帶的當下，崔氏只不過想爲自己無望的愛情留下一個紀念品。是以整個打造的過程用吹毛求疵來形容也不爲過，而出來的成果，自然完美無瑕。

場景物換星移，來到崔氏出嫁前夕。她約了蕭練出來，軟言相求，再以死相逼，蕭練果然答應一輩子守護她。魚與熊掌兼得，崔氏原以爲自己會快樂，然而時光荏苒，無論她再怎麼保養裝扮，跟蕭練站在一起時，看起來歲數終究差了一截。

她開始不安，開始惱怒，而當夫家的遠親誤認蕭練是她的子姪輩時，崔氏終於開始正視一個問題：在蕭練眼裡，她是不是也老了？

應該是，因爲他越來越不願意陪在她身旁，看她的眼神也變了，不再充滿信任，而是充滿同情與遺憾。

崔氏痛恨那樣的目光。

她的娘家已然衰落，她沒有錢，沒有親生的小孩，卻有七八名庶生子女與兩名年輕貌美、虎視眈眈的貴妾。而蕭練跟他的劍，是崔氏生存的最大倚仗，大約，也是唯一的倚仗。

她得將這個倚仗牢牢握在手中。

崔氏於是散出重金，祕密購入大量古籍與匠人筆記，全心全力研究如何煉製早已失傳的禁制。就在她終於掌握了禁制之法的那天，丈夫似有所察覺，居然在宴會中贈與蕭練一名年方十五、窈窕動人的胡姬，與一壺金珠。然而蕭練不但拒絕得很徹底，還斥責了她丈夫一番，大傷她丈夫的臉面。

那是崔氏在結婚之後過得最開心的一晚。過了幾天，她不顧娘家人的勸阻，搬出府第，住進自己的小莊園，準備跟丈夫和離。

事實證明，崔氏完全沒有獨立生活的能力。

半年後，她答應夫家開出的條件，屈辱地回到丈夫身旁，同時暗自下定決心——有一天，她會重新昂起頭，將現在所有看不起她的人踩在腳底下。

爲了這個目標，崔氏祕密嘗試了無數次煉製，每一次的失敗都讓她更加了解遠古時期的禁制之術。最後一次，她從首飾盒的底層找出了三十年前用盡心思編織的髮帶，拆解重鑄，再將蕭練約了出來，打昏後帶進地宮，親手爲他植入禁制。

就在崔氏以爲大功告成之際，宵練劍忽地暴起，劃傷她之後便衝出地宮，消失在夜色之中。

這一幕結束時，如初長長鬆了口氣，如釋重負地舉起手揉揉發酸的雙眼，然後才忽地發現，不知自何時起，山長已站在她身邊。

周圍環境再度變暗、變亮，緊接著，她跟山長一起，回到還在施工的鎮北寺地宮之中，頭上頂著遍布星星的夜空。

原本供崔氏橫躺的精美臥榻已消失不見，只剩下一個漢白玉的小房間，像個大型骨灰盒一般立在她們面前。

今晚發生太多事了，雖然明知已然落幕，如初一時之間情緒卻還是難以回復。她偷偷用袖口擦掉眼角的淚痕，同時裝做不在意地說：「考古學家一直在爭辯這個地宮的用途……不會是爲了下禁制特別蓋的吧？」

「當然不。」山長好笑地回答：「廟裡的大和尚千方百計從天竺迎來佛骨，怕被偷，做了一套假的放在塔上供人膜拜，好讓善男信女心甘情願捐善款，眞的佛骨卻埋進地底下，保佑鎭北寺基業永存。」

「永存？」如初轉頭看山長：「幾百年之後，這座廟就被水淹沒了。」

「可不是嗎？」山長語帶調侃地這麼說。

如初扯動了一下嘴角，望著山長，又說：「我有幾個問題。」

「我不一定知道答案。」山長含笑回答。

「沒關係，妳讓我問吧。」如初喘了口氣，繼續：「明明在現實中，崔氏如果成功的話，蕭練就會失去神智。爲什麼在傳承裡，情況卻變成蕭練跟劍魂一分爲二，崔氏擁有操控劍魂的能力，蕭練卻還是清醒的呢？」

「崔氏心目中的理想國？」山長對如初眨眨眼：「我猜的。」

如初對這個答案不太滿意，卻也沒力氣反駁，只平靜地問：「然後在她的理想國裡，蕭練不愛她？」

「人最喜歡欺騙自己，卻往往又騙得不夠徹底，不是嗎？」山長反問。

「妳這麼認爲？」如初問。

「如果妳要問我個人意見——我認爲，十五歲的崔氏愛慕虛榮，四十七歲的崔氏貪戀權勢，目標不同，卻要用同一條絲帶硬綁在一起，難怪會失靈。」山長一伸手，接過自天空悠悠飄落的金絲帶，說：「別浪費時間在崔氏身上，不值得。」

如初咬了咬嘴唇，環顧緩緩顯現出風化痕跡的四周，說：「我保證離開傳承之後一秒鐘都不會去想她，現在……可以讓我站在這裡難過一下嗎？」

「難過什麼？兔死狐悲，怕自己變成下一個崔氏？」

山長的語氣中帶著戲謔，如初苦笑著答：「怕死了，怕到都沒膽量去同情她……」

「但妳現在並不眞的害怕，是嗎？」山長問。

「也是……」如初轉轉手腕，回顧了一下心情轉變的關鍵處，怔怔地說：「扛著銅鏡的時候我忽然想到，我即使想變成崔氏，也沒那個機會了。」

蕭練根本不會給人有任何機會去操控他。能怪他嗎？換成如初自己，她會做出一樣的選擇。

蕭練還願意去愛，去嘗試與她相處，已經很勇敢了。

然而心還是好痛、好痛……

「未必。」身旁山長忽地答了這麼一句。

如初一愣，又聽山長說：「有足夠的喜歡，願意一輩子投入熱情，卻又能壓制住據爲己有的心思，這是一種修煉。」

刹那間，如初不確定山長指的是愛一個人，或是修復師這一行。

再想想，也並不需要區分這兩者。

沒了愛情，她卻仍然還有機會，擇一事，終一生。

「妳對。」眼眶熱熱的，如初假裝察看擦傷，偷偷地用手背抹去淚水，然後迅速仰起頭，問山長：「現在要怎麼做才能回到現實？我剛剛試過，腦子像灌了水泥，完全轉不動。」

「我送妳一程吧。」

「謝謝。」

如初閉上眼睛，感覺腳下一空，身體忽然往下墜落。耳邊響起山長的聲音，她用吟詩的方式，緩緩說：

「第一最好不相見，如此便可不相戀。

第二最好不相知，如此便可不相思。

第三最好不相伴，如此便可不相欠。

第四最好不相惜，如此便可不相憶。

第五最好不相愛，如此便可不相棄……」

無所謂，隨便聽聽就好，她告訴自己。

只差最後一步，她就可以了無牽掛，回到原本的道路，專心前進……

「山長，等等！」如初忽地張開眼睛，用盡全身最後一點氣力放聲大喊：「我還有一個問題！」

20. 夢醒

時序跨過霜降，邁入深秋，突如其來的一場驟雨，打落遍地紅葉，將國野驛的莊園給妝點得分外具有詩意，客人來了總免不了舉起手機猛拍，再上傳網路炫耀。

然而對工作人員來說，颳風下雨意味著額外的工作量。今天，姜尋先幫著邊鐘將幾盆菊花搬進室內避雨，下午雨乍停，他又被叫去將菊花搬回原地，順便打掃落葉除雜草。統統忙完之後，姜尋索性坐在一片散發陣陣幽香的菊花圃旁，隨手在地上撿了一塊鵝卵石，一點一點雕刻了起來。

當如初跨進國野驛庭園時，看到的便是他伸直了長腿，沐浴在夕陽之下，嘴角噙著笑，手持縮小版虎翼刀，低頭專心雕刻的模樣。姜尋的姿態舒緩，眼神則充滿眷戀，彷彿握在手中的並非一顆頑石，而是心底一抹屢屢呼之欲出、卻始終沒能看清楚的影像。

他老是在刻人像，卻從來沒有一次刻出一個完整的輪廓，總是半途而廢。如初不想吵姜尋，於是刻意放輕腳步想繞過他，然而走沒兩步，姜尋卻抬起頭，對她懶洋洋地一笑，問：「想我想到蹺班來看我？」

一聽到這句話，如初心底的感傷頓時被驅散大半。她走到菊花圃附近的石椅坐下來，有氣沒力地說：「清潔隊來廣廈噴藥滅鼠，主任乾脆讓大家提早下班，我逛到這裡，正好走進來。」

姜尋擺出一副受傷的表情，回答：「妳直接說我自作多情我也聽得懂。」

「我講事實而已，多的都是你加的。」如初抗議了一句，頓了頓，忍不住問：「有沒有人跟你說過，你專心雕刻的樣子帥呆了？」

「當然，不同人用過不同的語言讚美過，但我最喜歡妳這句，夠直白。」姜尋站起身，走到如初面前盯著她浮腫的雙眼看了幾秒，出聲問：「又跟秦師父起衝突了？」

果然，她的情況從來瞞不了他。

如初苦笑了一下，說：「我現在每天想到要進公司，就覺得好累。」

兩週前，她從傳承之地取得鍛造禁制的工序，一回到現實世界，便迫不及待想動手做實驗。然而秦觀潮卻大力反對，認爲方法反正已經到手，不急於一時，甚至不急著在這一世有所成果。

表面上的衝突僅止於此，但如初知道，她跟老師之間，存在更深的矛盾。

離開傳承之前，她抓緊時間跟山長說出她的猜測——禁制在原理上類似更高等級的御劍。如果這個猜想正確，那她必須先做出一個更強大的禁制，替換掉蕭練本體上原有的禁制，其效果相當於替換劍主人。新主人自然有權力讓新禁制失效，釋放劍魂回歸自由。

山長對這個猜想頗表贊同，但她也提醒如初，鑽研御劍術本身並非修復師的正職，記得適可而止，同時注意保密。山長表示，她不清楚現代社會的情況，但自殷商到盛唐，御劍術所帶來的利益糾葛都足以讓人間血流成河，雖然悠悠千年又過，但人心險惡可不會隨時間褪色。

如初當時認爲山長多慮了，但是出傳承之後她卻發現，即使山長不提醒，她也一個字都不會跟任何人說。理由倒與人心險不險惡無關，只是她不願意回憶崔氏，回憶那個不認識她卻肯持劍幫她的蕭練，當然更不願意回憶那段他疑似的初戀。

只要能解開禁制就好了，誰都別來管她究竟在傳承裡看到什麼，學到什麼！

這種不合作的態度在一定程度上激怒了秦觀潮，但如初更懷疑，秦老師希望主修兵器的她，能夠藉著這個機會，將禁制研究透徹。

老師的立意也許是好的，而且事前曾大力助她闖關，因此如初不是不感到歉疚，卻也並不打算妥協。

她對姜尋眨眨眼睛，又說：「不過沒關係，很快就可以解脫了。」

姜尋幾不可察地皺了下眉頭，坐在如初身旁，問：「怎麼解脫，跟之前一樣，拖字訣，拖到秦觀潮自己放棄，不再過問禁制？」

「不行啊，那樣的話我自己的進度也會被拖到。」如初解釋：「葉教授答應借我實驗室，我去看過，那裡有一些基本儀器，應該夠用。」

「所以妳要在外面的實驗室製作禁制？」姜尋想了想，說：「似乎可行，但妳哪有時間呢？」

「上班混一點，下班換地點繼續工作。」如初聳聳肩，不以爲意地這麼答。

「瞞著所有人？」姜尋追問。

「怎麼可能，只瞞老師啦，其他人都幫我的啊。」如初扳手指數：「殷組長私下給我好幾塊金條，9999的萬足金，比崔氏用來打造禁制的黃金純度還要高。杜主任允許我遲到早退，還把封狼的本體借我，然後如果遇上有不懂的地方，我還可以進傳承找山長討論……」

她的笑容逐漸消失，最後嘆了口氣，說：「就這樣。」

這麼多的努力澆灌下去，一定會成功的。只是無論結果有多完美，她都無法用純然喜悅的心情來迎接，可能，只能感覺到如釋重負。

「群策群力，妳最累。」姜尋下結論，揉揉她的頭髮，冷不防又問：「蕭練呢，他有何貢獻？」

如初怔了怔，立即反應：「他是誰？不認識，沒聽過。」

她在出傳承的第一時間便通知了主任，事隔多日，蕭練不可能不知道，然而他一點表示也沒有，確切執行了分手時她的要求，從此雙方成爲陌路。

果然不愧爲兵器類，當斷則斷。

如初怒過，怨過，今天再聽到他的名字，只剩漠然。十多天前還在傳承裡拚命努力的那段經歷，如今回首，恍若隔世。

姜尋也沒安慰她，只伸長手搭在她身後的椅背上，用一種護衛的姿態，懶洋洋地又問：「禁制做成功之後呢？」

「交給主任，然後，遞‧辭‧呈。」四目相視，如初再度微笑，對姜尋說：「我正在收集去國外念書的獎學金資料，你有資訊拜託一定要傳給我。」

這一次，她的笑容才像打從心底發出。

姜尋收起吊兒郎當的態度，嚴肅地問：「想清楚了？」

如初用力點頭，說：「我們開始著手修復鼎姐了，預計明年春天完工，那之後我一定會離開。早點通知公司我要走，他們要再找人什麼的，也有時間緩衝……你覺得這樣妥當嗎？」

她有太多事無法跟其他人商量，於是在不知不覺中，姜尋成了唯一諮詢的對象。

「依我看，怎麼樣都妥當。」姜尋聳聳肩，答：「一來，雨令絕不會爲難身負傳承的修復師。再來，就妳所完成的工作量，絕對值得一筆豐厚的離職金……要是妳臉皮薄，不好意思開口要錢，我樂意效勞。」

姜尋講這話時語氣詼諧，如初只當他又在開玩笑了，於是只笑了笑，沒回答。

姜尋若有所思地看著她半晌，忽地問：「妳曉得我沒有表面看起來那麼窮吧？」

如初不懂他爲什麼忽然問這個，但依然實話實說：「我沒想過。不過如果你把從化形到現在用過的杯子都留下來，絕對應該要很有錢了。」

「那倒也是，可惜我常手滑，老砸破杯子……」姜尋摸摸鼻子，又說：「我回北美的時間也差不多確定了。回去之後要先幫老哥一陣子，過幾年等風平浪靜，我打算盤點一下人脈，工作室重新開張。」

「噢，恭喜，有機會的話我一定要去參觀。」姜尋雕刻時的神情最安詳，如初認爲這應該是他最想做的事了。

「歡迎至極。」姜尋對她展示出一個有魅力的笑容，然後問：「要不然我們做個約定，三十歲之前妳沒遇到讓妳心動的人的話，就嫁給我，怎麼樣？」

如初一怔，姜尋對她眨眨眼，又說：「答應我吧，看在陽光如此賞心悅目的分上。」

秋陽的美不僅止於觀賞，暖烘烘地晒在身上更令人舒暢。

這一刻，如初發現自己動搖了。她怔忪了好一會兒，最後嘆了口氣，答：「可是，那樣對你不公平，所以還是算了吧。」

「哦？」姜尋挑眉，面露詢問之意。

「我大概一輩子都忘不了他。」

如初的聲音很坦然，因爲剛剛她突然想通了——繼續愛著那個離自己而去的蕭練，並不丟臉，而做不到的事，不必勉強。

姜尋唔了一聲，將手中刻到一半的圓石丟回草叢，答：「也許，那樣才叫公平。」

這句話實在太奇怪了，如初忍不住問：「你也……忘不了誰嗎？」

「八成，我不記得了。」

這句話明明自相矛盾，姜尋回答時也跟往常般輕鬆自若，但不知道爲什麼，如初就是可以確定，姜尋並沒有開玩笑或故弄玄虛的意思，他認眞地回答了。

想起蕭練曾經的說法，如初深吸一口氣，緩緩說：「有人告訴過我，日子久了之後，記憶會扭曲、變形、嚴重失眞，最後獨立出自己的故事，從根本上背叛了那個創造記憶的人。」

「相當詩意的說法，特別適合喜愛逃避現實的傢伙。」姜尋毫不客氣地如此回答。

「……爲什麼？」如初問

「記憶本來就不値得信賴，但心値得。」

姜尋握拳輕搥左胸口，又說：「如果妳一定要知道過去發生了什麼，不必搜索回憶，問妳的心就行了。第一次看到妳，我就感覺心裡很安詳。」

如初半張著嘴，忽然失去聲音。

非關愛情，只是在漫長的旅途中，有個談得來的夥伴一起上路，確實讓人心安，像船回到港灣一樣……

這段關於回憶與心的對談，雖然在當天並未得出任何結論，卻給予如初一種塵埃落定的踏實感。自那天過後，她開始了白天在公司上班，晚上去實驗室加班的生活，平穩而篤定地朝目標前進，餘暇時間基本上全用來學英文，將小公寓裡閒置的物品拍賣或送人，爲之後的離去做準備。

日子在忙碌中飛逝而過，十二月初週間的某天早上，四方市入冬以來的第一場雪，不期而落。

如初剛開始根本沒注意到下雪了，還是杜長風敲了下門，問他們要不要出來欣賞初雪，順便喝杯茶，討論鼎姐接下來的修復計畫。如初於是跟著秦老師走出隔間，來到修復室玻璃落地窗附近的沙發區。

這一區最近才布置起來，用大型盆栽與地毯擺設出的一個小空間，牆上掛著蘭花卷軸，旁邊擺了冰箱跟新款的義式咖啡機。如初踏進來時重環正在裡頭忙著煮咖啡打奶泡，大家落坐，她幫每人端上一杯熱咖啡，然後打開冰箱，一樣一樣報告：

「有米布丁，蘋果塔，葡萄乾司康，還有一個巨無霸版的維多利亞蛋糕，上面放草莓，裡頭夾覆盆子果醬……啊，他在蛋糕裡放了很多杏仁粉，還可以聞到杏仁香，我最喜歡這種口感了！」

這個「他」肯定是國野驛的大廚楚胄。他的本體已經完成修復工作，想來臉部的燒傷也已癒合。他會不會已經跟鏡子見過面，上演破鏡重圓了呢？

如初並不知道鏡子跟楚胄之間發生過什麼事，但從鏡子報告甜點的甜蜜語氣判斷，無論兩人間存在任何誤解，都應該能夠化解開來才對。

她爲自己的臆想微笑，要了一份米布丁，邊吃邊看杜長風打開一個小匣子，鄭重宣布這是姜拓提供的補料，據說裡頭的主要成分是從隕石提煉而成。

秦觀潮在聽到「姜拓」兩字時發出一聲冷笑，雙手抱胸與杜長風爭論這份補料的可靠度。如初見匣子裡的小金屬片有些眼熟，拿起來仔細觀察片刻，赫然發現姜尋本體刀上所覆蓋的金屬薄膜，其光澤跟她手中這份補料一模一樣。

出於直覺，她不願跟大家說明姜尋的狀況。如初於是趁杜長風與秦觀潮討論到一個階段時，插嘴問：「這份補料還用在誰身上過嗎？效果怎麼樣？」

杜長風告訴大家姜拓並未給出其他資訊，只保證安全性無庸置疑。秦觀潮沒有說話，神色卻有些不太自在。

如初沒有追問下去，只是以研究爲藉口拍下金屬補料的照片，找個機會傳給姜尋，然後便回到修復室繼續工作。

一切如常，中午在餐廳遇到承影，他告訴如初四方市最近三個月完全沒有猝死案，看來之前純屬巧合，要她不用擔心。此外，他今年會飛去倫敦歡度聖誕，問她有沒有喜歡的東西，他可以幫忙帶……

「都好耶。」如初其實不想要任何禮物，她無所謂地建議：「巧克力怎麼樣？買一大盒，擺在修復室大家吃。」

「就這個。」承影拍板定案：「有一款裡頭夾了櫻桃酒的……妳別皺鼻子，保證好吃，我買回來胖死妳。」

前幾天杜長風才提到，蕭綀跟佳士得總公司簽下了兩年的工作合約，承影一定是去倫敦找他的。但承影不提，如初樂意裝傻。

今天她跟楚胄約好了，下班後去國野驛將修復好的楚胄本體交還給他——一只有著雙卷角獸面紋的青銅頭盔。到了下午，如初才剛把頭盔裝進錦匣，就接到葉教授實驗室的大廈管理員來電。

她握著手機走到窗前，聽管理員用公事公辦的口吻告訴她，明天清潔隊會進入校園噴藥，倘若她有任何重要的個人物品留在實驗室內，都需要在今晚六點前拿走自行保管，不然遺失損毀恕不負責……

「那麼趕？現在已經四點多了。」從公司到實驗室的車程要將近一小時，如初有點頭疼。

對方理直氣壯地回：「我們也要下班啊。」

那倒也是。如初再問：「可是我本來預定今晚要在實驗室做實驗的——」

「那妳趕緊趁六點前進來，六點準時鎖門，外面的人進不來，妳在裡面做完實驗就出去。」

對方不耐煩地打斷她，劈哩啪啦地講完後問：「還有什麼事？」

如初無奈，只好問：「我最晚能在實驗室待到幾點？」

「不清楚。反正妳自己抓緊時間，明天灑的藥聽說是滅老鼠用的，很毒。」

對方說完便掛了電話，如初於是抱起裝有楚胄本體的錦匣，又從自己的抽屜取出一只如同錶盒般狹長的小錦匣，然後才離開修復室，動身前往實驗室。

過去兩個禮拜，她照著崔氏的手法用金絲編織禁制。工序本身不複雜，但因爲沒有前例可循，她怕出意外，每次都只推進一點點便停下來，反覆確認無誤後才敢繼續。

但跟崔氏不同的是，她並未將任何人的頭髮織入禁制之中。因此前天完工之後，純金絲帶迎風一抖，撲面而來的盡是富貴吉祥氣息，一點肅殺感都沒有，乍看之下跟禁制兩字扯不上任何關係。

如初要的就是這種效果。古人稱青銅爲「吉金」，剛出爐的青銅器跟純金器十分相似，都閃耀著氣勢恢宏的黃金色澤，灰黑是歲月帶來的氧化痕跡，銅綠更是有害鏽，會腐蝕本體造成破壞，根本是不該出現的東西。

吉金已成，接下來，她需要做到連崔氏也功虧一簣的事情。

山長對她鍛造禁制的看法是：勝固欣然，敗亦可喜。如初卻沒辦法如此看得開。她帶著兩只錦匣，趕在五點半踏進實驗室，謹愼地關好門，然後打開小錦匣，取出金燦燦的禁制絲帶。

熟練地套上具有防火功能的工作衣，戴上護目鏡，如初將禁制絲帶平放在實驗檯上，開啓噴槍。一朵青藍色的火燄頓時冒了出來，與蕭練眼中的火光幾乎一模一樣。

那雙眼睛只在她心底一閃而逝，如初左手舉起噴槍，右手握住嶄新消毒後的小刀片。她迅速用刀片在指頭上拉開一道口，讓鮮血一滴滴落在絲帶上，接著噴槍隨即跟進，火舌輕柔地舔過一切。

詭異的事情發生了，原本該燒成焦炭的血液卻像是被絲帶吸收了似的，轉瞬間消失得無影無蹤。而禁制絲帶的色澤卻緩緩轉變，在原本的純金之外，增添了一抹妖豔的七彩流光。

「以血釁金。」腦海裡忽然冒出一句感嘆，那是山長的聲音。

「我成功了嗎？」如初緊張地問。

「應該是，我將流程收錄進傳承了，恭喜。」山長頓了頓，又說：「對了，妳之前問到的那項工藝，我在禮器類找到一些眉目，挺有意思的，介於貼金跟包金之間……」

山長接下來的話，如初並未專心聽。她放下噴槍，感覺期待中的解脫心情並未浮現，反倒是努力多時後驟然失去目標的失落感自胸口泉湧而出。等山長說完，她再也站不住，腿一軟跌坐在電腦椅上，手心全是汗，喉嚨又乾又渴，眼前一片模糊。

她真的做到了。

終於可以開始正式規畫之後的人生了……

她閉上眼睛，休息片刻後感覺心情似乎開朗了些，身體也沒那麼沉重。等下還得把楚冑的本體送到國野驛，如初於是脫下工作服，隨手將禁制放進外套口袋，開了鎖走出房間，來到飲水機前想喝點水，定定神。

飲水機旁的紙杯架是空的，走廊也靜悄悄的，她一路走過來，一個人都沒看到，這種情況還是第一次碰到。大學生都晚睡，研究生更是常常日夜顛倒，之前有幾次她在實驗室工作到半夜，出來喝水時聽見好幾間房都傳出電玩的喧譁聲，還有火鍋的味道飄在空中。

所以，明天要滅鼠，大家今晚都撤退了？

她也應該要趕緊離開。如初於是打開手機叫車，同時走向儲藏室取紙杯。今天這裡的網路訊號也不太好，時斷時續，如初連了幾次都沒連上網，索性收起手機，心不在焉地拉開儲藏室的門……

然後她就看到馬思源軟趴趴地靠在櫃子旁，雙眼瞪得老大，頭部還在緩緩湧出鮮血。

大腦嗡地一聲，瞬間變空白。如初退後一步，第一時間倒不特別感覺害怕，只頭暈目眩地想著到底該撥哪個號碼才能叫警察……

等等，也許馬思源還有救，應該要叫救護車才對。

如初跨前一步，伸出手，嘗試著想摸馬思源的脈搏。就在她碰到他手腕的那一刻，腦後突然傳來一陣劇痛，緊接著如初眼前一黑，失去了知覺。

21. 全空的貓食盆

禮拜六早上十點整，國野驛還坐不到五成滿，經理邊鐘走到一張空的方桌旁，彎腰嗅了嗅桌上插在小圓肚水晶瓶裡的淡紫色杭菊，轉頭詢問領班，這花是不是昨天插的？領班低聲回答，今天早上花店送花送得比較晚，他們還在整理鮮花，邊鐘要領班加快動作，趁中午那批客人還沒進門前趕緊換上。

這是個再尋常不過的週末早晨，客人陸續打著哈欠進入餐廳享用早午餐，姜尋獨坐在靠窗的桌旁，雙眉緊皺，低頭注視手機裡如初昨天傳來的照片。

他再瞥一眼對面的空位，沉思片刻，按下一個快速鍵。鈴響數聲，一道如大提琴般低沉而具魅惑力的男性嗓音響起，饒有興味地說：「挺可愛的，我這次來可有機會見上一面？」

「誰？」姜尋沒反應過來。

「你頭像照片上的姑娘。」姜拓回答，語氣帶著輕鬆閒適的笑意。

姜尋這才想起來，他前幾天將頭像換成了自己跟如初參加婚禮時的合照。他敷衍著答：「我安排看看。」

同一時間，靠他最近的鄰座兩人莫名回過頭來注視著他，眼神透露出癡迷。

姜拓的異能就這點麻煩，即使不刻意爲之，也照舊蠱惑人心。姜尋沒好氣地瞪了那兩人一眼，掏出耳機塞進耳朵裡，低聲說：「老哥，我有件事問你。」

「嗯？」

「我的記憶到底怎麼回事，你是知道的吧？」

姜拓沒立刻回應，只低低嘆了口氣，說：「你終於還是問了。」

姜尋默然。其實他察覺到自己的記憶不對勁已經好多年了，但每次一想到，腦子裡就會冒出聲音阻止他追尋眞相。久而久之，連他自己也分不清楚，究竟是記憶出了問題，抑或一切都是錯覺，庸人自擾罷了。

姜拓等不到姜尋回應，無奈地又說：「等我到四方市見面聊吧，現在正排隊上飛機。」

「你的私人飛機呢？」姜尋問。

「被你那兩個好屬下開到英國去了。」一提到那兩個，姜拓就來氣，他說：「你回來先趕快把這兩個傢伙領走，我寧可養廢物也不養不聽話的蠢貨。」

最後一句話十分耳熟，然而姜尋卻記不得第一次是在何時聽老哥這麼說。他苦笑著答：「我也算是不聽話的蠢貨。」

姜拓沉默片刻，斷然說：「你要笨一點倒好了。」

姜尋扯動了一下嘴角，笑意卻沒到眼底。他將視線調向窗外，冷不防又問：「你這次究竟爲什麼來四方市？」

「刑名鼎。」

「那又是誰？」

「你問『誰』？果然……等等，空服員過來，找得關機了。」

姜拓說完，也不等姜尋回應，便立即將手機切換至飛航模式，通話頓時中斷。他坐在頭等艙寬敞的位子上，沒有接過空服員殷勤遞上的熱毛巾，卻重新打開姜尋的頭像圖片，放大如初的那半邊。

修長的手指掃過螢幕，姜拓用他那可以讓人輕易失神的聲音，喃喃說：「奇怪，我一定在哪裡看過他……」

耳邊傳來斷線的答答聲，姜尋端起杯子，一口飲盡大半杯黑咖啡，隨手又按了一個快速鍵。鈴響許多聲後，呆板的機械語音說：「此號碼已關機或不在服務區，建議稍後再撥。」

楚冑身穿立領雙襟的白色廚師制服，將一大盤焦糖麵包布丁放進自助式點心吧檯，經過姜尋身邊時順口問：「你等人？」

「等如初。奇怪，她一向準時。」姜尋目光落在對面的空位上，不自覺皺起眉頭。

如初從傳承裡取出解除禁制之法的事，楚青也聽說了，他瞥了一眼空位，隨口說：「最近太忙了吧，她昨晚本來跟我約好碰面，後來也是抽不開身，只能叫快遞送。」

「會不會生病了？」邊鐘正好巡視完餐廳一圈，走過來聽到他們的對談，插嘴問了一句。

這話提醒了姜尋，他快步走出餐廳，跨上新買的摩托車。

將近半小時後，姜尋站在如初所住公寓對面的街道上，仰頭往她的窗口望進去。

窗內沒瞧見人影，手機依然不通，敲門也無人回應，姜尋等了一會兒，等到一個沒人在附近的空檔，原地起跳，輕鬆躍上她位於二樓的窗臺。

窗戶是關著的，但沒上鎖，他推窗跨了進去，只見床鋪空蕩蕩，棉被草草折了三折堆在一旁

……

「喵，喵喵！」一隻肥肥的黃貓從床底下衝出來，對姜尋大叫，隨即扭過頭，往樓下奔去。

「喬巴早。」

他跟著喬巴走下樓，喬巴一路衝到食盆前，隨即端坐不動。姜尋低頭一看，才發現白瓷的大食盆裡頭乾乾淨淨，一粒貓糧都沒有了。

「喵！」喬巴又衝著他大叫。

姜尋攤手，有點好笑地對牠說：「別問我，我哪知道你家奴才把貓糧放哪裡……」

不對，難道如初昨晚根本沒回來，貓食盆才會全空？

這間公寓太小，如初又整理得井井有條，姜尋很快便在廚房的櫃子裡翻出一包貓糧。他倒了大半碗進食盆，又換了一碗清水，然後坐在椅子上看喬巴埋頭大嚼。

過了片刻，姜尋霍然站起身，又從窗子翻了出去，騎上機車。

他一路疾駛，大約一小時後騎經一處古老的木質牌樓，門上匾額橫書「南洋公學」四個大字，還是上上個世紀遺留下來的古蹟。姜尋瞧了匾額一眼，沿著大馬路再往前騎，繞過這道牌樓，轉進一條略窄的馬路。

他繼續騎，遇到第一條巷子時右轉，然後踩煞車，熟練地提起重型機車靠牆一放，取出手機一邊低頭查看，一邊不動聲色地跟在一群貌似大學生的年輕男女旁邊，慢慢走進校園。

物理系位於校區角落一座單獨的大樓裡，葉教授的實驗室就在大樓裡面，姜尋送如初來過兩次，還記得路。他跟著那群學生走了一小段，在分岔路口挑了一條小道迅速轉進去，抄捷徑很快便走到物理系大樓前方。

他瞇起眼，正盤算著該如何混進去，忽然看到兩名穿著制服的工人扛著一架類似病人坐的醫療椅走出大門，而一名略嫌眼熟的二十來歲男生則緊跟在工人身後，提高了聲音問他們要把儀器搬去哪。

「不關你的事，我們有許可證。」一名工人老大不耐煩地從懷裡取出一紙公文，在那名男生的面前晃了晃又收回。

男生停下腳，忿忿不平卻又無可奈何地目送工人遠去，姜尋走近大門，對男生揮了揮手，說：「嗨，新娘的弟弟，莊嘉木，對不對？」

嘉木轉過身，以戒備的眼神打量姜尋，卻不接話。姜尋笑出一口雪白閃亮的牙齒，又開口說：「我叫姜尋，跟如初一起參加過你姐的婚禮。」

「我記得你。」嘉木平靜地回答，眼底的戒備卻一絲未減。

就在姜尋思量該如何套話時，嘉木卻搶先開口，又說：「對了，我好一陣子沒見到如初了，她還好嗎？」

嘉木的語氣貌似隨意，眼神卻蘊含隱藏不住的焦慮，姜尋「唔」了一聲，反問：「多久沒見到？她上禮拜每天晚上都到你教授的實驗室工作，你一次也沒碰上？」

「當然有，前天晚上我們大家還一起吃火鍋……」嘉木講到一半，猛然醒悟自己說謊被抓包了。他生氣地抿了抿嘴唇，不甘願地低聲說：「前天晚上我最後一次看到她，今天一大早她手機就關機了，怎麼打都打不通。」

「你有什麼急事，需要在禮拜六一大早打給她？」姜尋跨前一步，咄咄逼人地追問。

他的體格高大，靠近了給人很大的壓迫感，嘉木梗著脖子說：「關你什麼事？你憑什麼過問？」

搞成僵局了反而麻煩，姜尋心念微動，放緩語氣又說：「她今早跟我有約，沒出現，我很擔心她……」

他省略掉爬窗進如初房間裡的部分，只簡述進入她的公寓，發現床上沒有人睡過的痕跡，而喬巴的碗也全空……

「不可能。」嘉木打斷他，語氣急促地又說：「你不了解。如初從小沒有兄弟姐妹，跟家裡的貓一起長大，她餓到自己都不會餓到貓，一定出事了。」

姜尋的瞳孔微微一縮，並未出聲，嘉木皺眉凝思片刻，咬了咬牙，下定決心似地又說：「我的兩個學長跟一個博士後，今早統統連絡不上。其中一個學長的女朋友說，他從昨天晚飯後手機就關機，另外兩個人的手機也都沒開……」

嘉木停在這裡，神情遲疑，姜尋冷冷看著他，突然問：「我沒聽說如初跟你學長有多熟，爲什麼你學校裡的人手機沒開，你會立刻聯想到如初？」

「我、我……」嘉木連續講了好幾聲「我」，忽地一把揪住姜尋的衣袖，說：「你跟我來一下。」

姜尋任憑嘉木拖著他走到旁邊角落靠牆處，這裡栽了一排樹，離道路還有段距離，一般人不會走過來。嘉木放開姜尋的衣服，低聲說：「這事得先從我指導教授說起……」

「葉教授？」姜尋點頭：「我在婚禮上見過他。」

嘉木緊皺眉頭，慢慢地說：「教授他主持了一個研究中心，裡頭有間實驗室完全由外面廠商贊助，一般學生無權進入，只有在裡面工作的人用密碼再加刷卡才進得去。」

他說到這裡又停下，姜尋問：「如初就在那間實驗室做實驗？」

嘉木點頭，姜尋再問：「其他三個失蹤的人也都在那間實驗室工作？」

「那倒沒有。」嘉木苦笑一下，解釋：「那間實驗室的設備特別好，休息區有沙發床，還有大螢幕的電視跟冰箱。雖然按規定我們不能進去，但所有實驗室都在同一層樓，大家總有來往。那個博士後常常跟我們一起吃飯，後來教授不在的時候，他也會偷偷讓我們進去跟他一起看看片子、打打電動什麼的。」

「你懷疑那三個人，再加上如初，全都在昨天進了那間實驗室之後就宣告失蹤？」姜尋沉聲問。

「如初發生什麼事我不確定，但馬思源跟沈超肯定進去了。」嘉木取出手機，點開一頁遞到姜尋眼下，說：「馬思源進去之前給我發了訊息，說他買了一盒新桌遊，問我要不要一起玩。我正好有事，就說下次吧，他們一定是去找博士後學長玩。今天學校也不對勁，研究中心不讓學生進去，只有工人不停從裡頭搬東西出來……」

嘉木忽地打住，愕然朝姜尋身後望去，姜尋跟著嘉木的視線往後瞧，只見又有五六名穿著同樣制服的工人從系館大門魚貫而出，手上抱著資料夾、示波器等各種物品。

「不對，他們爲什麼走這條路？」嘉木跨前一步，瞪住那群工人不放。

姜尋抬頭往遠處瞄了一眼，反問：「爲什麼不？這條馬路直通側門停車場。」

「我知道。但我們系館後面有個小停車場，專門給貨車使用，不然搞低溫物理那幾間實驗室每週光搬液態氮瓶就會累死，他們爲什麼要捨近求遠——」

「跟去看看不就知道了？」姜尋打斷他的話，指著牆問：「我的車就在後頭，一起去？」

嘉木才點頭，就見姜尋雙膝微彎，輕輕一躍便跳上比人還高一點的圍牆。他蹲在牆頭，伸出一隻手，嘉木沒理他，伸長手搆住牆頭，雙手用力，掙扎著也爬上牆，低頭往牆的另一邊看了一眼，問：「摩托車？」

「重機，我剛加滿油。」

嘉木沒繼續問，只發狠勁猛然往下一跳，姜尋也毫不遲疑地跳下牆，兩人一前一後坐上摩托車。嘉木路熟，在後座不停指揮姜尋抄近路，很快便騎到另一個大型停車場。只見一輛超長的貨櫃車就停在出口附近，剛剛搬出系館的儀器還有部分堆在車後方，幾名穿同樣制服的工人正將物品提上去，裡頭顯然有人接應整理，旁邊則有數名身材高大、穿著警衛制服的男人在車子兩旁不斷巡邏走動。

「一、二、三……不算司機起碼也超過十個人，你們系上搬器材都這麼大陣仗？」姜尋問。

「從來沒有，見鬼了，這些警衛還有槍！」嘉木瞪大眼睛。

這群人不但人數眾多，手腳也俐落，很快便將器材統統送上車，接著工人與警衛也都上了車。嘉木與姜尋坐在摩托車上，目送貨櫃車緩緩駛離停車場，直到貨櫃車開上大馬路，姜尋才發動車子在後方跟蹤。

貨櫃車一直開在大馬路上，兩旁的景物卻越來越荒涼，開了一陣子後嘉木忽地咦了一聲，點開手機地圖查看後說：「這條路再走下去就是機場。」

姜尋嗯了一聲，降慢車速，又騎了一兩分鐘後停下車，淡淡說：「有人不想讓我們跟下去了。」

嘉木一驚，探頭往前看，只見前方貨櫃車的車速變得極慢，後方車門打開一條縫，幾名警衛正跳下車，抽出別在腰旁的棍棒朝他們兩人走來。

嘉木深吸一口氣，跳下車擋在姜尋身前，說：「我學過散打，你不要勉強。」

「你放心。」姜尋慢條斯理地捲起衣袖，說：「我一點都不勉強。」

22. 等我

就在姜尋輕鬆擺平警衛、攔下了貨櫃車的同時，相隔將近半個地球遠的倫敦，時間正好是早上七點半。

擁有兩百五十多年歷史的佳士得拍賣公司，總部便位於倫敦的國王大道之上。這是一條充滿奢華與怪異的傳奇街道，披頭四曾經在此地與設計師合開過一間服裝店，因爲經營不善很快就倒閉；007也曾經住在這條街上，據傳天氣好的時候會自己上屋頂晒被單。

在佳士得總部附近，一條與國王大道垂直交叉的小巷子裡，有一間以愛麗絲夢遊仙境爲裝潢主題的茶館。此時附近的商店全都靜悄悄地尚未開始營業，這間名爲「Double Wings（雙翼）」的茶館卻燈火通明。

茶館內部的裝潢典雅而富童趣，一名有著東方臉孔與栗色濃密捲髮，年約三十歲左右的俊秀男子，穿了一條以丹寧布與植鞣皮革製作的職人圍裙，站在櫃檯後方，手執笛音壺，正以貴族般優雅的儀態，將熱水緩緩注入一只繪有藍色花紋的皇家道爾頓骨瓷茶壺中。

店內還有兩桌客人，蕭練穿了一身黑衣，挺拔筆直地坐在最角落的位置，桌面上放了一杯已失去熱氣的紅茶。

靠近櫃檯的小圓桌旁則坐了一對年約二十出頭的年輕男女，男生拿著一疊撲克牌，正專心用紙牌蓋房子，及肩的黑色直髮用一枚樣式古雅的玉環束在腦後；女生則有一張甜美的娃娃臉，穿了件剪裁頗具現代感的旗袍，旁若無人地享用桌上豐盛的早餐。

紙牌屋忽然倒下，讓女生發出一陣銀鈴般的笑聲。蕭練厭煩地看了那桌一眼，又收回目光。雖然他很想找個對象好好打一場，徹底發洩一下，但這兩個長年追隨姜尋的傢伙顯然不適合，太弱。

女生名為燕雲，本體為矛，話多到用聒噪都不足以形容；男生叫流雲，本體為盾，用現代醫學的角度來看顯然有自閉症。蕭練一直不懂姜尋是不是基於某種惡趣味才收了這兩個當手下，他也從來沒想要搞懂過……

當你活得夠久之後，就會了解到這世上值得花時間去了解的東西其實很少，而且跟你手中握有多少時間並沒有任何關係。

手機在他口袋裡發出震動，是承影來電。蕭練接起電話，一言不發地聽承影自顧自說了一串聖誕節計畫。幾句之後，蕭練忽地開口問：「如初在傳承裡究竟看到了什麼？」

承影無言片刻，說：「我以為你應該最清楚。」

「傳承之地所展現的並非全都是真實的過往，還包括人的臆想，甚至潛意識的投射……」蕭練頓了頓，掙扎地問：「她眞的、一點都不肯透露究竟看到什麼？」

承影再度無言片刻，說：「你要不要先說說，究竟怕如初看到了什麼？」

蕭練閉上眼睛。

掛在門上的鈴鐺聲輕響，一對貌似觀光客的日本老夫婦推開門走了進來。原本在櫃檯後面泡茶的男子起初彬彬有禮地以英文接待，說了幾句後又轉成流利的日文，熱情地與老夫婦話舊，討論日本岡山市的風土民情。

他們三者之間的對話蕭練全聽在耳內，卻一個字都並未眞正聽進去——泡茶的男子名叫藤原鏃，本體是一枚弧刃雙翼青銅箭鏃，於殷墟出世，卻在日本的岡山化形成人。到底一枚箭鏃是怎麼從河南去到日本的這點已不可考，但蕭練看過藤原在戰場上殺人不眨眼的狠勁，跟如今人畜無害的模樣簡直判若兩人……

不，這間茶館裡除了那對老夫婦，其他的都不是人。倘若內心的世界能當場具像化，此地已成爲修羅場。

她究竟在傳承裡看到了什麼樣的他？

日本老夫婦滿意地拎著一大袋茶葉走出門，流雲的手機鈴聲響起，下一秒，在蕭練耳邊，杜長風的聲音也突然響起，他對承影說：「手機給我一下……老三？」

「杜哥？」蕭練倏地睜開雙眼。

還沒等他開口詢問，杜長風急促的聲音便又傳了出來，他說：「如初失蹤了。」

在第一時間，蕭練想偏了。他頓了頓，乾澀地問：「她、離開了四方市？」

「她晚上進實驗室，結果第二天整間實驗室被搬空，如初也不見了，連帶失蹤的還有一名教授外加三名學生。姜尋攔下了搬器材的貨櫃車，在上頭找到其中一個人的屍體，我正要趕過去……」

砰地一聲，蕭練站起身，因爲力度過猛，順帶掀翻了面前的圓桌。

杜長風趕緊解釋：「死的不是如初，是個學生。不過這事陣仗太大，我懷疑主謀者只怕很早就盯上了如初……」

當杜長風與蕭練交談時，茶館的另一邊，流雲將手機交給藤原鏃，用死板的聲音說：「老闆找你。」

藤原接過電話，雖然手機傳出來的聲音並不大，但在場所有人都可以清楚地聽見姜尋問：「藤原，你現在異能的情況怎麼樣，能偵測的距離範圍大概有多少？」

藤原鏃用帶著奇怪腔調的中文答：「還不錯，大概方圓一公里內所有人的心聲，想聽都能聽得見——」

「很好。」姜尋打斷他的話，急急說：「立刻來四方市一趟，需要你幫忙找人。」

「沒興趣。」藤原將手機還給流雲，嘴裡嘟囔：「我今天約了設計師討論改裝店面，告訴你家老闆我沒空。」

然而手機並未回到流雲手中，蕭練踩著長劍平飛至藤原鏃身旁，截下手機放在耳旁問：「姜尋，如初失蹤多久了？」

「蕭練？」姜尋一怔，馬上反應過來：「十二到二十個小時，最後線索停在機場附近，推測兇手打算潛逃出境。我們正在搜查，但範圍太大——」

「所以需要藤原的異能當雷達，了解。」蕭練截斷姜尋的話，目光灼灼地望向藤原鏃，說：「失禮。」

藤原鏃下意識地往後退一步，然而蕭練的動作更快，他一手抽起桌巾，在滿天灑落的紙牌中瞬間飛到藤原的身後，抖了抖桌布當繩索，牢牢將藤原鏃綑住。

站旁邊的燕雲抓起搭在椅背上的外套，往藤原鏃兜頭一罩，拍了拍手，開心地說：「完美。」

「欸，你們不能因爲要救一個被綁架的人，就先來綁架我，這樣邏輯不通。」藤原偏頭抖開了外套，大聲抗議。

「少囉嗦，綁架就是綁架，沒在討價還價的。」燕雲大剌剌地一巴掌拍在藤原的肩膀上。

蕭練問流雲：「姜尋說姜拓有架私人飛機就在魯登機場，你會開嗎？」

流雲面無表情地站在原地，彷彿沒聽見蕭練的話似的，姜尋在電話另一頭說：「流雲，事態緊急，先用再說，大哥問起叫他找我。燕雲，幫忙搭把手。」

「遵命。」

燕雲與流雲齊聲開口，燕雲走到藤原鏃身旁，一把將比她高大許多的藤原鏃輕輕鬆鬆扛在肩膀上，舉腳便往門外走，流雲也跟了上去，蕭練卻還留在原地。他重新將手機貼近耳朵，啞著嗓子開口：「姜尋，情況有多糟？」

「貨櫃車裡頭除了屍體，還有塊小地毯，被血浸濕透了，鑑識結果是那名教授的血，看來他也凶多吉少。現在的問題是我們完全不知道兇手的目標，也不確定搜查的方向，更不確定如初，或者其他人，是否已經遇害……」

講到最後，姜尋的聲音透露出沉鬱。蕭練深吸一口氣，沉聲說：「不會。兇手將網撒那麼大，圖謀必然不小，沒拿到想要的東西暫時不會殺人。而且如初很聰明，她會想辦法自保，你們仔細搜，搞不好能找到她留下的線索。」

「希望如此。」手機突然傳出刺耳的煞車聲，姜尋說：「杜長風到了，我先去跟他討論，你上飛機之後再跟我們聯絡，應該可以有進一步的結果。」

蕭練的眼底倏地亮起青藍色火光，但語氣卻平靜異常，他說：「好，在我回去之前，拜託了。」

他不等姜尋回應便掛下電話，大步衝出門，下一秒，一輛淡黃色骨董跑車從巷子口衝了出來，停在他身前。燕雲與藤原鏃在後座鬥嘴，流雲坐在駕駛座。蕭練一言不發地將手機還給流雲，迅速落坐在流雲身旁，抽出自己的手機。

他的手機桌布是一張照片，女孩半偏著頭，用細布專心擦拭巴掌大的銅鏡。因爲光線與角度的緣故，她的五官泰半被黑影遮蔽，只有一雙明亮的大眼睛閃爍著光芒。

跑車衝上大馬路，蕭練凝視這張照片半晌，低聲說：「我馬上就到，等我。」

就在蕭練一行人抵達機場時，鏡重環也正好從計程車上下來，走進四方市一間殷含光臨時租的大倉庫。

杜長風正站在倉庫門口拿著手機講電話，神情焦躁。重環走了過去，聽到他說：「……是，我明白，要封鎖機場不可行，但安檢方面多調派些人力總應該做得到……多謝，我欠你一次。」

杜長風掛下電話，重環迎上前，問：「我能幫什麼忙？」

「含光承影都在裡頭，妳問他們去。」杜長風答完，又拿起手機撥打下一通電話。

重環跨進倉庫，之前從大學裡運出儀器的那輛貨櫃車已被拖到倉庫裡頭，內部裝載的貨品全都被取了出來，一樣一樣整齊排放在車外。在幾乎全空的車廂裡，只放了一張類似牙醫看診的病人椅，含光坐在椅子上，雙手交疊放在腹部，雙眼輕闔，姿態頗爲放鬆。

他的模樣實在太過閒適，重環走到他身邊，忍不住語帶譏諷地問：「靠冥想就能找出兇手？」

「我在想，這張椅子要做什麼用？」含光睜開眼，搖搖頭，自言自語地加一句：「人體實驗？」

他站起身，對重環說：「原本在車上的人都被姜尋逮住，綑了起來，鎖在後面的小房間裡。杜哥初步審問了一圈，沒問出任何線索，承影還在裡頭詳細問……妳的異能全恢復了？」

重還翹起鼻子，得意地說：「回到全盛時期。」

「那好，妳去幫承影，看能不能逼問出點什麼。」含光吩咐。

重環一怔，搖頭說：「你這是死馬當活馬醫。我告訴你，根據我的經驗，人類心裡最大的恐懼，往往跟自己幹的壞事一點關係都沒有。」

她嘴上雖然抱怨，腳下卻立刻移動，輕巧地跳下貨櫃車，往倉庫後方走去，踏進一個約莫兩三坪大的小房間內。

只見十來名男子被繩索綑住手腳，嘴上也貼了封條，全部神情萎靡地靠牆坐成一排。承影跨坐在一張邊緣已經破破爛爛的折疊椅上，面對這群人，神色顯露出從未見過的冷酷。

重環走到他身旁，右手往空中一抓，本體漢代透光鏡赫然出現在她掌心內。她挑眉，看向承影，問：「誰先來？」

「從最左邊的開始。」承影站起身，走到重環對面，站在那群男子之間，取出手機當手電筒，將光束打在鏡面上。

按理銅鏡無法透光，但奇妙的事情發生了，在含光身後的牆上，慢慢顯現出一個圓圓的光暈。

起初光暈之中顯現的是銅鏡背面一圈圈精美的重環紋，但是當鏡重環將鏡面對準最左邊的那個人之後，牆上光暈內的花紋開始變化，逐漸浮起一幕幕如皮影戲般的景象……

「他害怕這樁生意搞砸了，之後拿不到毒品。」

承影凝神觀看光暈內的影像變化，說：「照久點，這裡頭出現的人可能會是線索。」

被照到的男子發出驚恐的嗚嗚聲，白眼一翻昏了過去。重環嘟囔了一聲「沒用」，將鏡面移往他旁邊的那個人，幾秒後，光暈內的皮影戲又起了變化……

「他害怕回到小時候，被一群人圍著打。」

等第三個人也承受不住昏過去之後，重環搖頭，無力地說：「他怕餓肚子……都胖成這樣了還怕餓？」

就這樣，一個一個地照過去，除了第一個人之外，其他人內心深處的恐懼都跟早年的境遇習習相關，並未帶來任何線索。但是當鏡子照到最後一名枯瘦的男子時，光暈內的花紋幻化片刻，慢慢浮現出來的卻是一條盤起身子的小蛇，昂起頭吐出舌頭，除此之外再無任何情境。

「他最大的恐懼是蛇？」承影狐疑地問。

「而且他怕的蛇還不會動？」重環注視著那條小蛇一直吐出來的舌頭，跨前一步，將掌中銅鏡對準那人的臉，又說：「我照久一點看看。」

被她的銅鏡一照，那人眼中的瞳孔竟慢慢擴大，逐步侵蝕了眼白。重環悚然一驚，握緊銅鏡照住那人，抬頭問：「承影，這是什麼鬼？」

承影一抬腳，便把那人踢到屋子的另一個角落。然而那人非但沒有倒下，還用僵硬的姿態坐了起來，伸出手如瞎子般在身上亂抓了幾下，抓斷了原本綑住他的繩索。緊接著，他竟搖搖晃晃地站起身，口中發出奇異的呼嘯，往重環撲去。

重環驚呼一聲，轉身就往外頭跑，承影提劍大步跟了出去，就在此時，一道修長的身影，手持一柄模樣邪氣卻精緻美麗的彎刀，逆光走進倉庫。

刀光一閃，追在重環後頭的人瞬間倒地，身體迅速枯乾萎縮，只聽噹地一聲，一條鱗片泛著金屬光澤的小蛇自乾屍中掉了下來，在地上滾了兩圈後停住，慢慢昂起頭，吐出舌頭，擺出方才在光暈中所顯現的姿態。

重環大著膽子停下腳，回頭拿起銅鏡往小蛇照了一下，不太確定地問：「這是什麼東西？」

「立體蟠虺紋。」手持彎刀的男子冷淡地回答。

「五百年化為蛟、再五百年化為龍的虺蛇？」承影問。

男子點了點頭，重環倒抽一口冷氣，連退三步，轉頭瞪著男子如混血兒般深邃的五官，又問：「姜拓，你怎麼會來？」

姜拓沒理她，只盯著地上一動也不動的小蛇。含光快步走到姜拓身旁，如臨大敵似地看著地上的小蛇問：「你不是說她的分身只能抽取人的精氣、放大人心中的執念而已？」

「三十年前的確如此。」姜拓皺起眉。

「等等，分身？」承影指著地上的小蛇，抬頭問含光：「你們的意思是，這條蛇跟老三的劍化分身一樣，都是本體的……複製品？」

「嚴格來說，應該類比到蕭練分身劍的劍芒……等等，他已經練到能從分身劍上採劍芒了嗎？」姜拓的目光依舊停在小蛇上，同時出聲詢問。

「我沒過問。」含光的聲音有點冷。

「關你屁事。」承影的回應飽含怒氣。

地面上的金屬小蛇忽然瘋狂扭動了起來，逐漸變透明，最後只剩下一個輪廓，接著「啵」地一聲，一滴鮮血落在地面上，而小蛇則消失得無影無蹤。

含光瞳孔一縮，姜拓神色凝重地說：「她的異能肯定有所變化，但光憑這點線索，我沒辦法確定是變強大，還是從根本上得到進化。」

承影看看那滴血，再轉頭盯著地面上乾枯的屍體半晌，彷彿想通了什麼，抬頭問含光：「猝死案就是這麼來的，你早知道？」

「猜測而已，無法證實。」含光緊皺眉頭。

重環踏前一步，語氣不善地問：「這是怎麼回事，你說清楚，不然蕭練回來問起，我可不會幫你打掩護。」

含光沒理會重環，只轉向承影說：「今天之前我以爲她只是用人類做實驗，跟我們無關，不需要爲了幾條人命去跟她對上。我從來沒想到她居然對傳承者下手，況且如初還在幫忙修復鼎姐——」

「等等。」姜拓出聲打斷含光，饒有興味地問：「你爲什麼認定是刑名鼎綁走了傳承者？」

「不然你有何高見？」含光沒好氣地反問。

姜拓尚未來得及回答，姜尋便大步跨進門內，急促地向大家說：「邊鐘抵達機場了，他會用異能從那邊開始地毯式搜索。杜長風弄到了十來條搜尋犬，警方正在所有通往機場的路上，設路障檢查車輛，兇手一時半刻逃不出國門……老哥，你怎麼直接過來了？」

講到最後，姜尋一邊說，一邊朝姜拓伸出拳頭。姜拓微微一笑，與姜尋碰了下拳頭，才說：「在飛機上想起一件往事，過來找你。」

他從口袋裡掏出手機，在螢幕上點了兩下，翻出一張照片，遞給姜尋說：「你這張照片裡有個人，我在二十多年前見過。」

所有人都湊上前，姜尋看著自己被放大到有點模糊的頭像照，不解地問：「你見過葉云謙？」

「他現在姓葉？」姜拓若有所思地看著照片，補充說：「二十多年前我見到他的時候，他姓沈，長得跟現在一模一樣，也在大學裡當教授，如果我沒記錯的話，應該是醫學院。」

「可是……」承影不確定地環顧大家，說：「地毯上都是他的血……」

「故布疑陣。」含光沉下臉，快步走到桌前，端起筆電，迅速開始在鍵盤上敲打。

姜拓對姜尋說：「我雖然只見過這個人一面，但印象深刻。他是個非常有天分的科學家，又執著，就是運氣很不好。我還記得他當時剛被診斷出來得了漸凍症，需要坐輪椅。」

「那病現在也還是絕症吧？他怎麼好起來的？」重環盯著照片上行走在水邊的葉云謙問。

姜拓瞥一眼地上的乾屍，微笑說：「犧牲了其他人唄。反正不管手段是什麼，道理不會變，一將功成萬骨枯。」

23. 控制

滴答、滴答、滴答……

耳朵邊不斷傳來聲音，頭重得不得了，如初勉強睜開雙眼，隨即被頭頂上日光燈雪白的光芒給刺激到眼睛發痛，只得趕緊闔上眼，側過身，感覺胃酸上湧，胸口如火燒般難受。

她忍不住乾嘔了幾下，沒吐出任何東西，但頭腦卻彷彿清醒了些，如初又睜開眼睛，小心翼翼地轉動脖子，察看四周。

這裡不是葉教授的研究中心，她臥倒在一個不鏽鋼的水槽底下，水龍頭不時滴下一兩滴水，大約就是清醒前聽到的聲音。她身下的灰色塑膠地板表面光滑，跟實驗室的地板有點像，空間卻比實驗室要來得空曠，從她的角度只看得到門口靠牆處擺了一張電腦桌跟幾把折疊椅，桌上亂七八糟堆著桌機、螢幕跟幾個文件收納盒，還有她用來裝封狼本體的錦匣……

這裡到底是哪裡？爲什麼她彷彿有印象？

手按在冰涼的地板上，如初掙扎著坐起身，扭過頭，赫然看到沈超的脖子扭成一個奇怪的角度，嘴角還有血漬，一動也不動地躺在距離她約一公尺左右的地上。

如初整個人不由自主地發抖——她想起來了，這不是她第一次這樣醒來。

上一次，她也是在這個房間裡醒過來，那時候沈超還活著，就暈倒在她身旁。她花了點時間搖醒他，之後兩人觀察了一陣子，發現外面只有一個警衛在看守，雖然不知身在何處，卻隱約可以聽見車子轟隆隆不斷開過的聲音，沈超判斷這裡離公路不遠，於是提議逃走……

然後呢？

他們好像成功了，她還記得趁警衛換班時溜出門，沈超拿椅子打昏了警衛，然後他們一起跑出去，發現身處在一個廢棄的廠房外，不遠處果然有一條大馬路，雖然天全黑了，路上依然不時有車輛經過，沈超興奮地往前衝……

頭部忽地一陣劇痛，如初忍不住抱著頭，又開始乾嘔，門忽地被砰一聲推開，葉教授大步跨進來，隨手拉了一張椅子，坐到她面前，居高臨下看著她，開口問：「妳知道爲什麼當災難降臨的時候，父母會不顧一切，甚至犧牲自己的生命去救小孩嗎？」

如初抱著頭，一臉迷茫地看向他。葉教授等了片刻，見她沒反應，又說：「過去的人都以爲那是因爲感情羈絆，家庭、倫理？錯了，父母會這麼做，只因爲子女身上有他們的基因。說穿了，父母救子女的出發點跟所有生物交配的目的沒兩樣，都只爲延續自己的基因，自私的基因。」

雖然這段話只是科學論述，但葉教授的語氣裡卻十分焦躁，他的臉色有點蒼白，頭髮也亂糟糟的。如初將視線往下移，看到他襯衫的胸口與袖口上都沾有大片暗紅色痕跡，貌似乾掉的血。

腦子突然浮現一幅景象——葉教授抓住沈超的頭，雙手用力一扭，沈超的頸骨應聲碎裂，鮮血從沈超的口鼻湧出……

如初用雙腿亂蹬地板，驚懼地往後退，整個人縮到水槽底下，瞪著葉教授說：「你殺了他！」

「本來是不需要的，如果他不是那麼聰明，如果他不是那麼好奇……」葉云謙冷冷看著她，說：「他身上有我的基因，如此年輕，如此優秀，應該要延續下去，跟妳這種沒有思考能力的廢物完全不一樣。」

如初聽不懂葉云謙在說什麼，但卻聽得出來他語氣裡毫不掩飾的鄙夷與憤怒。她曲起雙膝，將自己縮得更小一些，茫然環顧四周。葉云謙皺了皺眉，從口袋裡取出手機，接通後問：「她看起來不太對勁，不會腦子被妳劈壞了吧？」

「我馬上過來。」

幾分鐘後，門板被人禮貌性地輕敲兩下，有人推門而入。如初看到一雙鮮紅色的高跟馬靴踏踏踏走到她面前，然後一名與鼎姐差不多年紀，但容貌更加明豔的女子彎下腰，拿一支小手電筒朝她照了一下，說：「我看還好啊。」

「我剛剛跟她講話，她毫無反應，癡癡傻傻的。」葉云謙不耐煩地揮了揮手說：「她還有用，妳想辦法讓她清醒一點。」

女子輕蔑地瞧了葉云謙一眼，伸手抓住如初的手腕，輕輕鬆鬆便將如初給拖了出來。她蹲下身子，用小手電筒照進如初的眼睛，研究了一會兒，說：「沒事。腦部受到撞擊本來就容易導致暫時性失憶，她八成想不起來發生了什麼事，才會對你的話毫無反應。」

「這會損害到她腦子裡的傳承嗎？」葉云謙問。

「我怎麼曉得。」女子口袋裡的手機發出震動聲，她放開如初，站起身接了電話，聽了幾句後對葉云謙說：「A方案行不通，要改計畫囉。」

「怎麼回事？之前不是都安排好了，換完護照立刻出境？」葉云謙握緊椅背，神色緊張。

女子撥了撥頭髮，曼聲說：「機場安檢部門拿了你的照片到處找人，表面上沒有發通緝令，實際上你一進機場就會被逮捕。只能先走海路把你偷渡出去，找個地方整容再休養幾個月，等風聲過了再出來活動。」

她說得輕鬆，葉云謙卻聽得十分不自在，方正的下巴因為牙關咬緊了更顯突出，從某個角度看起來跟沈超的國字臉簡直一模一樣。

他瞪著紅鞋女子，雖然表情咬牙切齒，開口時卻只簡潔地問：「什麼時候出發？」

「再過半天左右。」女子看看手機上新收到的訊息，說：「大概明天中午，頂多到下午，接應我們的姐妹就可以抵達。」

「姐妹？」葉云謙冷笑：「我還以為妳們都是她的奴隸。」

女子也笑了笑，不在意地說：「你什麼都不懂。」

葉云謙眼神微動，女子手一揚，指著如初又說：「她可不能帶走，你要問什麼趕緊問，我們走之後會安排把她給還回去。」

「還回去？」葉云謙的瞳孔一縮，脫口問：「還給誰？爲什麼？」

「從哪裡來的就還哪裡去。」女子一派輕鬆地說：「我跟你不一樣，除非必要，我不愛殺人。」

葉云謙像聽了什麼好笑的笑話似地哈了一聲，說：「妳的確不殺人，被妳寄生的人要能說話，恐怕會求妳殺了他。」

如初幾不可察地抖了一下，葉云謙沒注意到，女子瞄了如初一眼，微笑不語。

葉云謙眼珠子轉了轉，又問：「妳們怕雨令？之前那頂盔甲也要還，現在連個活人也要還，妳就不怕她出去了跟警方一講，所有祕密統統曝光？」

他的語氣挑釁意味濃厚，但女子毫不理會，只淡淡回：「你現在只能吸收點殘渣，稍微大塊的碎片都怕會出事，不敢用，所以就更不用打楚冑本體的主意了。我勸你也別亂動封狼，交給我趁早脫手，省得麻煩。至於祕密曝光這個問題，倒是好解決……」

女子說到這裡，走到如初身旁，抬起手，食指指尖忽地開始扭動變形，慢慢長出一條金色小蛇。她將小蛇搭到如初後頸處，葉云謙見狀忙說：「現在就做成傀儡太浪費，我們說好過的，我先試著吸收。」

女子一臉無趣地收了手，對葉云謙說：「把握時間。」

她說完便搖曳生姿地拉開門走了出去，葉云謙用陰冷的眼神目送女子離去，又轉頭打量如初幾眼，壓抑住怒氣問：「妳餓不餓？」

如初維持原姿勢縮成一團，動也不動，彷彿沒聽見他的話一樣。葉云謙站起身，說：「我去拿點東西給妳吃，吃完休息一下，配合回答我做幾個實驗，別想著逃，很快就會放妳走。」

他走到牆邊關了燈，開門走出去，將如初留在一片黑暗之中。她依舊雙手抱膝，垂著頭坐在地上，只有眼睫毛輕輕眨動了幾下。

剛剛女子與葉云謙對話時，她已慢慢回憶起所有的事情，包括跟沈超逃出去之前，在這個房間裡找到的實驗室另一名學長的屍體，也包括被他們打暈的那名警衛，只過了一下子卻又突然站起來，雙眼變得全黑，動作猶如電影裡的僵屍般不自然，力氣卻其大無比，可以一拳打穿一扇門……

那個女是什麼？爲何可以將活生生的人做成傀儡……

生不如死的傀儡。

明明房裡開了暖氣，如初的牙齒卻開始打戰，整個人又不由自主地發起抖來。

葉云謙走進來，扔下兩盒酸奶跟一包壓縮餅乾，又開門走了出去。如初抖著手拿起一包餅乾，嘗試了幾次才撕開包裝紙，逼自己咬一小口。

餅乾很硬，吃一口得配一口水才嚥得下去。她走到水槽旁取水喝，盡量不看倒在一旁的沈超，也不理會源源上湧的胃酸，專心在咀嚼與呑嚥這兩個動作上，直到感覺食物都滿到咽喉了，才伸手摸了摸外套口袋。

口袋全空，手機跟禁制都不見了，她無法求救。

得爲最壞情況做出準備。

如初的視線落在桌面的長匣上，猶豫片刻，她走到桌前，開啓匣蓋。

封狼的本體靜靜躺在裡頭，刀身上有一道細紋，不深，純粹做爲刀具應當也不影響使用。

如初拿起刀，手指在刀刃上輕輕劃過，鮮血頓時湧出，足證刀刃夠銳利。她將手指放在嘴裡吸了吸，抱著刀靠牆而坐。這個地方相當破舊，窗戶的縫隙不停透風進來，雖然有開暖氣，溫度卻還是不高，她將身體縮了起來，閉上眼睛。

鳥鳴聲四起，窗外雖然還全黑，但是大概快天亮了，那個女人之前對葉教授說的「明天中午」離開，也許是指今天中午……

果真如此，她就只剩半天不到的時間了。

如初睜開眼睛，看向懷裡的刀。

即使沒有那個女的幫忙，正面對上葉教授，她也毫無勝算。

偷襲似乎是唯一的出路，但如果失敗了呢？

她從來沒有想過自殺這個問題，但比起被控制住神智，變成一具行屍走肉，她寧可親手結束自己的生命……

他、也這麼想過嗎？

24. 妳不存在的世界

原本毫無頭緒的綁架殺人案，在姜拓提供了線索，讓焦點轉向葉云謙身上之後，獲得極大進展。

雖然無法告訴警方，嫌犯是個曾經罹患絕症卻又奇蹟般痊癒的男人，但在大家的協力合作之下，各自透過關係追查，總算發現到在過去一年，葉云謙陸續租下好幾處機場附近的空地，裡頭有大批廢棄的貨櫃與場房，顯然早有預謀。

含光於是迅速做出規畫。他要杜長風繼續跟警方合作，鎖定機場內部與通往機場的交通要道，而葉云謙租下的地方，則交給其他人負責做地毯式搜查。

週日早上八點十分，蕭練踩著長劍，低飛進入倉庫。原本正對著筆電敲敲打打的含光立即抬起頭，將筆電螢幕轉向蕭練，說：「灰色部分是已經搜過確認沒有的區域，這一大片紅色區域還沒有搜，我正在分配，你打算負責那一區？」

蕭練掃了螢幕一眼，答：「全部。」

含光一怔，蕭練很快地又說：「我們在飛機上討論出一個方法，可以在最短時間內搜遍所有區域。」

承影開著一輛吉普車大剌剌駛向倉庫，流雲、燕雲、藤原鏃與楚冑紛紛自車上跳下來，姜尋騎著摩托車也衝了進來，一個大拐彎直接停在筆電螢幕前，指著蕭練對含光說：「他帶藤原用最快速度飛過紅色區域，聆聽底下所有人的心聲，只要如初還有意識，不管清醒與否，都一定能找到她。」

「光天化日之下讓全世界看到你飛在半空中？」含光氣笑了：「絕無可能。」

蕭練自顧自轉身，腳下長劍頓時也掉過頭，劍尖朝外，一副隨時可以往外衝的模樣。含光手朝外一伸，憑空握住雪白閃亮的本體劍，就要舉步上前，楚冑卻在此時插了進來，橫在兩兄弟中間，對含光說：「先別急著反對，看我的。」

他走到蕭練身旁，伸出雙手緩緩摸著宵練劍。掌心碰觸之處，原本長而窄的劍身在眾人眼中逐漸變寬、變厚，變得像塊板子一樣，最後楚冑左手停在劍首，右手停在劍尖，雙手在虛空中一用力，長劍頓時變成了一塊純黑色的滑板，底下還裝了一整排風扇，十足高科技模樣。

「飛行滑板，造型參考了我在網路上搜到的圖片。」楚冑對含光解釋後，又交代蕭練：「別離我太遠，異能用在別人本體上有距離限制。」

「酷。」燕雲拍著手問：「那我們呢？」

含光依然沉著臉，但手中的劍卻在瞬間消失得無影無蹤，姜尋發動油門，說：「妳跟流雲還有楚胄開車，跟在我後面。」

「呃，你們都不打算問一下我的意見嗎？」藤原低聲咕噥著，舉起右腳踩在滑板上試了試。滑板紋風不動，蕭練冷冷地看著他。鏃趕緊跳上滑板，又問：「搜尋的關鍵字有哪些？」

「什麼關鍵字？」姜尋反問。

藤原抓抓頭，說：「方圓一公里內的人很多，每個人心裡都轉著不同的念頭，我當然可以一個一個聽，但很浪費時間，聽完了還要判斷誰有可能是她，就更麻煩了。最省時的辦法就是你們猜她心裡會想些什麼，我直接用關鍵字搜，看誰心裡想著這些句子——」

「蕭練。」蕭練打斷他的話，重複：「用我的名字當關鍵字。」

「姜尋。」姜尋也出聲，他平靜地對蕭練解釋：「在如初心裡，我來救她的可能性怕是要比你大得多。」

蕭練咬緊牙根不開口，藤原在一旁小聲說：「其實依照你們在飛機上給我的資訊，我認爲關鍵字前兩名應該要是爸跟媽，然後是她養的那隻貓，叫什麼來著？」

「喬巴。」蕭練與姜尋異口同聲說，對看了一眼後又錯開視線。

「喬巴，好，我記住了。接下來才是你們兩人的名字，其實我一次可以搜尋很多關鍵字，如果你們想起什麼，歡迎隨時添加。啊啊啊，我還沒站穩啊……」

在藤原的慘叫聲中，黑色滑板往外直衝，瞬間飛到半空之中。

四方市機場離海岸線不遠，東邊波光粼粼，南北兩端全是平原，只有靠西邊的部分丘陵起伏，滿布茶園果園與廢棄工廠，那裡也是含光筆電螢幕上的紅色區域。

蕭練一衝出門便朝西邊飛，轉瞬間便飛進樹林區，在林間如蒼鷹般低空高速穿梭飛行，不時急速俯衝、陡轉、驟升驟降以繞過障礙物。地面上，姜尋騎著重型機車也跟著鑽進林內，緊緊跟在蕭練後方。

藤原一手抓著蕭練，一手憑空抓出一枚長約七八公分的青銅箭鏃，短脊寬翼，造型仿如燕子展翅般優美。

他鬆手，箭鏃卻並未往下落，反而穩穩地停在他額前約兩三公分處。藤原閉上雙眼，而青銅箭鏃則慢慢打著圈，彷彿正在尋找什麼。

蕭練衝出樹林，飛越一條馬路，又鑽進另一片樹林內。地面上，姜尋摩托車緊跟不放，吉普車卻慢慢落後。

突然間，青銅箭鏃轉圈的速度猛地加快，藤原睜開眼睛，說：「偏南。」

南邊的樹林更加茂密，地勢也益發陡峭，舉目所見並無任何建築物，但蕭練還是照著指示，往西南方飛去。隨著他與吉普車的距離拉大，他腳下的滑板慢慢改變形狀，回復成薄而窄的黑色長劍。

青銅箭鏃越轉越快，當蕭練飛到一座低矮的山壁前時，箭鏃忽地停住，箭尖直指山壁，藤原探出頭來指向山壁，喃喃說：「蕭練、爸、媽，還貞有喬巴跟姜尋，黃上又是什麼？」

他說到一半，忽地臉色一變，急急說：「她要自殺！」

「如初？」蕭練大驚，問：「她在哪裡？」

藤原指向山壁：「往這個方向，直線距離八百八十六公尺處，我的定位很準的，看你要往旁邊繞還是往上飛——」

藤原的話還沒講完，下一秒，蕭練的人形驟然消失，而宵練劍則光芒大盛，直直往山壁刺了進去。

腳下沒了飛行器，藤原瞬間自空中往下墜落，他即時抓住一根樹幹，目瞪口呆地看著宵練劍像切豆腐似地完整沒入山壁之內，不見蹤影。

腳底下有人按了兩聲喇叭，藤原低頭一看，姜尋的機車就停在正下方。

「你也要穿山？」他問姜尋。

「那倒沒有。」姜尋從虛空中抽出大刀，說：「下來吧，你騎車，我開路。」

「這我樂意。」藤原鬆手，穩穩落地。

就在宵練劍穿過山壁的十分鐘前，如初背靠牆，面對葉云謙，反手握住大夏龍雀刀，刀尖抵住自己的心臟部位。

「有話好好說，妳這是幹嘛？」

葉云謙剛剛推進來兩張類似牙科用的治療椅，就擺在房間中央，如今他坐在其中一張椅子上，單手托腮，輕蔑地朝如初發問。

「讓你知道，我不怕死。」如初冷冷看著他，繼續說：「還有，愛信不信，但只要我一死，這把刀會立刻化形成人……殺了你，為我報仇。」

封狼的傷並不重，飲了她的血即有可能再度化形。至於化形之後會不會幫她，那只有天曉得，但是她賭葉云謙對古物化形成人一事的了解並不全面，更賭他怕死……怕得要命。

果然，葉云謙的面容一變而顯得嚴肅，他站起身，來回踱了幾步路之後，面向如初說：「其實我不會害妳的，想想看，要是沒有我保妳，妳早被做成傀儡了。」

「那還眞謝謝你。」如初握緊刀，忽地問：「你是人類嗎？」

「當然。」葉云謙一邊回應，一邊朝她跨出半步，擠出一絲笑容，說：「妳還記不記得，我跟妳講過我的研究？」

「停在那裡不要動，不然我就刺進去了。」如初回了這麼一句，卻知道自己手在發抖，抖到幾乎握不住刀柄。

葉云謙想必也看到了她的情況，卻依然停下腳步。他站在離她約三步路外，清了清嗓子，用一種專家學者的態度又開口，對她解釋說：「事實上，我的研究進度要比我之前告訴妳的快上很多。我已經能夠證實，這些化形成人的金屬生命體內不但含有極大能量，而且這些能量可以延緩人體細胞的老化，甚至逆轉衰老的過程。」

他的話，如初一個字都不信。她一邊用眼角餘光掃向四周，盤算該怎麼逃出去，一邊隨口問：「你怎麼證實的？」

「我七十五歲了。」葉云謙微笑著說。

如初一怔，葉云謙保持笑容，又說：「這還只是吸收一點殘渣而已，若是有傳承的幫助，我能吸收一具完整的金屬生命體。」

他用熱切的眼神望著如初，說：「妳得理解，我做的事從來不只是爲我自己。人類停留在現階段太久了，久到疾病又開始走在醫學前面，我們需要邁入下一輪進化，不然會有更多絕症冒出來，整個族群都將面臨滅絕。」

如初完全無法想像。她不自覺搖搖頭，下一秒，葉云謙以快到詭異的速度，連跨幾大步衝到她身邊。如初下意識抓緊刀就往自己身上刺，然而葉云謙狠狠箝住她握刀的手腕，用力一扭，刀噹地一聲墜落地面。

手腕劇痛，但如初硬是忍住沒有發出聲音，葉云謙一腳踢開刀，臉上居然還帶著笑，對她說：「跟妳聊天挺有意思的，我們繼續。」

如初痛得把嘴唇都咬出了血，但現在除了拖時間，等人來救，已無路可走。她忍著痛，開口問：「聊什麼？人類的極限？」

葉云謙點頭，扯著她走到椅子前，愉悅地說：「說到這個，我得先感激妳給我這個機會。」

「什麼機會？」如初喘著氣問。背脊冷汗直冒，恐懼感如小蟲般瞬間爬滿全身。

葉云謙的力氣大到可怕，他像拎破布娃娃般一把將她拎到座椅上，迅速用椅子上的皮帶將她的頭、身體與四肢都牢牢固定住，然後從口袋裡掏出一條金絲帶，在如初眼前晃了晃，問：「認得嗎？」

「我做的禁制……」

金絲帶的一端被人突兀地鑄接上一根縫衣針大小的尖刺。如初完全無法理解葉云謙想做什麼，這裡唯一會被禁制束縛的只有封狼，她忍不住朝地上的刀望去，葉云謙舉起食指，在她眼前搖了搖，說：「no，這條禁制我不給他用。」

他似乎心情很好，哼著歌檢查連接在如初座椅後方的機械裝置，又說：「坦白告訴妳，我以前很羨慕妳這種人。」

「我是哪種人？」如初用力扯手上的皮帶，只絕望地發現根本扯不動。

「傳承者。」葉云謙一副好心的模樣解釋：「妳可以走進一座知識的寶庫，享受所有福利。我就不行，無論花再多力氣，甚至逼著傳承者一個字一個字抄書給我看，也開啓不了傳承。」

他用機械裝置將金絲帶夾住，調整了一下位置，將絲帶末端的尖刺對準如初的眉心。

金屬打造的針尖距離自己眉心只有幾公分距離，如初忍住心中的毛骨悚然，再問：「以前羨慕，現在不了？」

「也還是羨慕，不過我有個想法……」葉云謙退後一步，檢查電線與開關，滿意地點點頭，坐在如初身邊的椅子上。

他轉頭，對她解釋：「打個比喻，假設傳承之地是一個刷卡才能入內的遊樂園，妳的腦子就是妳的卡，那如果我拿了妳的卡，妳猜，傳承之地會不會准我進去？」

「不可能。我會死，你不但一無所獲，那個手指能變成蛇的女人還會對付你。」如初竭盡所能地穩住氣息，抖著聲音這麼說。

「那好極了，我還沒看她生過氣。」葉云謙哈哈大笑，將他的兩手放在座椅扶手上，按下控制鍵。

座椅上方的綠燈亮起，兩個金屬扣環緩緩扣在葉云謙的雙手上，機械裝置一點一點往前移動，帶動針尖緩緩朝如初的眉心刺過去。

如初用盡全身力氣扭動身體想避開那根針，但是沒有用，皮帶綁得死緊，她頂多只能挪移一兩公分，針無論如何都會刺進她的頭裡。

就在如初絕望地閉上雙眼之際，一股滲人的涼意忽然擦著她的額頭飛過，緊接著，束縛住她的皮帶接二連三斷裂，如初猛地睜開雙眼，只見蕭練幻化出人形，擋在她身前。

葉云謙站起身，拔腿便往門外跑，但宵練劍比他更快，一劍穿肩而過，將葉云謙釘在門前的地上，無法動彈。然而如初來不及歡喜，便看到蕭練站立不穩，「砰」地跪倒在地上，他一手佇劍，勉強支撐住搖搖欲墜的身體，肩頭上赫然插著一條細細的金絲帶。

她親手製做的禁制，他用本體替她擋了下來！

「蕭綀！」如初衝過去抱住他，抖著手想拔出金絲帶，卻又怕碰了會讓情況惡化，只能哭著問：「我叫你不要理我了啊？」

「妳答應過我的事，不也沒做到嗎？」

蕭綀手中的長劍驟然消失，身體則一點一點變透明。他微微一笑，伸手摸摸她的臉，用一種滿足的口吻說：「原來，這才是鼎姐的預見。」

如初心慌意亂地握住他的手，發現雖然自己還可以碰得到蕭綀，但眼淚一滴一滴落下，有幾滴已穿透他的身體，直接打濕了地面。

這不是事實，他不可能出現在這裡，他不可以！

「你說過的，說我自私，說不想跟我在一起……」如初不斷搖頭，根本不知道自己在說什麼，只想否認眼前的一切。

「我也很自私，不想活在沒有妳的世界。」他緊緊回握，側過頭，吻上她的唇。

那是一個很深很長的吻，貪婪而暴力，狠狠弄痛了她。

但如初一點都不在乎。蕭綀以往待她總像對待易碎物品一樣，小心翼翼，無論眼神多想靠近，身體都維持一定距離，這是他第一次將渴望化為行動，她不要去想是不是最後一次。

傳承的聲音突然在腦子裡響起，催促著她把握時機，然而如初什麼都不願意去想，她將臉貼到他的掌心，感覺兩人間的溫度逐漸合而為一，她不再滾燙，他變得溫暖，而剎那也許可以成為永恆……

「初初？」蕭練忽地出聲。

如初抬起頭，只見他用一種混雜了迷惑、震驚以及擔憂等各種情緒的奇異神色，看著她問：「剛剛，是不是有一瞬間，妳可以御劍？」

現在問這個有什麼意義？

如初抱住蕭練，眼淚再度大顆大顆撲簌簌往下掉落。然而這一次，淚滴卻並未穿透蕭練的身體，而是在他堅實的胸膛上濺開來，化做一灘小水漬。

如初直愣愣地望著那滴淚，還沒來得及反應，蕭練肩頭的禁制絲帶忽然金光大盛，然後緩緩飄了起來。

如初絕望地伸出手，想拔掉那條絲帶，蕭練卻握緊她的手，低聲說：「等等。」

彷彿回應他的話似地，絲帶在下一秒驟然崩解，幻化成千百隻金光璀璨的小蝴蝶，自蕭練的肩膀慢慢打著旋騰空飛起，在頃刻間遍布整個房間。

到處都是煥發著瑩瑩光華的蝴蝶，像是一顆顆拍著翅膀的星星，在白天依舊閃爍，構成一個絕美的夢。

如初跪坐在夢境中央，徹底失去了語言能力。蕭練則用欣賞的眼神環顧房內一圈，抓起她的手放在他左胸之上。

手掌下的肌膚一如往常，冰涼中帶著金屬的質感，她將手掌貼在他胸口處半晌，躊躇地問：「你……沒事了？」

蕭練點點頭說：「有那麼一瞬間，我可以感覺到，神智已經完全進入妳的掌控之中，但下一秒禁制馬上失效，一點都不耽擱。」

他摸摸如初的臉，好奇問：「妳怎麼做到的？」

「我不知道……」如初不斷搖頭，眼神有些發直。

蕭練將如初拉近，用自己的額頭抵上她的額頭，輕聲說：「沒事了，相信我。」

「真的嗎？」如初惶然舉頭，望向在空中逐漸消散的金色蝴蝶，喃喃說：「還好禁制失效了……」

「不對。」蕭練坐直了說：「禁制還是成功的，只是妳沒有回應，讓它失去作用而已。」

他看進她的眼底，又說：「妳懂得那代表了什麼？那代表妳可以御劍——」

「我沒有！」如初恨死「御劍」這兩個字，她叫出聲，眼眶不由自主又開始泛紅。

蕭練將她摟得更緊些，在她耳邊低聲說：「初初，不要否認妳的能力，但更重要的是，不要讓任何人，我的意思是任何生物，包括杜哥、大哥他們，知道妳能夠御劍，懂嗎？」

他說得又急又快，如初愣愣地看著蕭練，他輕嘆一聲，說：「那樣對妳最好，相信我？」

「嗯。」她不太懂，渾渾噩噩地點了下頭，忍不住問：「我做錯什麼了嗎？」

「沒有，完全沒有。」他略略鬆手，但還是將她環在自己懷中，看著她溫柔地說：「妳比我所能想像的還要堅強很多。」

然而這份安慰並未帶來舒緩效果。如初用渙散的目光環顧左右，喃喃說：「可是，沈超死了，如果我不搖醒他，葉教授不會殺他。馬思源也死了……噢，還有一個女人，手指會變成蛇！」

說到這裡，如初打了一個寒噤，蕭練凝重地說：「那是刑名鼎，我也是直到今天才曉得她的存在。」

「鼎？」如初的注意力終於能夠集中，她不敢置信地問：「那個女的是鼎化形成人？」

蕭練點頭，如初瞪大眼睛，問：「可是葉教授要吸收你們的能量來讓他長生不老，怎麼可能會有化形者要跟他合作？」

蕭練一怔，門外傳來引擎聲，一個熟悉的高人身影提著一柄大刀跨進門來。如初不自覺縮進蕭練懷裡，緊張地張大眼睛朝外望。當她勉強辨認出對方的輪廓後，不禁鬆一口氣，輕聲問：「姜尋？」

「早啊。」姜尋朝她揮了揮手，問：「餓不餓？餓的話等下跟我們一起回國野驛，直接殺進廚房裡吃個痛快。」

如初一點都不餓，但這閒話家常般的語氣，還是令她不由自主地嘴角上揚。這是她今天露出的第一個笑容，蕭練的眼神黯了黯，姜尋走到如初面前蹲下來，盯著她紅腫的右手，問：「妳受傷了？」

「不嚴重。有件很重要的事……」眼前忽地一陣又一陣發黑，如初抓住姜尋的衣袖，氣喘噓噓地說：「山長幫我查過傳承，確定你本體上的痕跡不是修復，那種工藝很奇特，大多用在祭祀的禮器上——」

「這事不急，妳先休息夠再說。」

蕭練與姜尋異口同聲地說出這一句，兩人視線相撞，又立即調開。姜尋用挑剔的眼神看著因為化形而身無寸縷的蕭練，後者則毫不在意地將如初摟在懷中。

暈眩感更加明顯，如初閉上眼睛，只聽見話語聲陸續傳來，可以聽得出來有杜主任，鏡子，殷組長，還有一個陌生卻好聽到令人沉醉的聲音，遠遠地問葉云謙在哪裡……

她快撐不住了。

用盡最後一點力氣，如初撐起眼皮，仰頭問蕭練：「你願意解除禁制了嗎？」

他的眼中跳動著淡青色的小火燄，顯然心內的掙扎令情緒又升到了臨界點。

然而，回答她的聲音十分堅定：

「只要由妳動手，我就願意。」

尾聲——我願意

獲救的當天，如初心底不時冒出一種不眞實感，彷彿自己只是在看電影，不管之前或現在，所經歷的一切其實都是別人的事，而她坐在黑暗裡，哭著笑著，像個傻子……

她起初以爲是身體出了問題，畢竟那天她脫水的情況很嚴重，後來還發起高燒，需要進醫院打點滴。幾天過後，體溫與體力都恢復正常，她回到公司上班，卻依舊三不五時突然感覺自己不是自己，而原本熟到不能再熟的修復室，也一下子變得十分陌生。如初終於意識到，也許在內心深處，她生病了。

疏離感而已，反正她絕無可能把所有事情源源本本告訴心理醫生，如初於是決定將這個問題擱在一邊，先處理另一個令她更困擾的問題——

蕭練搬回樓上了。

跟他搬走時同樣突然。在醫院躺了兩個晚上之後如初回到住處，一夜無夢睡到天亮才醒。她翻個身，睜開眼睛，意識還沒完全清醒，就看到一柄黑色長劍靜靜斜靠在窗臺，模樣居然還有些愜意。

窗戶關得嚴嚴密密，一絲縫都沒有，跟昨晚她臨睡前的情況一模一樣。表示這柄劍挺用心的，撬開窗進來之後還記得關窗。如初瞪著長劍，心裡像打翻了調味料，酸甜苦辣通通混成一團，還有些更複雜也更難以言喻的情緒，不斷翻攪沸騰……

她雙唇微啓，過了半晌卻一個字都說不出來——她甚至不確定蕭練沒化形的時候能不能聽到聲音，但就算可以吧，她能怎麼樣？對著一把劍發脾氣，扔抱枕要他滾出去？

等等，想到了。

如初用力掀開被子，赤腳走到長劍前。她居高臨下看著宵練劍片刻，忽地握住劍柄，迅速奔回床邊，將劍扔在被子上，然後抓起羊毛被的一角包住劍，像做夾心蛋捲似地開始捲捲捲捲捲……

整條被子都捲完了如初還嫌不夠，又抓起床單的四個角，連羊毛被帶劍都裹成一個大包袱，惡狠狠連打兩個死結。

做完之後如初拍拍手，不知道爲什麼居然有點成就感。長劍一直靜悄悄地沒發出聲音，她坐在床上喘了口氣，站起身，才走到衣櫃前，就聽到背後傳出一聲不自然的咳嗽。

如初慢吞吞地回頭，只見蕭練衣著整齊地盤腿坐在羊毛被中，一臉正經地對她說：「我沒化形的時候也看得見，不過視線類似紅外線熱像儀，形狀只跟溫度有關。我猜妳要換衣服了，先提醒一聲……」

在如初的注視之下，蕭練的聲音越來越小，最後索性閉上嘴，卻依然固執地看著她，視線不曾轉移分毫，身體也不動如山。

如初咬咬嘴唇，問蕭練：「你進來多久了？」

「一整晚。雖然大哥認爲不可能，我還是擔心刑名鼎對妳下手。」蕭練再輕咳一聲，解釋：「我以前習慣藏在床底下。」

果然，她猜得沒錯。蕭練辭職之後還留在這裡好長一段時間，直到正式分手他才離開。想起鎮北寺外的對話，如初咬住嘴唇，一言不發。蕭練瞧著她，試探地問：「妳見過他了？」

他的聲音低沉，帶著一絲不易察覺的緊繃。如初以爲蕭練講的是崔氏，於是點點頭，說：「算是吧。山長說，傳承裡的人物性格跟眞實世界沒有差別，只不過遇到困境的時候，性格裡的極端之處比較容易顯現。」

蕭練猶豫片刻，再問：「那妳覺得，他怎麼樣？」

「不喜歡，她太貪心了，什麼都要，最後當然什麼都抓不住。」如初懶得斟酌用詞，直接了當說出心裡對崔氏的看法。

其實她不是不同情崔氏的，只不過一來，可憐之人必有可恨之處，二來——蕭練居然問她對他的初戀情人有什麼看法？

看法就這樣，聽了不高興你咬我啊。

一想到接下來可能會發生的爭吵，如初就不由得氣鼓鼓地瞪著蕭練，蕭練躊躇片刻，低聲說：「我是指……妳應該也見到我了？」

「噢。」如初恍然大悟，點點頭：「也見到了。」

今天一大早就起了薄霧，窗外一片朦朧，蕭練調開視線，看著灰藍色的天空淡淡說：「我那時候，自以爲聰明，其實什麼都不懂——」

「比現在可愛一百二十萬倍。」如初驟然出聲打斷。

蕭練一怔，不禁轉回頭，四道視線相撞，如初昂起下巴，一臉挑釁地重複：「那時候的蕭練，比起現在的蕭練，要可愛一百二十萬倍！」

她故意說得慢，每個字都咬得很重。孰料蕭練聽完，思索片刻，居然用一副虛心受教的模樣問：「這數字怎麼來的？」

這句話終於激怒如初。她向前踏出一步，說：「你管它是怎麼來的。我告訴你，那個蕭練不但比你可愛，劍術比你強，就連長得都比你帥！」

「但是，初初……」蕭練微笑，提醒說：「我的長相不會變。」

他是對的，她最恨這一點。

如初握緊拳頭，掙扎片刻想不出漂亮的反擊話語，索性破罐子破摔，賭氣說：「我不管，我喜歡那個蕭練。」

她可能賭對了，起碼成功挑起他的情緒。蕭練眼底猝然亮起兩簇青色火燄，他傾身向前，輕聲問：「那傢伙愚蠢、狂妄、驕傲，自以為可以攜劍行遍天下，卻差點因為一道不完整的禁制，徹底淪入深淵——他哪一點值得妳喜歡？」

「每一點。」如初想都不想，立刻反駁：「而且說真的，他沒做錯任何事，他只是在還不明白自己的利用價值之前，就遇上了想徹底利用他的人而已。」

「無論如何妳不能否認他笨。」

「我也笨！」

口不擇言的下場就是把自己也罵進去了。如初頓了頓，放棄補救，喃喃說：「他笨得很可愛，笨得讓我感覺自己……不孤單。」

蕭練揚眉，如初做好了下一輪戰鬥的準備，卻聽他說：「謝謝。」

什麼意思？

如初瞇了瞇眼，懷疑地問：「我千辛萬苦幫你找到解除禁制的方法你都沒說什麼，卻因為這個跟我道謝？」

「噢，解除禁制那個……」蕭練彎了彎嘴角，一本正經地答說：「大恩不言謝。」

那笑容有點調皮，極其清淺，卻燦爛到令人移不開眼。如初從來沒在蕭練臉上看過這樣的笑容，完全不知該如何應對，她呆呆地站在原地，緊接著，兩人的手機同時響起。

打給如初的是姜尋，打給蕭練的則是杜長風，兩人語氣都沉重，講的也是同一件事——在案發現場，並未尋獲葉教授。

「我那一劍穿肩而過，理當不致人於死，卻應該會讓他失去行動力。」

蕭練站起身，將一條小毛毯披在如初身上，同時打開擴音對杜長風解釋狀況。

「所以要嘛他的傷口復原能力異於常人，要嘛那時候他還有幫手藏在附近，伺機而動。」姜尋顯然跟杜長風在一起，蕭練一說完，他便立即反應。

如初也打開擴音，兩通電話於是成了小組討論會。杜長風與姜拓聯手確定了刑名鼎已經離境，目前行蹤不明，葉云謙這次大傷元氣，短期間無法行動，然而如初的安全還是需要小心。

身爲會議焦點之一，如初努力說出她被綁架時所看到聽到的一切，希望能夠幫助大家研判情勢。然而在心底，那股疏離感又悄然滋長，彷彿她在講的根本是別人家的事，她只是個平凡的古物修復師，生命裡不該也不曾經歷過這驚心動魄的一切……

她在逃避現實嗎？

可是現實究竟是如何一步步變成眼前這樣的？

她還有沒有機會回到自己所渴望的平靜生活，專心埋首於修復工作之中？

討論結束之後，如初打開衣櫃拿衣服，同時平淡地告訴蕭練：「我要換衣服準備去上班。」

「一起去，我在樓下等妳。」蕭練對縮在牆角的喬巴招招手，說：「過來，幫你開個罐頭。」

喬巴畏畏縮縮地走了出來，如初無力地瞥了這隻貪吃貓一眼，又對蕭練說：「我自己去就行了，你不用送——」

「順路，我也要上班。」他輕快地打斷她，彎腰抱起大黃貓。

印象中他從來沒抱過喬巴，但如初顧不得這個，她不解地問：「你不回英國了？」

蕭練搖頭，那張美麗到凌厲的臉居然流露出一絲委屈。他說：「我被佳士得開除了。」

「怎麼可能？」如初忽然有了不太好的預感。

「當然可以，我無故連續曠職超過三天，他們沒通知就直接開除我了。」蕭練繼續表演，一臉無奈地說：「還好老東家願意收留我，所以，我們又成爲同事，以後還請多多指教。」

他對她頷首，抱著貓，輕巧地一個轉身，踩著劍行雲流水般開門下樓，留下如初抱著上班穿的衣服，半晌都回不過神來。

就這樣，隨著蕭練歸來，日子彷彿啪一聲被硬生生撥回到一年前，她剛搬進這棟樓時的情景。

有人陪伴著一起上班下班，不受惡夢騷擾，夜裡不時傳來笛聲，朝九晚五的生活表面上平靜安穩。

也僅只於表面而已。

在她獲救的七天後，姜尋離開了四方市。

如初事前完全不知情，姜尋在登機前打電話給她，告訴她兩件事：第一，姜拓給出的補料沒有問題，她們可以安心用來修復鼎姐。第二，他需要去找回一些東西，要如初祝他幸運，以及，跟某個只長臉不長肌肉的傢伙比起來，他眞的，更值得她考慮。

他打來時如初正好在工作，手機調整到靜音，因此沒接到電話。中午吃飯的時候她聽到留言再回撥，姜尋已然關機，但在登機前又送來一張上半身全裸的側面照，照片中姜尋擺出了健美選手般的姿勢，炫耀地賣弄手臂上漂亮的二頭肌……

「噗！」

如初看到照片時一下子沒忍住，笑到差點噴飯，蕭練探頭過來瞄了一眼，二話不說立即將手機搶走，點了幾下後又塞回她手上。然後如初就發現，姜尋的健美照不見了，取而代之的是宵練劍斜倚在窗邊的照片。

她抗議：「你怎麼可以亂刪，那是我的照片。」

「傷眼睛。」他湊上前，一本正經地建議：「不穿衣服我也比他好看。」

「本體跟本體比？」如初腦筋轉得很快。

蕭練板起臉：「當然，其他人沒穿衣服的樣子，我不准妳看。」

那一刻，生命是鮮活的，她的笑容發自內心。

然而那樣的時刻一閃即逝，如初越來越沉默，有時候工作到一半會忽然失神，不確定自己是誰，為什麼在這裡。

面對世界，她彷彿失去了臨場感，只是旁觀，不再參與。

是時候，該說再見了。

聖誕節前的週末早上，如初將辭職信對折再對折，放進信封裡面。她揣著信走進廣廈，爬樓梯到二樓，舉手敲了敲杜長風辦公室的門。

無人回應，這也在如初意料之中，自從鼎姐受傷無法化形之後，杜長風就經常陪在鼎姐本體身邊，留在辦公室的時間相對變少。她彎下腰，正打算把信封從門縫底下塞進去，卻看到門打了開來，一條黑色牛仔褲襯著一雙深棕色麂皮鞋，就在她眼前。

如初站起身，只見蕭練抱了一個幾乎有他半人高的錦盒，低頭看著地板，神情一片空白，也不開口說話。

信封上大大寫著「辭呈」兩字，他一定也看到了，如初勉強擠出一個笑容，指著房內杜長風的辦公桌說：「我把信放過去。」

蕭練側過身，如初不敢多看他，匆匆跨進門，將辭職信端端正正地放在桌面，轉身就往回走。

她走出辦公室時蕭練就站在門外，等如初關好房門，便聽蕭練問：「妳有沒有興趣看我做鑑定？」

他的神色如常，語氣淡淡地分辨不出喜怒。自從回歸公司之後，蕭練的變化相當大，像好不容易擺脫了重擔，整個人都飛揚了起來，但現在他這模樣又恍如一下子打回原狀，壓抑至極。

如初有心解釋，卻又不知從何說起，只好胡亂點了下頭，跟著蕭練踏進電梯。

十三樓空無一人，如初踏在明亮的大理石地板上，忽然意識到，她從來沒看過蕭練鑑定古物。

不、不只如此。

看著蕭練在最裡面的房間門前停下，伸手按密碼鎖，如初忍不住出聲說：「這是我第一次進你辦公室。」

「怎麼，對我的專業能力沒信心？」他沒回頭，挑釁似地丟出問題。

「我相信你。」如初頓了頓，又說：「但是完全無法想像。」

喀地一聲，門開啓，蕭練推開門，對她一欠身，比了個邀請的手勢，說：「歡迎，請進。」

房間極空，鋪著斑駁的舊船木地板，靠窗處置放有一張龐大而優雅的老紅花梨木工作桌，桌前擱著一張眞皮椅，桌後立了一盞燈，便是這整間房的全部家具。簡約自然，風格與蕭練完美重合。

所以，他純憑肉眼做鑑定，連顯微鏡都不用？

如初見識過資深的青銅鑑定師討論各時代的青銅器冶鑄工藝，他們像個大偵探似地，能從器壁的厚度、銹跡乃至紋飾與銘文等種種細微處尋覓出蛛絲馬跡，據此做出判斷，有些人還眞不需要靠任何現代儀器，但是如初依然很難想像蕭練用這種方式做鑑定。

她走到桌前，轉過身，偏頭打量他手中的錦盒片刻，靈機一動，問：「裡面是兵器嗎？」

他從軍那麼多年，鑑別兵器一定沒問題。

蕭練沒回答，只走到桌前扭開燈，從錦盒中取出一個高約六十公分的青銅器，四方形喇叭口，長頸直腹，形狀猶如一只花瓶。

好吧，搞錯了。如初被勾出一絲興趣，她又問：「方尊？」

「再猜。」蕭練將青銅器放在桌上，對她說：「可以靠近看，我保證它怎麼樣都變不成人。」

他的態度比之前自然了些，如初咬了下嘴唇，將頭湊近，就著光線仔細檢查。

這座青銅是罕見的方形器，輪廓簡單，線條流暢，因此雖然表面布滿各色精緻浮雕，乍看之下卻十分穩重大氣，毫無浮華之感。

她盯著瞧了好一會，忽地出聲，有些氣惱地說：「觚，酒器……這是陷阱題！」

觚的讀音爲孤，雖然現代已經絕跡，但在古物中卻頗爲常見。只不過春秋戰國以後的觚幾乎都做成圓形，材質也多了玉石陶瓷等等各種選擇，宋代還被人拿去插花，徹底成爲裝飾品。而方形觚非常少見，一不小心就會被誤認。

「又不是我出的題，要怪妳得怪承影，他不知道從哪個墓裡弄過來的，非要我鑑定一下不可。」蕭練毫不心虛地將責任推開，又問：「準備好了沒？我要上工了。」

如初點頭，不知為何心裡竟有點緊張，只見蕭練打了個響指，宵練劍緩緩浮現在他面前。他伸出手，食指與中指併攏，在劍身上輕輕一抹，隨即握住一截與手術刀差不多大小的黑色劍芒。

這截劍芒喚起了如初的記憶。她輕聲問：「你用幫喬巴動手術的方法來做鑑定？」

「兵不血刃。」他對她微微一笑，一手托住方觚，另一手拿劍芒沿著方觚體表上的紋路慢慢滑了下去。

原本普通的成語，被他用這種方式說了出來，刹那間彷彿開啓他倆之間的祕密基地。如初彎了彎嘴唇，安安靜靜退到旁邊——上一次喬巴動手術時蕭練就說過，他用劍時她唯一能做的，就是別擋住光線。

然而這次又跟上次不太一樣，劍芒並未實體化，在蕭練手中像一條墨黑的影子般忽濃忽淡，劍鋒雖然觸及器身，卻並未留下任何痕跡。蕭練操縱劍芒順著方觚頸部的蕉葉紋，一路滑到帶狀饕餮紋、高浮雕的蛇身，乃至有爪的龍紋，滑完了一條又一條。滑到後來他竟閉上了眼，劍芒在他指間吞吐著暗光，彷彿從他身體延伸而出……

不是彷彿，的確就是這樣。

就在如初被蕭練的運劍吸引到幾乎失神之際，劍芒驟然消失，蕭練睜開眼睛，伸手按下桌上的視訊電話，撥打了一個號碼。

鈴聲響了好一陣子，承影出現在小螢幕上，手上拿了一大球五彩繽紛做成花瓣狀的冰淇淋，背景是一處充滿英倫風情、古色古香的建築物。

他一邊舔冰淇淋，一邊含糊地問：「怎樣？」

蕭練拎起觚，在螢幕前晃了晃，說：「仿品。」

「果然，我就知道我沒那個撿漏的運。」承影的聲音自擴音器裡傳出，頗爲惋惜，卻並不訝異。

「底部是商代的，但器身是宋代仿造。」蕭練翻過方觚，將喇叭口朝向螢幕，指著內部的紋飾說：「下過功夫，連亞醜的家徽都仿造得微妙微肖，銘文的筆力轉折也相當流暢。」

他解釋得很清楚，但如初還是忍不住插嘴，問：「你這樣就能確定了？」

蕭練轉頭望向她，臉上流露出一絲無奈，承影則哈了一聲，說：「老三，好好解釋。」

「這個難講你又不是不知道，少囉嗦。」

蕭練雖然如此反駁承影，頓了頓，卻還是對如初說：「仿品越是要求精密，工匠爲了以假亂眞，通常就越謹愼，以至於雕刻的時候運刀走走停停，不能一氣呵成，我的劍芒能感受到這種細微的差異……聽起來會不會太玄？」

「完全不會。」如初指著螢幕又問：「他爲什麼現在會在倫敦？」

她剛剛才突然發現，承影身後就是佳士得拍賣公司的大門。

「我不是告訴過妳我聖誕節要來倫敦？購物、逛街……嘿，Merry Christmas to you, too!」承影講到一半，似乎遇到了熟人，忙著打招呼。

如初對蕭練求證：「承影不是去看你的？」

「妳對我們的兄弟情誼顯然理解錯誤。」蕭練掛了電話，一隻手伸進大衣口袋裡，又說：

「對了，我之前，在妳生日之前，買了一個小禮物，本來要送給妳，一直沒機會拿出手……」

他講話難得呑呑吐吐，如初聯想到遲來的生日禮物，於是微笑，大方地說：「謝謝。」

「先別謝。」蕭練神情複雜地看著她，說：「妳可能不會喜歡。」

「……爲什麼？」

他半張嘴，似乎要解釋，卻又在下一秒改變心意，忽地跨前一步，掏出一個小巧玲瓏的錦匣，在她面前單膝下跪。

如初反射性地後退半步，又停下腳，微微搖著頭，腦海一片空白。

蕭練開啓匣蓋，露出裡面一只光澤閃爍的戒指。他將戒指舉高到她面前，柔聲問：「嫁給我，好嗎？」

「可是，你說過……」她只講了幾個字，便發不出聲音來。

蕭練頷首，接著如初的話說：「我記得我說過什麼。那些話，一半是氣話，另一半出自恐懼，但沒有一個字是謊言。」

「那你還要娶我？」如初不可思議地看著蕭練，結結巴巴地說：「我、我會老的……」

蕭練微笑，回答：「容貌這個因素從來不在我的考慮範圍之內。」

如初看進他的眼底，再說：「我會死。」

「我知道。」蕭練毫不迴避地與她對望，又說：「百年之後，妳將離開這個世界，而我將獨自留下，被迫面對生命驟然變成空白。」

他的回答太過坦然，如初不知不覺又搖了搖頭，不敢置信地問：「你不在乎了？」

「當然在乎。但我離開四方市之後才發現，如果不跟妳在一起，我現在就得面對生命是一片空白。想通之後，做決定其實很容易。」

蕭練看著她，問：「我準備好了，妳呢？」

「我不知道，太突然了，我沒有想過……」如初慌亂地語無倫次說到這裡，然後忽然打住，定定地看著他手中的戒指。

這枚戒指款式復古而別緻，工藝精湛，看上去完全不像是臨時起意購買的東西。

她將視線移到蕭練臉上，輕聲問：「你確定？」

「我確定。」他莊重的語氣猶如誓言。

「但是我不確定。」如初看著蕭練，輕聲問：「對你來說，婚姻是什麼？」

「莫失莫忘，不離不棄。」

這八個字，讓如初驟然間失去了說「不」的勇氣。

「我也是。」她喃喃地這麼說著，然後取出戒指，又說：「所以我打算什麼都不想，先答應你。」

蕭練的唇邊流露出一抹笑意，他扶起如初的手，將戒指套進她的左手無名指上。指環的大小剛剛好，翡翠與鑽石在陽光的照射下相映成輝，閃爍著迷離的光。

「我不會讓妳有機會反悔。」他輕吻她的指尖。

一切都太過美好，太夢幻，不可信。

如初喃喃：「直至死亡將我們分開……」

「嗯？」

「我願意。」

www.booklife.com.tw reader@mail.eurasian.com.tw

圓神文叢 245

劍魂如初 2：山河如故

作　　者／懷觀
創作統籌／馮勃翰
發 行 人／簡志忠
出 版 者／圓神出版社有限公司
地　　址／台北市南京東路四段50號6樓之1
電　　話／（02）2579-6600・2579-8800・2570-3939
傳　　真／（02）2579-0338・2577-3220・2570-3636
總 編 輯／陳秋月
主　　編／吳靜怡
專案企畫／賴真真
責任編輯／吳靜怡・歐玟秀
校　　對／吳靜怡・歐玟秀・林振宏
美術編輯／潘大智
行銷企畫／詹怡慧・林雅雯
印務統籌／劉鳳剛・高榮祥
監　　印／高榮祥
排　　版／莊寶鈴
經 銷 商／叩應股份有限公司
郵撥帳號／18707239
法律顧問／圓神出版事業機構法律顧問　蕭雄淋律師
印　　刷／祥峰印刷廠
2019年2月　初版

定價 320 元　ISBN 978-986-133-676-3

在很久很久之後，久到如初終於願意再回想起這一夜的時候，她問蕭練當時究竟在想些什麼？

他告訴她：「情深不壽，愛以致傷。」

——《劍魂如初2：山河如故》

國家圖書館出版品預行編目資料

劍魂如初 2：山河如故／懷觀著；-- 初版 -- 臺北市：圓神，2019.02
400面；14.8×20.8公分 --（圓神文叢；245）

ISBN 978-986-133-676-3（平裝）

857.7　　107022473